幼女戰記

Mundus vult decipi, ergo decipiatur

〔12〕

カルロ・ゼン

Carlo Zen

Kadokawa Fantastic Novels

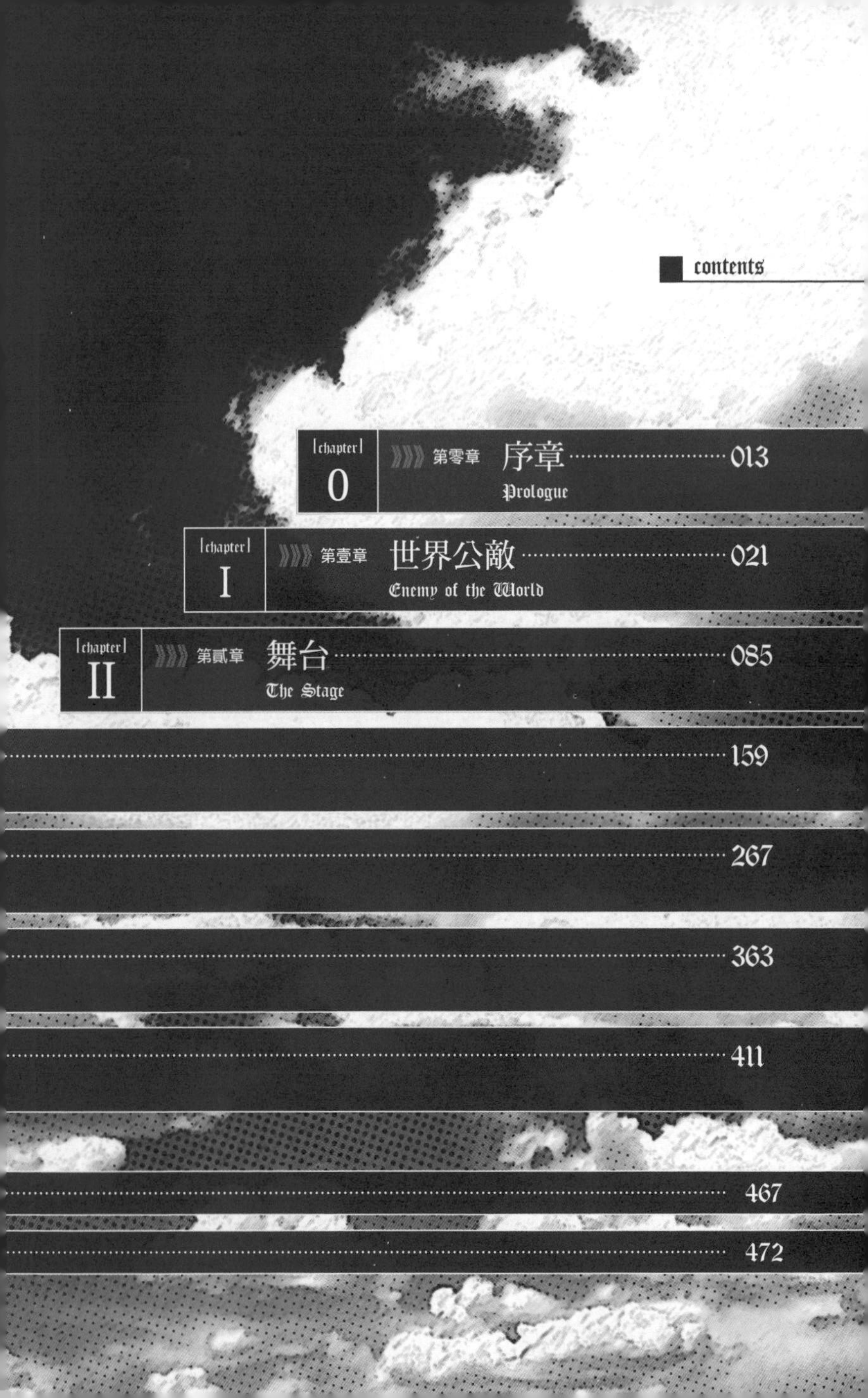

contents

內務人民委員部製作

聯邦

總書記（非常和藹的人）

羅利亞（非常和藹的人）

【多國籍部隊】

米克爾上校〔聯邦指揮官〕——塔涅契卡中尉〔政治軍官〕

德瑞克上校〔聯合王國副指揮官〕——蘇中尉

義魯朵雅王國

加斯曼上將〔軍政〕——卡蘭德羅上校〔情報〕

自由共和國

戴・樂高司令官〔自由共和國主席〕

相關圖

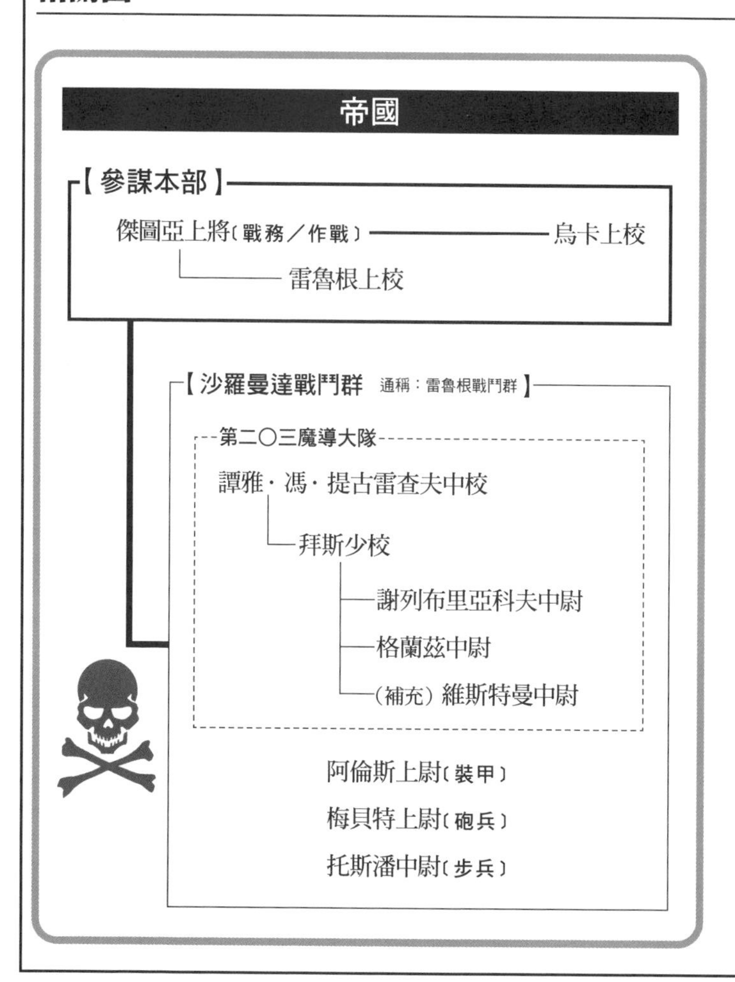
帝國
【參謀本部】
傑圖亞上將（戰務／作戰）
烏卡上校
雷魯根上校
【沙羅曼達戰鬥群 通稱：雷魯根戰鬥群】
第二〇三魔導大隊
譚雅・馮・提古雷查夫中校
拜斯少校
謝列布里亞科夫中尉
格蘭茲中尉
（補充）維斯特曼中尉
阿倫斯上尉（裝甲）
梅貝特上尉（砲兵）
托斯潘中尉（步兵）

[chapter]

0

第零章

序章

Prologue

羅利亞怒不可遏。

「傑──圖──亞──！」

他下定決心，絕對要把那個奸智暴虐的詐欺師從世上排除。

「那傢伙、那傢伙──！可惡啊──！混帳東西！下賤的詐欺師混帳！」

羅利亞不懂正義。

羅利亞是胸懷貪婪情慾的獵人。

會趁著果實美味之際偷吃，率領祕密警察，順從焚身的慾望，過著遊戲人間的生活。

然而在覺醒了真實之戀後，也比他人來得加倍純情。

「啊啊啊、啊啊啊，阻礙這份純粹的！感情！迸發的愛意！他人的戀愛、我們的幸福的那群垃圾啊──」

奪走我與妖精的交歡。

奪走我摘下可愛花兒之樂的毒辣。

彷彿妨礙他人戀情的一團狗屎。

羅利亞認知到了。

有如狗屎般聳立在他面前的傑圖亞。

那傢伙，正是罪無可赦的純粹邪惡。

「哈──吸──啊哈──」

清正的愛情獵人即使怒火中燒，也不能遺忘不輸給火熱之心的冷靜腦袋，這他比誰都還要清楚。

羅利亞將氧氣注入肺腑，喃喃說出決意。

「我要宰了他，我絕對要宰了他。那個、那個，該死的惡棍……」

太過憤怒，讓緊握的拳頭滲出血絲。

一拳敲在牆壁上，羅利亞讓因為不講理而沸騰起來的腦袋再度冷靜下來。

「……不得不承認。」

被擺了一道。

合州國擁有世界最強的工業力。就在那個政府想藉故介入舊大陸戰爭的瞬間，帝國軍展開了對義魯朵雅戰役。

也就是所謂的先制預防性攻擊。

看在外人眼中，帝國這是幹了蠢事，甚至可以說搞砸了吧。

沒錯，世界震驚了。

帝國軍迅如雷霆的進擊速度，以理當在對聯邦戰爭中疲弊不堪的列強來說，是堪稱異常的大成功。

不過要說這理所當然，也確實如此，因為義魯朵雅與合州國才剛宣布組成武裝中立同盟，帝國就立刻侵略了義魯朵雅。

合州國將會趕去救援同盟國。無論由誰來看，這都是順理成章的發展。倘若帝國人認為合州國會隔岸觀火，只能說是精神有問題吧。

所以面對帝國軍看似無法理解這種發展的軍事痴表現，世界震驚了。

坦白講吧。

起初，就連羅利亞對此也覺得莫名其妙。

要說的話，這終究是戰術上的勝利，是不斷重複皮洛士式勝利的蠢行。

但是、但是，啊，就是這個但是！

策略、謀略、陰謀，無論怎麼說都行。在策劃詭計這件事上，羅利亞比眾愚多了經驗。

只要配合戀心的絕對指針，愛就能贏得勝利。

於是羅利亞純真的目光，很快就掌握到了真實。

因此，他怒不可遏。

對於傑圖亞這團狗屎！

對於那個令人恐懼的惡棍！

「我居然會沒注意到這件事！」

前兆，確實曾經發生過僅有一次的不祥徵兆。正是這個事實深深苛責著羅利亞。

那是前陣子的事。

那天，羅利亞收到由潛伏在聯合王國情報部的紳士臥底傳來，一份鉅細靡遺的報告書，機械式地處理著。

想起從一名部下手中收到這份通知的瞬間，羅利亞伴隨著悔悟，回憶自己說過的話。

「也就是說，約翰牛暗殺成功了？沒錯吧？」

「這是五人組傳來的可靠消息，說是棘手的傢伙們被除掉了。」

聽到被解決的是「傢伙們」，愛情獵人羅利亞興奮地詢問說出「恭喜同志」這種蠢話的部下。

「除掉了『傢伙們』，還真是件喜事呢。」

「是的，盧提魯德夫再也無法危害我國了吧。」

咦？羅利亞表情略微扭曲地問道。

「同志，我問你，兩頭惡魔都除掉了嗎？還是只有一頭？」

「咦？」

「就是盧提魯德夫與傑圖亞。那對邪惡的搭檔，兩頭一起確實解決了嗎？」

chapter 0

「不，那個……據說只有副作戰長。不過，隨行的參謀們也一起除掉了……」

一聽到答覆，羅利亞大失所望。

「這戰果令人傻眼。聯合王國人該殺的是詐欺師啊。」

當時他應該是嘆了口氣。

隨即把這件事歸類為一般業務知識，向部下發出適當指示，並要他向聯合王國的紳士臥底問好……照理說是交代了這些事。

就這樣。當下他對此事的興趣到此為止。

因為對羅利亞而言，「阻礙戀情的詐欺師」的殺害優先順序比「單純的作戰家」來得高，所以這說起來也是理所當然的吧。

然而，這是何等的失敗啊。

在過去收到盧提魯德夫遭暗殺通知的勤務室裡，如今的羅利亞理解了事件全貌。

「那傢伙，傑圖亞那個詐欺師，在『同伴』遭到殺害的瞬間就返回了嗎！難以理解，這麼重大的情報為什麼掌握得這麼慢……而且、而且，他偏偏……！」

傑圖亞不僅掌握帝國軍全權，居然還主導了「對剛與合州國結盟的義魯朵雅發起全面攻勢」的作戰。

「居然是義魯朵雅！該死的狗屎傑圖亞，居然攻擊了義魯朵雅！」

在這種內外情勢之下，在這種時間點上。

對於在戰爭與戀愛的道路上奔馳的羅利亞來說，傑圖亞上將惡毒且卑鄙的意圖太過顯而易見。

「居然將礙事者拉進我的戀情之中！」

羅利亞是個單純的男人。為愛而生，為了實現純情的他，希望能在企求的妖精腐敗之前，疼愛著她。

「明明只是、只是、只是這種微小的慾望！」

羅利亞打從心底輕蔑著傑圖亞上將這個人類之惡。

「啊，這是何等悲劇。對於我們，對於我來說，明明已經沒有時間了。」

焦躁感令他煎熬不已。究竟還剩下多少時間——羅利亞騷動的內心不得不感到不安。

「時間是我的敵人，一直都是這樣。」

作為自己理想的「美味果實」，「總是」一下子就熟透了。

想在果實最美味之際品嘗。就連摘下當季花朵的喜悅，明明都是無可取代的啊！讓自己如此迷戀的那朵花。

那個狂妄，愛惡作劇，帶了點刺的妖精。

他想要親手摘下的提古雷查夫。

一旦她熟透的話——

「就會過了最美味的時期啊！」

羅利亞說出獨白，並因為言外之意的殘酷而顫抖不已。

這是多麼可怕的事啊。

心中的理想，理應存在的獵物，就此消失了。

對世界來說，坦白講，他的戀情還是不要實現比較好。

因為客觀而言，羅利亞也是邪惡的一方。

然而，他一點也不了解自己。因此身為捕食者的變態，深信自己是個受害者，在此深深地悲嘆。

「這樣的狀況一旦發生，將會是世界的悲劇，是無法原諒的事。」

啊，自己肯定會後悔不已。

正因如此，羅利亞才會搔抓起頭。

「啊，啊，該死，明明就沒有時間了！」

[chapter]

I

第壹章

世界公敵

Enemy of the World

我們帝國軍的戰術家乃是世界最強。
我想毫不客氣地向世界斷言。
我方的一個師團，即使對上敵方的三個師團也能取勝。

只不過，這有著一個代價。
如今的我們……只是在作戰層面上最強的帝國。

——漢斯·馮·傑圖亞上將 時局懇談會／經審查刪除——

統一曆一九二七年十一月二十一日　帝都　參謀本部

參謀本部深處的勤務室，靜謐與知性的牙城，房間之主傑圖亞上將輕輕轉動著肩膀。

雖然沒有東部冷，但帝都也開始轉寒。眼看就要冬天了。如果是在戰前，這個季節會有許多以顯貴為首的國人前往避寒勝地旅遊。

遺憾的是，如今可是戰時。

在這種情勢之下，就連帝室親族都無法奢望能在溫暖的南部過冬。

豈止如此，今年家用煤炭的儲備也一樣令人不安。

就連參謀本部都顯得有點冷。

「我算是幸運的吧。」

說了這句話，傑圖亞上將苦笑起來。

這算哪門子的幸運啊。

這純粹是戰爭的規定。但無論如何……他都得前往溫暖的義魯朵雅方面視察。

假如並非身負重任，肯定是一趟愉快的避寒之旅吧。

「文件整理好了。問題是行李啊。」

朝室內瞥望過去，只見一個備妥旅行用品的行李箱。該說勤務兵幫他打理得很好嗎？

「都吩咐要輕便了。」

傑圖亞微微苦笑。

以勤務兵的常識來看，這樣就算是輕便了吧。

畢竟帝國軍的上將閣下只拎著一個將校行李箱移動，嚴重偏離了戰前的常識，所以對方肯定已經努力過了。

如果在以前，這樣的確值得稱讚。但現在的話，即使想稱讚也沒辦法。

「完全不行呢。行李箱可塞不進戰鬥機的多餘空間啊。」

傑圖亞上將摸著下巴，帶著嘆息把手伸向將校行李箱。所幸，勤務兵也幫他整理得很整齊。

從中取出一個要用的背包，把真正需要的東西重新打包，用不了幾分鐘的時間。

「這樣就行了。」

做好準備後，他看向時鐘，離出發前最後的預約還有一點時間。儘管是起飛前的短暫時間，不過還可以抽根菸吧。

此行要鑽進戰鬥機裡前往義魯朵雅。跟戰前搭乘豪華的國際列車，優雅地巡遊避寒勝地可是天差地別。

一如字面意思，是一趟綁手綁腳的旅行。畢竟只是軍用機的多餘空間，作為旅行手段的居住性是最差的。然而……要是速度快，況且還能將風險最小化，這便只是必須甘受途中一切不愉快的小小代價。

只不過，由於航程中嚴禁用火，所以嘴巴會相當寂寞吧。

「就先抽飽吧。」

從辦公桌的抽屜裡，取出被妥善保管的雪茄盒。從會留意濕度這點來看，盧提魯德夫那個笨蛋一旦遇上嗜好，似乎意外地也會在意細節。

回想起曾是好友的男人面容，傑圖亞上將面露苦澀表情，緩緩吐出優質的煙霧。

煙霧消失在參謀本部深處，副戰務參謀長室的天花板上。

在這種時期，冷颼颼的室內只有一縷白煙相伴，實在讓人備感寂寞。沒有柴火在暖爐裡劈啪作響，格外讓人感到冷清。

最後仰望見的天花板，今天依舊是一整面呆板而冰冷的塗裝。

「雖然想過要人準備一幅畫掛上，到頭來卻還是沒有掛啊。」

沒時間講究室內裝潢。

「既然這麼忙，的確沒空裝潢呢。」

時間、時間、時間。

眼下，這是支配一切的法則。

傑圖亞的每一天，幾乎都在盡可能地逃離緊追而來的時間。

他如今肩負著要讓剛啟動的列車——沒錯，必須讓好不容易才啟動的鈍重列車，依照時刻表行駛的責任與義務。

現在不是跑完全程，就是中途失敗吧。

也不知道能否在軌道上跑完全程。

這輛從名為現在的出發地駛向明天這個未來的列車會前往何處，正因為他非常清楚，才會害怕失敗。

就連默默抽著雪茄的瞬間，都幾乎要因為責任的重大而顫抖起來。

終點站是故鄉的未來。

出軌，便是跟著萊希一同毀滅。

肩膀上的重任還真是殘酷啊。

傑圖亞一面因為寒冷以外的理由抖著肩膀，一面在副參謀長室讓孤獨的一根菸滲入肺腑之中。

「哎，怎樣都得忍下來啊。」

朝壁掛鐘瞥了一眼後，他發出嘆息。唯獨在充滿焦慮感時，時鐘的指針似乎不管怎樣都動得很緩慢。

距離與訪客——康納德參事官約好的時間還有一會。

儘管約好要在出發前會談，但也因為即將啟程離開，讓等待時間漫長得可恨。

最近老是這樣。

停滯的時間，會讓人毫無理由地火大。

「也難怪盧提魯德夫那個笨蛋會那麼不像他地焦躁起來。」

獨自肩負著帝國軍。

僅僅如此。這是多麼沉重的責任啊。

「畢竟我們只是不斷失敗的人。掀起不該去打的戰爭，錯失妥協的機會，期待勝利能解決一切，被該死的主拋棄。」

儘管如此，戰爭仍在持續著。

無法嘲笑就連讓該結束的事情結束都做不到的國家有多麼愚蠢，也無法因為世界的不講理而哭泣，甚至不許欺騙自己。

這是多麼孤獨的事啊。

甩了甩頭，傑圖亞上將注視起冷冰冰的室內，緩緩揚起無畏的笑容。

面對重擔，他早有覺悟。

因為他接到了必要的命令。

作為帝國軍人，命令就是命令。

真是受不了——傑圖亞加深了微笑。

「這也是戰爭。然而，戰爭是什麼？」

道出獨白後，傑圖亞無意識地摸著下巴。

「戰爭是迫使對方服從我方意志的武力行為。」

這是身為軍官，無論誰都知道的大前提。

是在令人懷念的往日時光，希望成為一名善良帝國軍人的年輕傑圖亞，天真地學習且毫無批判地信奉的一句話。

然而事到如今，就連自己到底相信了什麼都無法確定。不如承認自己只是自以為理解吧。

只要有時間，他總是會思考那件事。

在他仍以勝利為前提思考時，曾相信能經由「勝利」，以「武力」取得「想要的結果」。

「所以才會將『決定性』的勝利作為萬能的處方箋……不斷地追求著。」

但是他錯了。

無可救藥地錯了。

結果，讓帝國這名患者的病情變得回天乏術。

「要是再早幾年明白的話。這是牢騷……呢。」

諷刺的是，傑圖亞是在東部竭盡一切本領、絞盡智慧，將意志發揮到極限之後，才開始對處方箋感到懷疑。

他在那裡與自己過去相信的價值體系爆發無可避免的正面衝突。只要擁抱不愉快的現實，便能清楚明白「決定性」的勝利是無法指望的。

然而，傑圖亞不得不搖起頭來。

「真是無藥可救啊。大半的帝國人，就連軍方都仍然以現在進行式不斷迫切追求著『勝利』。」

這就和目的與能力的天平壞掉了一樣。

或許該說帝國人是悄悄，但有意圖地自行破壞了「正視現實的能力」也說不定。

帝國人向名為可達成性的現實挑起決戰——扔出白手套後無法回頭，大膽無畏的徒勞之戰。

而且偏偏是向世界挑起。

傑圖亞上將注視著副戰務參謀長室的天花板，單調的壁面顏色甚至讓他想吐。

「天花板上還是想掛幅壁畫啊。」

無論是黃昏、餘暉，抑或希望都行，總之想要色彩。一直盯著枯燥乏味的天花板汙漬，精神會撐不下去。

因為那就像是祖國的未來。

傑圖亞上將嘆了口氣，再度搖頭。

如今，祖國正值黃昏。

冷得刺骨不是嗎？

敗軍之將的命運就算了。但要是無法以最低限度戰敗，一切便毫無意義。倘若以現在的步調將故鄉的年輕人獻祭給今天的萊希，只會得到悽慘下場。

當然，他渴望勝利。

假如是能取得的東西，當然會想要吧。

不過，也得視價格而定。

「要是買下土地，石頭也會隨之而來；要是購買肉品，骨頭也會參雜其中。好啦，我的各位同胞會對勝利標上多少價格，能容許何種程度的副產品呢？」

命運女神會以帝國能付出的價格賣給他們嗎？

「就連我們所能容許的最糟敗北，對如今的世界來說想必依舊太過昂貴吧。」

正攻法怎樣都不可能。

得和惡魔簽訂契約，再順便違反契約賴帳，才能求個沒賺沒賠啊。那麼——傑圖亞在此對自己拋出一個略帶稚氣的詢問。

「我能騙過惡魔嗎？」

他打算竭盡全力。即使離全知全能相當遙遠，還是有著能預測到一、兩步之後局面的自信。

就連決心也非比尋常。

個人名譽自不待言，如果只要靈魂，儘管拿去吧。

然而，他是知道的。

僅以螳臂之力挑戰世界，未免太過不足。

「希望渺茫啊……以要與惡魔共餐，欺騙世界來說，手牌太少了。該去找一把長湯匙嗎？」

可以的話，最好是銀製的。

「全是些蠢話呢。」

硬要說起來，如今的他只能玩玩這種無關緊要的思考遊戲聊以慰藉。圍繞帝國的，只有讓人喘不過氣來的殘酷現實。

而負責掌舵的人，居然是悽慘的自己！

「是軍人，區區軍人領導著國家嗎？」

這樣的陋劣甚至讓人感到空虛，宛如承認知性的敗北。明明身處參謀本部深處的副長室裡抽著雪茄——或許該補上這句話吧。

儘管如此，依舊不能輸。為了激勵自己……傑圖亞重複著方才的話語。

「戰爭，是『迫使』對方服從我方意志的武力行為。」

事到如今，帝國已無法命令對方「服從」了。

作為強者的帝國，能迫使作為弱者的交戰國「服從我方意志」的基礎已然消滅。錯失時機很久了。

傑圖亞盤著雙手，抽著雪茄，暫時陷入沉思。

「果然還是得在作為勝者的那時……不，這是淒慘的依戀罷了。」

只能捨棄自我憐憫，背負起刻薄的現實。

就容許敗北，容許戰略失策吧。

「並非勝利，也非滅亡的第三條路——能夠容許的妥協點。我得將帝國所能爭取的條件最大化。」

作為弱者的帝國，能「迫使」作為強者的交戰國去做的事情是什麼？

當然，敵人才是勝者。

……祖國只不過是個敗者。

縱使祈求奇蹟，要改變這個結構，依舊早已超過奇蹟的限度了吧。

然而就算是瀕臨破產宣告的祖國，現在仍尚未正式破產。只要靠著這微妙的差異，便還有拚命掙扎的餘地。

「直到嚥下最後一口氣為止，我們都仍掌握著某種可能性。」

帝國引以為傲的暴力裝置，依舊保有利牙。就連將兵們，不也還懷著抗戰的意志嗎？更何況自己有著不顧一切的覺悟。既然如此，直到心臟停止跳動為止，不妨盡情做著難看的掙扎吧。

「既然贏不了，那就以贏不了的方式……迫使對方服從。只要明白規則，便能想到一、兩個辦法。」

有成功的把握。

即便這會是一條狹隘、嚴厲、殘酷的道路。

但是在這條道路前方，傑圖亞上將確信能有著多少美好一點的未來。儘管是無法成為樂園，也無法成為理想鄉的煉獄色未來，也總比被世界推下地獄深淵的未來美好吧。

差異僅有些許。但正是這樣些許的差異，能決定性地左右故鄉的未來。

「所以我拒絕。唯獨最糟的未來，我敬謝不敏。」

自己的話語成為契機，讓他回想起來。

「我也曾這麼相信著呢……」

不是選擇最糟，而是要選擇最好。

在古老的美好時代；就連自己也確信帝國會勝利的瞌睡時代。

過去的餘暉時光裡，待在圖書室一隅的嬌小幼女，向氣色比現在來得好的他說出「不敗北」的意圖，甚至令人感到衝擊。

「……啊，真令人懷念呢。聽到她說不敗北就是勝利時，我對她的消極感到驚訝，實在讓人懷念。」

當時極力主張「這點」的她，想必已經注意到了。又或者她是活在某種不同的常理之下？

「盡是些不懂的事。」

無論如何——傑圖亞摸著下巴。

「只要接受勝利是相對而言的，便能輕易理解了。」

地圖貼在牆上。寫著最新情勢的圖面，述說著戰線仍在「國境外」這件事。

這也能說是在戰場上勝利，擴大戰線的戰果。

但是占領地區，不過是帝國「戰術上的勝利」。就作戰層面來說雖有進展，卻是對戰略層面不具意義的空虛結果。

在戰場上勝利，在戰場上不斷勝利，帝國卻朝著滅亡直線前進。

「買下土地，要是得到石頭的話，就拿來丟吧。」

手牌是空間。

無論是要賣還是要砸，即使很勉強，依舊只能引導出期望的結果。

「我是萊希的軍人，有著得向故鄉的孩子們發誓的事。哪怕這件事會與軍人的責任和義務矛盾……」

他很清楚自己喃喃說出的這句話，在將來會有著怎樣的意思。對於漢斯·馮·傑圖亞這名男人來說，無論嘴巴上怎麼說……反正已別無選擇。

要擁抱敗北嗎？

要拒絕敗北嗎？

內心仍在傲慢地高喊拒絕。自尊在顫抖，名譽感在恐懼，累積的死者人數難以接受這種結果。但無論內心有多麼期望，推動現實世界的依舊是冷酷且枯燥乏味的「事實」。

若以個人來說，或許還有辦法。只要不斷地嚴拒敗北，戰死沙場，便不用面對祖國即將到來的敗北。

然而，這是背離自己的義務。

對於和地位與責任長相左右的軍人而言，藉死逃避……只是一如字面意思的敵前逃亡。為了滿足個人傷感而拋棄自身性命，未免太過「奢侈」。

負責人要有身為負責人的風骨。

「這種時候，總是會讓人羨慕起前線將校。」

這並非受惠於特權的後方將官能說的話，傑圖亞相當明白。

儘管如此，他仍不時會想。

只需要專注在眼前課題上的部隊長層級勤務，真是非常輕鬆的美好時光啊。

「提古雷查夫中校雖然開玩笑地發牢騷說懷念後方……但那是在用她的方式擔心我吧。」

還真是機靈。

或者該說，那是只懂得這樣表達關心的軍人，偏離常人的笨拙行徑。

好了——陷入沉思的傑圖亞上將，在此時因為時鐘的響聲而抬起頭，注視起房內的壁掛鐘，秒針正停在零的數字上。幾乎同一時間響起的規律敲門聲讓他苦笑起來。居然這麼嚴守時間，是有多麼多慮啊。

話雖如此，這可是他期盼已久的訪客。

好啦——傑圖亞切換了意識與表情。

「嗨，Mr. 康納德。不，該稱你為康納德參事官吧。貴官很準時呢，這點非常好。」

「既然是與閣下的約定，下官便不得不準時了。」

分秒不差抵達的訪客，十分認真地回答著。

唔——傑圖亞點了點頭。也就是說，一日當上參謀本部的首腦，就連時間也能支配嗎？儘管如此，卻連祖國的命運都無法挽回，這可不是一句悽慘能形容的。

然而不知是幸或不幸，面對不講理時佯裝平靜的技術，他偏偏學得爐火純青。

所以掛在臉上的，是一抹溫柔的微笑。

「我從很久以前就想找機會與貴官慢慢聊了。要是能與貴官一起策劃陰謀，不知該有多好。」

「我才是，能與閣下會面是我的光榮。」

紳士與紳士，或者該說是非日常中的日常。

在有禮貌地互相握手、勸坐後，宛如表示親近一般，傑圖亞從雪茄菸盒中取出雪茄勸菸，康納德則是十分感激地享用主人的招待。

彷彿要滲入參謀本部深處般化開來的，是盧提魯德夫所留下的雪茄散發的獨特芳香。

慢慢抽著切成適當長度的雪茄，兩人一起緩緩吐出煙霧。

還真是悠哉啊——人們會這麼說吧。

放下叼著的雪茄，傑圖亞上將朝康納德參事官笑了起來。

「放鬆的一根菸。這應該是理所當然的事，現在卻變得相當奢侈。貴官不覺得嗎？」

「既然處於戰時，的確沒有這種餘裕呢。」

康納德參事官說得一副事不關己，不當一回事的態度實在冷淡。想必是因為他理所當然般地指出了太過理所當然的事吧。被譽為勝過世間一切的萊希的過往榮華，如今已是往事。

「戰爭一旦打得太久，就會變成這樣呢。」

必要、必要、必要。

毫無轉圜餘地，冷酷的原理原則，只因為「必要」二字而被無限上綱地應用著。

以必要二字作為象徵，帝國人完全僵化了。轉圜餘地從思考中消失已久。就算是號稱有許多死腦筋的帝國，但在戰前明明也有個限度在。

然而，現在是怎麼了？

帝國已變得和戰前不同。束手無策地被戰爭改變了。

「就連雪茄也抽不了的超級強國，還真是淒涼啊。」

「一旦肩負著閣下這般的重責，就算抽一根也無人會怪罪。縱使有，也該說他們是在以小人之心度君子之腹吧？」

康納德參事官直接了當的評語，卻讓傑圖亞上將苦笑起來。

「在最前線，敵人的子彈可是不分軍官與士兵的唷。硬要說的話，頂多只有聯邦軍的狙擊兵會分吧。他們要是看到我，肯定會熱烈地給予關照。」

因為——傑圖亞挺起掛著勳章的胸口。

「我自負就是有這麼地受到聯邦人熱愛。」

「讓人笑不出來呢。這時應該要笑嗎？還是得說，真是羨慕閣下這麼受到關愛？」

「就隨貴官高興吧。反正這不太重要。」

冷淡的答覆出乎康納德參事官的意料。

儘管不明顯，但他露出一副不知所措的表情。

對中年的外交官僚來說，說不定稍微預期了一下文字遊戲的交流……儘管這樣猜測，傑圖亞仍搖了搖頭，伸手拿起雪茄。

「被槍擊中，人就會死。但人活著也註定早晚會死。怎樣都無所謂。」

呼地吐出煙霧，他說出這句話來。

反正是在閒聊。

輕鬆的對話是為了拉近關係，一起和樂融融共事的潤滑劑。

「參事官有思考過死亡嗎？」

「在這種時世下，實際上也不得不去思考吧。」

「還真是了不起。哪像我，現在頂多只是掛念友人的死。」

朝康納德參事官盯了一眼，只見他露出一抹曖昧的微笑。

在他僵硬的表情肌底下，如今想必正在腦海中拚命思索著應對方式吧。外交官這個人種儘管跟軍人的方向性不同，但還真是強韌。這樣很好——傑圖亞在心中微笑起來。

「雖然說過很多遍了，但我就像是靠著前任者的死，突然取得了現在的地位。鑑於時局，有誰不會去思考死亡呢？」

以悲痛的語調，傑圖亞哀悼著摯友之死。

「沒想到他竟然會那樣死去。所謂的命運還真是諷刺啊。」

斜眼瞄去，只見康納德一臉明白。所謂的外交官還真是機警。參事官宛如貫徹前定和諧般地裝出沉痛表情。

「前任的盧提魯德夫閣下真是太不幸了，沒想到會失去這麼優秀的人物。」

作為由衷致上哀悼的弔問使，外交官這個人種肯定就連沒興趣的事也能流下眼淚吧，因為對他們來說有這種必要。

畢竟，看看他的臉！

從旁看來，那張帶著失落感的表情，精彩到讓傑圖亞不像自己地想拍手叫好。

「雖是仿效軍人的說法，但他是光榮捐軀。希望閣下能明白，失去這麼一位讓人非常惋惜的人物，我們也很難過。」

就連低頭致意的時機都很完美。

要是再配上悲傷的語調，便再也令人按捺不住了。

傑圖亞的雙手不由得鬆開自制心的枷鎖，拍起手來，一如字面意思地拍手叫好。既然欣賞到這麼精彩的表演，實在不得不讚賞演員。

「參事官，感謝貴官這番精彩的社交辭令。簡直就像個名演員。」

「恕下官失禮，閣下是指？」

朝著表情僵硬地半站起來，一副看似很不愉快地站在面前的對手，傑圖亞笑了起來。

「貴官的事，我從雷魯根上校那邊聽過了。我只是認為，與其上演化裝舞會，不如直接打開天窗說亮話。」

策劃陰謀的同伴。

賣國的同伴。

或是哀哭（愛國）的同伴。

儘管無從得知後世的歷史學家會怎麼評論他們，但如果能依據時代而稱他們為愛國者，怎麼樣都好吧。

重要的，只有一件事。

「我認為貴官是共乘同一艘船的友人。康納德參事官，我就先回答你想問的事吧。」

勾起吟吟微笑，在充分享用過雪茄，緩緩聳起肩膀後，傑圖亞輕輕地開口：

「不是我。」

沒錯，這是真的。

就某種意思上確實是事實。

帶著竊笑，傑圖亞無意識地揚起嘴角，獨白起來。

「命運女神還真是殘酷呢。慈悲為懷的狗屎混帳。」

他有過殺意。

意圖也很充分。

甚至下達了命令。

然而，儘管都安排到這種地步了，結果偏偏——

明明是不肯拯救帝國未來的惡魔般的女神，但是那傢伙，那反覆無常的狗屎命運，唯獨將傑圖亞自身的罪惡感，從殺害盧提魯德夫這件事中解放開來。

「倒不如該這樣想……要是能對友人的死感到責任就好了。不知是幸還是不幸，但恐怕我就連這個權利也沒有。」

早已做好覺悟，基於義務背負起罪惡感，咬緊牙關，只為了達成自己該做的事。

儘管如此，卻連感到罪惡的權利都曖昧不清。

沒必要背負重擔？原來如此，救贖這個說法講得還真好。然而，要是連友人的命運都無法背負，只是得到虛無的話，算什麼救贖呢？

「這點我很肯定。聽好了，世界是團狗屎啊，甚至讓人想信奉起無神論了。」

「傑圖亞閣下，軍部不是與主同在嗎？」

「抱歉，要是主真的存在，祂的個性肯定爛透了。作為一個希望世界會更好的人，我甚至覺得軍部應該要信仰砲兵。」

傑圖亞一面開著玩笑，一面微微闔眼，搖了搖頭。

他是知道的。

有某種超越砲兵的存在，支配著這個世界。

去思考這個存在是偶然、是神，還是世間常理，想必是宗教家的工作吧。作為軍人的傑圖亞，應該要知道的只有對方的性質。

然後，如今他知道了。那與其說是主，不如說是超常，殘酷，宛如惡魔的化身。

光是思考便讓人毛骨悚然。

也就是所謂的命運、所謂的偶然，擁有著可怕的殘酷性嗎？

「參事官，請聽我說。我認為……是那個以稱為主來說太過狂妄的傢伙在支配著命運唷。儘管不知道該怎麼定義那個存在……但我甚至覺得，與其將那傢伙稱為神，倒不如應該稱為無法定義存在的物體X。」

「恕下官失禮，閣下，這是要爭論神學嗎？」

對於康納德參事官俯瞰而來的狐疑視線，傑圖亞微微搖頭。

「我不要求你理解，這只是我的獨白。硬要說的話就是牢騷啊。」

「恕下官失禮，我不太能理解閣下的意思……請問這究竟是在說些什麼呢？」

「只是對你開誠布公，想取得你的信任罷了。為了取得信任，若要再補充說明，下官就承認自己『曾經想過』貴官所懷疑的事吧。」

「曾經想過？」

對於站著不動，別有含意地複述這句話的康納德參事官，傑圖亞用力地，甚至乾脆特意帶著自嘲地點了點頭。

「恐怕就跟你懷疑的一樣，包含會弄髒手的部分全都安排好了。不過在執行之前，一票親切的傢伙擅自代理了處刑者的工作。」

對我也太剛好了。神啊，祢太差勁了——傑圖亞在心中向天發出小小的詛咒。

「與其引發這種討厭的奇蹟，還真希望祂能救救帝國呢。詛咒主、感謝約翰牛，全是有生以來第一次的體驗。這要是能反過來，該有多麼讓人感激啊。」

「……這是事實嗎？」

騙人的吧？康納德參事官一副想這麼說的眼神。

「當然是事實，我可以向母親與友人發誓。」

「那麼？」

面對康納德參事官充滿疑惑與不安的視線，該做出的答覆很單純。劇本之所以太過巧合，是因為機械降神在作祟。

如果是戲劇，倒還笑得出來。

但既然是現實，便只能嗤之以鼻了。總而言之，就是因為他們全都知道了。

「暗號已被破解。恐怕我們的機密全都洩露出去了。仔細想想，我們總是在關鍵時刻，決定性地落於後手。」

他的確曾懷疑過。

難道不是暗號被破解，讓自軍的通訊內容外洩了嗎？

「不該停止思考，認為這不可能。該說是徵兆吧，尤其是像提古雷查夫這樣的獵犬聞到『不對勁』這件事，要是再稍微重視一點……不對，這也是依戀啊。」

傑圖亞帶著苦笑，擁抱討厭的事實。

帝國軍用暗號說的悄悄話，已經瞞不住聯合王國。而帝國軍參謀本部的加密強度，就連在帝國也是首屈一指。

撬開帝國最堅固的鎖的小偷們，會對其他的鎖置之不理嗎？裡頭的情報明明一如字面意思地字字黃金？

理論性的結論顯而易見。

「就連參謀本部的機密電報都被破解了。你難道不認為，外交暗號也被破解了嗎？」

朝前方瞥看過去，只見一張明白事理的男人的苦惱表情。

「……意思就是，發給駐外機構的電報全都曝光了。」

他所吐露的這句心聲，或許該說是充滿絕望的男人獨白吧。

無論如何，康納德參事官都機靈地立刻理解傑圖亞的言外之意。

唉——男人在嘆了口氣後說道。

「閣下看過交接資料了嗎？」

「啊，當然看過了。你們發給駐外機構的機密電報就夾在文件裡。我記得，是要駐外機構『準備破壞工作』吧？」

聽到傑圖亞這麼說，康納德帶著自嘲的微笑點頭。不過，傑圖亞也沒有理由嘴上留情。

他淡淡地——

硬要說的話，就是帶著同樣的苦笑吧？傑圖亞說出直接了當的評論。

「真是精采的實績啊，各國應該要發給你們帝國外交官僚一張感謝狀吧。在醞釀反帝國情緒上，沒有比這更好的掩護射擊了。」

康納德參事官就像認同似的聳了聳肩。實際上，他自己也抱持著相同的見解吧。

直到最後都沒能說出幫組織辯護的反駁。

一面對於這件事感到不可思議的滿足感，傑圖亞一面朝他伸手。

「我們似乎會很合得來呢，經由共同的失敗。」

「閣下認為我是新的友人？」

「這是當然。如果你願意，就算要親暱地用特別稱呼互稱，我也無所謂喔。」

然而一臉親切地說道的傑圖亞，卻得到一句恭敬但堅決的謝絕。

「還是不要好了。請恕下官婉拒。」

「哎呀，我們能成為相互信賴的友人不是嗎？」

「下官可是決定要長命百歲，出席孫子的結婚典禮。會提高偶然遭遇聯合王國軍突擊部隊可能性的交友關係，下官實在敬謝不敏。所以說，還請閣下饒過下官。」

傑圖亞瞬間愣了一下，然後顫抖起肩膀。彷彿很愉快地，忍不住打從心底大笑起來。覺得他說得很有道理。

想想自己的摯友遭遇到的命運，他會這麼想也是當然的。

儘管如此，眼前這名外交官僚居然打算悠哉地長命百歲！

在註定會死的軍人面前，平民無憂無慮地說要長命百歲！

面臨到太過不講理的事，人們有時也只能笑了。平時感受到的重擔會受到動搖，是因為儘管扭曲，但這句話還真是讓他通體舒暢。

因此，名為傑圖亞的男人嗤笑起來。

「參事官，你回答得很漂亮，我發自內心地感謝你。這要說是回禮也很奇怪……但我就向你保證吧，要動手時，我會把你留到最後一個。」

「喔，真是可怕。這是殺人預告嗎？」

「怎麼會！只不過是有必要讓平民活下來，徹底地對故鄉鞠躬盡瘁。你就像條破毛巾般地被狠狠使喚吧。」

咧起嘴角，以邪惡的表情回以低語時……他的心情不可思議地十分痛快。

想必是因為很愉快吧。他按捺不住地拿起雪茄，深深抽了一口後，迎來的是讓人受不了的無上美味。愉快的一根菸，有著就連沉悶氣氛都能變得甘美的效果。這還真是美妙啊。

甚至感到依依不捨，傑圖亞在這時放下雪茄。待吐出最後一口煙霧後，他立刻朝認定為共犯的對象重新看去。

他已見識過康納德這名參事官的膽量。

至於幽默感，他也充分享受過了。

該說的話已經說完。

既然如此，再來便只需要握手了——作為出色的共犯；作為世界的公敵。

「好啦，這樣就足以互相理解了吧。」

「我想彼此都能十分了解對方了。」

儘管以意外強大的力道回應握手，「不過……」康納德參事官臉上卻露出傻眼般的笑容。

「參謀將校還真是可怕。儘管不太敢對閣下說這種話……但無論是誰，全都瘋了。」

特別強調「瘋了」二字，外交官僚在臉上表現出他對「參謀將校」這種生物的恐懼。

「說不定是帝國最好，也是最壞的發明品。」

「你過獎了吧？話說回來，為什麼會有這種感想？」

「我跟提古雷查夫這名中校也有過一面之緣。」

「喔，那傢伙啊。」

我懂了，傑圖亞點了點頭。

「無論是閣下還是她，全都偏離了常軌。軍大學的教育究竟怎麼了？」

「不過是忠於基礎罷了。」

「咦，基礎？」

對於康納德參事官帶著真摯眼神提出的疑問，傑圖亞知道一個再適切不過的回答。

「這其實並不難。」

「因為是基礎嗎，傑圖亞閣下？」

要把大家都學過的事重說一遍，讓他有點不好意思。

傑圖亞猶豫似的搔抓著頭，然後注意到康納德參事官在等待答案的視線。

既然他想知道，就只能回答了吧。

「這當然是基礎。你應該也曾在主日上教會時聽過。」

「看來我似乎不夠虔誠，一點頭緒也沒有。還望閣下能指點一下是哪段令人感激的聖經引文。」

沒問題——傑圖亞上將嚴肅地端正坐好，以一副彷彿在講台上講解教義的態度說出那句話。

「別人討厭的事情，要率先去做。」

「……咦？」

「很簡單吧？別人討厭的事情，要率先去做。我想這是任何人都曾在小時候學過的道德觀念。」

在目瞪口呆，眨了兩次眼後，康納德參事官這才總算明白意思的樣子。

「……真是感動呢。居然有這麼扭曲的愛鄰如己精神。」

「就是說啊。因為作為個人的我，可是個非常善良的人。」

「要是有人打你的右臉，會連左臉也轉過來讓他打嗎？」

「當然。正因如此，我們才會將年輕人的屍骸撒在世界各地。不過愛鄰如己精神似乎有點太強烈了，我目前正在反省中。」

用戲言回應戲言，稍微緩和一下氣氛。

或者說是親近感的表現。像這種始終面帶微笑的談笑風生，倘若不是正在戰爭，肯定還會一手拿著葡萄酒或香檳有說有笑。

並非將年輕人投入總體戰的火焰之中，而是在暖爐添加充足的燃料。

會享受著宴會，在美好的黃昏時刻迎來冬季吧。

而如今只能在落日之前逞強了。

不過，寒冷時代也有寒冷時代的享受方式。

「康納德參事官，我們聊得十分愉快呢。」

一點也沒錯——外交官僚點頭同意。

「好久沒有這麼痛快地發揮知性了。具有國家理性的對話彷彿新鮮甜美的氧氣呢，充滿著整個肺部。」

「啊，參事官，這是很要不得的誤解吧。」

因為——傑圖亞笑得就像個天真無邪的小孩。

「你聽好，這可是跟理性有著天壤之別的自私唷。」

用拳頭輕敲著自己胸口，傑圖亞上將接著說道。

「因為這並非用腦袋，而是用心臟在思考。作為侍奉理性的參謀將校，我有著自己已偏離的自覺。」

露出片刻尋思的表情後，康納德參事官歪頭不解。

「那麼，這究竟是在侍奉些什麼？」

「感情，或者要說是鄉愁、對幻想的依戀也行。」

「……這個回答出乎下官的預料。」

「我愛著故鄉。」

傑圖亞一手拿著雪茄，向他吐露真情。

「愛著在這裡度過的日子、愛著住在這裡的人們、愛著我們的生活。所以我是萊希的軍人，也能說是故鄉的居民吧。」

滿懷感情說出的這番話語，在帝國只是非常一般的見解。因為無論是誰，都在擁有工作的同時，擁有著故鄉。

儘管如此，康納德參事官卻不可思議地坐正了姿勢。

是知道傑圖亞正打算說些什麼吧。

不知道有沒有發現他正全神貫注地傾聽，傑圖亞上將叼起雪茄，稍微停了一會。

話語伴隨著吐出的雪茄煙霧說出。

「當萊希死去時，萊希的軍人也該跟著死去吧。」

他說得很乾脆。

宛如聊著天氣般的冷淡。

連自己喃喃說出的這句話帶給康納德參事官多大的衝擊都漠不關心，傑圖亞上將拿起咖啡杯喝了一口。

「不過，那故鄉呢？」

他想說的話很單純。

儘管聽起來像是疑問，但其實是斷然拒絕「死去」的說法。言外之意強烈得顯而易見。

「守護母親懷中嬰孩們的未來，是老人的職責。正因如此，所以得讓各位文官擔任換尿布的角色。」

「……這……可是，敵人會容許嗎？」

「參事官，戰爭的本質很單純。你覺得戰爭是什麼？」

對於自己提出的疑問，傑圖亞冷冷拋出自己一直以來所感受到的見解。

「就是迫使對方服從我方意志，為了這個目的而行使武力行為。總而言之，這可以說是政治的延伸。既然如此，便依照我的意志，贏得『最好的敗北』吧。讓帝國有一個比最壞還要美好的未來。」

「這是失敗主義的大志。現實會承認這是正確的嗎？」

「嗯，很難講吧。不過，哎，也有次佳的策略。倘若戰後沒有我們故鄉的容身之處，大不了就是走另一條路。」

「能請教一下，供作參考嗎？」

當然可以──傑圖亞上將微微點頭。

「要是我們無法活到戰後……要是無法為故鄉留下未來，我不會獨自死去。我會拖著他們一起去死，將整座大陸作為我的墳墓去死。」

傑圖亞這名軍人，再度確認了自己的想法。

愛國者祈求著。

願祖國能迎向未來。

願未來能降臨祖國。

要是無法實現。

要是未來沒有祖國的容身之處——

愛國者就否定未來。

沒有祖國容身之處的未來世界，愛國者怎麼可能容忍得了？

「這是向世界的提問。是要容許我們，還是陪著我們一起毀滅。」

「……閣下是認真的嗎？」

「你看看我。」

他一站起身，就把手壓在康納德參事官的肩膀上。

將臉靠近到能清楚看見對方眼睛的距離後，只要互相注視，想必不可能看錯浮現在眼底的情感吧。

「你仔細看清楚，這是開玩笑的人會有的眼神嗎？」

「……您……」

「我是個愛國者，是個人，更進一步來講還是個善良的人。」

康納德參事官像是了解似的點頭，一臉欽佩地開口說道。

「閣下，下官明白這是迫於必要的抉擇。請容下官向您表達敬意。」

然而對於露出陰森表情的傑圖亞來說，「必要」是讓他聽得最為刺耳的兩個字。

「我受夠必要了。」

「閣下？」

「我已經厭倦作選擇了。」

將雪茄緩緩遞到嘴邊，傑圖亞上將一面單手把玩著打火機，一面煩躁地唾罵道。

「對於必要女神的侍奉已經結束。如今該反過來，讓那個賤女人來侍奉我們、侍奉帝國的未來了。如有必要，即使要抓著她的瀏海把人扯倒，我也在所不惜。」

「這可不是紳士的作為。」

「……你聽好，這就是受過『必要女神』教導的男人見解唷。」

受到總體戰的火焰灼燒至今的詐欺師，嘶啞地說出這句話。這讓康納德參事官一時之間不得不無言以對。

率領著義魯朵雅軍的最後衛，擔負不惜將祖國化為焦土的遲滯作戰的卡蘭德羅上校，就戰術上來講，將他的目標盡數達成了。

他成功爭取到寶貴的時間。

而且還藉由激烈抵抗與不顧一切的破壞工作，雖是一時性的，終究仍擊退了帝國軍的凌厲攻勢。

作為以空間換取時間的優秀範例，是足以記載在軍隊教科書上的成果。

同時，也會確實記載在其他的教科書上吧。作為應當守護故鄉的軍隊，率先將自己等人的故鄉化為焦土的歷史故事。

姑且不論前者，後者的未來將是無法動搖的確定事項，卡蘭德羅上校是知道的。

深愛故鄉之人，怎麼可能忘得了這件事啊？

不過他把這種感傷置於一旁，為了將他贏得的「軍事成果」兌換成「政治成果」四處奔波。

……從以能注意到政治面向的意思上來看，可以說他正是取得正確平衡的理想將校的完成品吧。

擊退帝國軍的攻勢，雙方忙著重新編制的短暫時間。

這段有限的安寧時光一到來，沒有放過這個機會，卡蘭德羅上校立刻向舊識的帝國軍將校提出「有限的停戰交涉」，以人脈與法理為武器，為了爭取對義魯朵雅方來說比寶石還珍貴的「時間」，推動交涉工作。

而「雷魯根上校」這名「好帝國人」是個非常明理的男人。

當天便以停戰交涉為由達成臨時協議，將一切戰事延後二十四小時。

兩軍部隊一面勞心費神地極力避免接觸，一面拚命地到處收容傷患與死者。在這段期間內進行指揮官之間開誠布公的交涉，意圖爭取時間的卡蘭德羅上校，就戰略觀點來看，甚至是百分百的正確。

於是。

為了爭取必要的時間，他答應與帝國軍進行更進一步的交涉。而以結果來說，他成功了。

是超乎任何人想像的偉大成果。

在取得只能說是出乎意料的成功後，他卻渾身顫抖地連忙派人發電報將交涉結果傳達給首都。

〈與雷魯根上校的停戰交涉紀錄〉

一如標題，是當地部隊之間的臨時停戰協定。

- 成立關於北部民人避難的協議。在七天內暫時停戰。
- 現狀下的停戰。雙方之間的臨時監視規定生效。
　※七天後的軍事行動不受限制。
- 詳情待返回首都後報告。

是一份非常單純、簡短，而且有太多事情沒有記載的報告。

明明協調好雙方的臨時停戰協議，取得對「義魯朵雅方」來說「要求的滿分回答」，男人卻仰天發出長嘆。

「怪物……」

是誰說的啊？

「可怕的……太荒唐了，居然說那個只有『可怕的』程度？」

只要回想起方才發生的事，就不只是感到毛骨悚然了。

為了掩飾顫抖的手，他把手伸向敵將送給他的雪茄。

是味道優質到可恨的高級品。

啊——他一面朝著天空吐煙，一面心想。

「帝國人總是這麼擅長奇襲。」

當舊識的魔導將校在立正等候時，就該感到不對勁了。

譚雅・馮・提古雷查夫中校。

前往東部擔任軍事觀察官之際，受她的部隊關照的那段日子，至今仍鮮明留在記憶之中。

然而，他卻大意了。

她是帝國軍魔導部隊引以為傲，身經百戰的老兵、沾滿鮮血的戰士，總而言之是個戰爭家，比起別名的白銀，鏽銀的蔑稱更威震已久的老練軍人。

這種人在司令部幫忙帶路？他應該要起疑心的。

儘管如此，卡蘭德羅卻錯失這個最初也是最後的機會，輕易受到對方擺布。

「上校，請由下官為您帶路。」

「辛苦妳了，中校。」

想必因為她是參謀本部人馬，也跟雷魯根上校關係密切吧。

當他帶著這種程度的想法，踏入被告知雷魯根上校已久候多時的住家時，在屋內等候的卻是跟舊識的軍人一點也不像的老人。

「哎呀。」

看似交涉用的態度，優雅地抽著雪茄的老將軍看了過來。

笑咪咪地。

「你就是卡蘭德羅上校吧。不好意思呢，雷魯根上校好像很忙的樣子。希望能由我來代替他交涉。」

在資料上看到不想再看的那個人，被視為執意攻擊義魯朵雅的帝國軍參謀本部副長——傑圖亞上將本人。

偏偏是導致如今這種事態的男人在眼前悠哉享用著雪茄，這是衝擊性的光景。

讓卡蘭德羅等人親手將義魯朵雅，將故鄉化為焦土的諸惡元凶。

天啊，也就是仇敵近在咫尺。

同時，他作為情報家意圖保持冷靜的腦袋，儘管再不願意，也理解到「魔導將校」待在現場的意思。

提古雷查夫中校這名魔導將校是「看門狗」。

既然有這麼危險的護衛隨侍在旁，卡蘭德羅這名中年義魯朵雅人想必不會讓傑圖亞上將感到任何威脅。

很可悲的，這是事實。

卡蘭德羅只是個凡人，沒有能耐在這裡殺掉敵方的首腦。即使拔出掛在腰間的手槍，在一旁守候的提古雷查夫中校把自己做成肉醬的速度還比較快，基於在東部的經驗，這點無庸置疑。

更何況，使者對交涉對象拔槍相向會造成什麼問題，他比誰都還清楚。

理性迫使著他，要在仇敵面前盡到基於戰爭法的禮儀。

儘管如此。

作為一個義魯朵雅人。

卡蘭德羅上校還是問了。

為什麼？

這是不期待回答的詢問。

只是想這麼問。

為什麼？

對於像這樣問著為什麼的卡蘭德羅……那個男人嗤笑起來。

「問我為什麼？到現在還在問為什麼嗎？」

彷彿感到失望，傻眼般的語調。

露骨揚起苦笑的嘴角，散發著非常慵懶的氣息。

更有甚者，還帶著嘲笑的調侃眼神。以作為傑圖亞上將而聞名的怪物，面對卡蘭德羅的詢問，露出傻眼般的表情展現獠牙。

「這是個愉快的意見呢，上校。真是讓人笑不出來的蠢問題。就算是在開玩笑，也該看一下時間與場合吧。」

「居、居然說是蠢問題！您這是什麼意思？我想請教您！傑圖亞上將，您究竟是為了什麼做出……」

「做出這種事嗎？哼，就連這也是個蠢問題唷。」

朝著啞口無言的卡蘭德羅，老將軍一手拿著雪茄唾罵道。

「扣下扳機的，是各位的行動。竟然做出武裝中立同盟這種蠢事。我發誓，即使是我，也不想從純軍事的觀點侵略義魯朵雅呢。」

「武裝中立同盟也是為了確保合州國的中立啊！對帝國來說，有著能讓局外大國遠離戰局的價值……」

「抱歉，但你聽好了。」

吟吟微笑的傑圖亞上將，語調平穩地打斷卡蘭德羅的發言。

一副彷彿該稱為教師的態度。因為他那溫柔的語調與眼神，宛如在教導愚笨的學生。

「卡蘭德羅上校，你，還有你們，**全都誤會了啊**。」

朝著坐在椅子上調整坐姿的卡蘭德羅，代表帝國的知性像是完全理解了什麼似的逕自點點頭，不知從何拿出一根雪茄向他勸菸。

「哎，先抽一根吧。」

「恕我直言，我們並非是能像這樣享受社交的關係吧？」

對於把重點放在交戰狀態上的抗議，老人卻打從心底嘆了口氣。

「這不像是義魯朵雅人會有的蠻橫發言啊。你聽好，正因為是在戰時，外交努力才顯得重要。這你難道不懂嗎？我不會要你向帝國軍的上將表示敬意，但好歹也應該要尊重一下老人家吧。」

「……我就收下了。」

不過朝著垂下頭來的卡蘭德羅，傑圖亞上將卻沙啞地道出不知該說安慰還是自嘲的話語。

「失敗的帝國人一副好像什麼都懂的嘴臉，向成功的義魯朵雅人講這種道理，也很奇妙啊。好啦、好啦，該怎麼回答你的疑問呢。」

「……您為什麼……要掀起這種戰端？」

「很單純唷。」

他吐了一口煙。與吐出的輕煙相反，傑圖亞上將的嘴巴向他說出沉重到殘酷的答案。

「扳機，是你們扣下的。這是事實。對我來說，你們才是開端。各位還真是會給我多找麻煩。」

維持跟方才一模一樣的語調，傑圖亞上將叼起雪茄。

緩緩地吐出煙霧。

優雅地放鬆，一派自然地擺出威風凜凜的從容態度。

君臨現場的怪物，有著完全是泰然自若的將軍外型。不把驚慌失措的自己當一回事，傲慢地，傑圖亞這名惡魔堅持著自己的意見。

「所以我才做出反應。別無選擇了。因為要說可憐的我能做什麼，頂多是跑完全程啊。」

「閣下？」

「我有著一份時刻表，你們卻意圖拖延發車的時間，所以才會被列車撞上。就連這種程度的事，你都還搞不清楚嗎？」

朝向卡蘭德羅的視線，彷彿對愚昧的學生感到失望。以毫不掩飾傻眼的態度，傑圖亞上將蹙起眉頭。

「看來卡蘭德羅上校的視野似乎太狹隘了。貴官……會在帝國軍的參謀課程中不及格呢。義魯朵雅軍這樣就行了嗎？」

說到這裡，傑圖亞上將像是突然想到似的，向一旁的提古雷查夫中校拋出話題。

「中校，貴官覺得如何？畢竟是對教育有著獨到之見的貴官，難道沒有什麼能給義魯朵雅友人的建言嗎？」

「教育體系因應著各國國情，並非下官可以置喙的事。」

將視線從話一說完就立正不動的提古雷查夫中校身上移開後，傑圖亞上將盤起雙手，朝著卡蘭德羅看去。

「唔，原來如此。也就是義魯朵雅天下太平……所以這種程度便夠了。還真是讓人羨慕。」

這是強烈的諷刺吧。光看表面上的意思，只看得到挖苦。儘管如此，卡蘭德羅上校卻從中看出些許忌妒之情。

「該認為這是稱讚嗎？儘管聽起來像是強烈的諷刺……但不可思議地，也能感受到閣下是真心羨慕著我。」

「誠如你所言，我打從心底忌妒啊。」

「咦？」

「畢竟，貴官是人，仍是個保有人性的人。我可以向你保證。」

笑咪咪地。

一副和藹老爺爺模樣的老將軍，朝著卡蘭德羅露出親切笑容，再度勸他抽著雪茄。

「好啦，你們的行動為何會觸犯到我的逆鱗，現在就來幫你補課吧。」

朝著做好準備的卡蘭德羅，傑圖亞上將從吐出煙霧的口中，說出以理解來說太過沉重的毒。

「真是傷腦筋呢……讓聯邦這麼囂張。」

「……聯、聯邦？」

朝著驚叫出聲的卡蘭德羅，傑圖亞上將投出「閉嘴」的視線，那是不允許任何妨礙的眼神。

面對連忙選擇沉默的卡蘭德羅，可怕的將軍微微點頭，從深淵之底繼續述說著故事。

「所以我才會反對過去盧提魯德夫上將提案的『對義魯朵雅攻擊』。認為把交涉窗口一腳踢開，有百害而無一利。」

以理性思考的話，確實如此。

無論是誰，都會覺得這是很單純的道理。

帝國軍正瀕臨極限，把善意中立國義魯朵雅一腳踢開，有百害而無一利，這道理應該連三歲小孩都懂。

「帝國無論如何，都要關店了。」

一如傑圖亞上將以戲謔語氣評論的。

以世界為敵，倒還有辦法抵抗吧。然而要是以世界為敵，卻「沒辦法贏」，帝國便只能悄然擁抱遲早到來的敗北。

卡蘭德羅是這樣判斷的。

世界各地的專家，應該也是這樣判斷的。

即使是帝國人，明明只要俯瞰戰局，肯定也會做出相同的判斷。

這是為什麼？

「但是，你聽好了。要啃食我們的屍肉，可是項艱鉅的工作喔。與其讓你們白白享用，還不如對世界散布一、兩道毒吧。」

不會白白死去。

也就是要對世界潑撒汙泥，順著破壞衝動拖大家同歸於盡嗎？感到困惑的卡蘭德羅上校，若無其事地重新觀察起眼前的傑圖亞上將。

「我要與世界為敵。」

這句異常發言之中沒有癲狂、沒有瘋狂，只是帶著理性說出。

有哪裡不太對勁。

不過，是哪裡？

「『不能』讓區區聯邦打倒我。我就向貴官保證吧，我會作為世界的公敵死去。」

壯烈的話語。

光看字面的話，是偏離常軌的發言。

卡蘭德羅上校的直覺吶喊著。

傑圖亞上將應該瘋了。

正常人怎麼可能在沒喝醉的情況下，說出這種言論啊？

儘管如此，卡蘭德羅的知性卻深深看出「對方的理性與正常的神智」。

傑圖亞上將的眼神之中，帶有的確實是知性。他是頭可怕的怪物，然而真正可怕的，還是頭有知性的怪物。

傑圖亞上將是徹徹底底的正常人。

卡蘭德羅上校這名幹練的情報軍官，義魯朵雅軍參謀本部首屈一指的俊傑，無論從何種角度判斷，都不得不說傑圖亞上將的精神狀態是「正常」的。

狂信般的言論、破滅性的措辭，浮現在「眼中」的卻是彷彿大徹大悟聖者的純粹情感。

這要是不可怕，還有什麼是可怕的啊？

醒悟到自己正被對方的氣勢壓過，卡蘭德羅上校不發一語地抽起雪茄，藉由吐出煙霧試著暫時整理一下情緒。

即使是短暫的空檔，也有助於調整心態。

卡蘭德羅在瞬間整理好情緒，企圖看出眼前這頭怪物話中真意的努力，甚至是英雄般的表現吧。

「不過，唯獨故鄉會留下。無論如何，無論要怎麼做，無論發生任何事，無論有什麼阻擋在前方，我都絕對不會讓這件事受到阻礙。」

所以，他明白了。

甚至能夠理解。

那個潛藏在可怕思考之下的迫切願望。

「無論是神，還是惡魔，只要阻擋在我的故鄉之前，對於這種傢伙我絕不寬貸。給我記好了，義魯朵雅人，這就是在總體戰的盡頭誕生的詐欺師的本性。」

我是認真的。

傑圖亞上將的這段話，只是在述說這份真實的感情。

「義魯朵雅北部就借我作為遊樂場吧。我想打一場規規矩矩的仗呢。」

既然特別強調規規矩矩這四個字，他的言外之意便很清楚了。

儘管怎樣都讓人難以盡信。

「……您是要我相信嗎？要我相信這種事嗎？」

「之所以會告訴你，是要作為賠償費。如果你們不想收下，我也不會強迫你們一定要收下，我沒這麼小心眼呢。因為你們做出有利於聯邦的舉動，讓我也相當惱火啊。」

「閣下，我們並沒有做出有利於聯邦的舉動。」

「哎呀哎呀，你們不是將合州國束縛在『中立國』的義魯朵雅上了嗎？在這種決定性的局面下，只要合州國慢了幾個月參戰……聯邦賣給全世界的面子就會太大了。」

這段話他說得太過若無其事。

等到理解到意思時，卡蘭德羅的腦袋甚至僵住了。

理解字句的意思。

也想像得出話語的脈絡。

儘管如此，所得到的結論卻遠遠超出卡蘭德羅上校的想像力，來自他理解範圍之外的世界。

「……那麼，閣下！您該不會！」

「該不會什麼？」

「閣下只是為了讓合州國參戰嗎！」

朝著卡蘭德羅，傑圖亞上將默默微笑起來。

要說他保持沉默也確實如此吧，然而表情卻勝於雄辯。假如說眼神會說話，他的回答便是無庸置疑的肯定。

「我可是連自己的故鄉都會燒成焦土的男人喔？奇怪，如果是已經做出相同行為的貴官，我還以為就會明白了呢？」

對於吟吟笑起的傑圖亞上將，難以做出判斷的卡蘭德羅上校一時之間甚至感到恐懼，認為應該要殺掉眼前這頭怪物。

只不過，在他要做出某種行動之前，至今一直保持沉默的一名中校，就在卡蘭德羅背後若無其事地主張著自己作為「護衛」的存在。

「哎呀，閣下，沒想到您會跟卡蘭德羅上校說到這種程度。」

「陪我參加這種會談，讓妳很無聊吧，中校。」

不過——傑圖亞上將說到這裡，滑稽地聳了聳肩。

「話雖如此，但我也想跟義魯朵雅人好好相處。認為我們兩國應該要在良好的互相理解之下，攜手追求光明的未來呢。」

上將與中校之間有點惺惺作態的對話。

然而，卡蘭德羅上校即使不願意，依舊回想起來了。

就連人稱萊茵的惡魔的怪物，也是眼前這頭怪物一手栽培出來的。

「好啦，卡蘭德羅上校，是我的部下失禮了呢。」

只要將視線移到背後，便能看到小不點的魔導將校，像是在為失言賠罪似的低下頭來。乍看之下嬌小可愛的她，卻也是現場隨時都能咬斷卡蘭德羅咽喉的一匹獵犬。

「怎樣，不覺得我們能一起共創未來嗎？帝國不要求義魯朵雅的全部，只要能確保安全，就不會再繼續搞亂了。」

「您、您要我相信這種事？」

「隨你高興就好。不過，我可是要成為世界公敵的男人喔。你們要是不與我們合作，會怎樣呢？」

那是非常溫柔的眼神，卻帶著跟方才絲毫沒有改變的「正常神智」的眼睛，看著卡蘭德羅說道。

「你能理性地相信，我不會把一、兩座義魯朵雅半島化為焦土嗎？」

他會這麼做吧。

不對。

如果是傑圖亞上將，便會這麼做吧。

只要有必要的話。

他肯定會不顧一切良心的苛責、道德法則以及正義。

「你不需要相信我，即使要認定我是讓世界化為焦土的惡棍、腦袋不正常的瘋子，或是無法溝通的怪物也行。」

怪物。

將義魯朵雅捲入戰火的怪物。

「認為這是拚命在虛張聲勢的可憐老人的懇求，要與我一起毀滅世界也行，或是選擇打一場禮數周到的戰爭也行。」

或許是看穿了卡蘭德羅拚命佯裝冷靜的虛張聲勢吧。甚至顯得一派從容的怪物優雅地站起，拿著小盒子朝這裡走來。

「義魯朵雅人啊，多年以來的同盟國，我們最新的敵人。你們有選擇的自由，隨你高興去做就好。作為帝國人，我打從心底尊重你的決定。所以，就依照你所希望的條件設下停戰時間吧。」

「咦？全部嗎？」

「當然。即使如此，我也想打一場禮數周到的戰爭呢。哎呀，這是一次有意義的停戰交涉唷，辛苦你了。雖然分成敵我兩邊，但依舊想打一場紳士性的戰爭呢，你說對吧。」

伴隨著這句話硬塞過來的餞別禮，是一個雪茄盒。

「要離開了嗎？下官來替您帶路。」

提古雷查夫中校將「給我滾吧」換成溫和的說法。

在她的帶領下走出戶外的瞬間，感到空氣、感到潔淨的氧氣好甜美。

他就這樣直接派人發出電文，然後喃喃自語。

「……怪物啊。」

有著人類外形的某種存在。

擁有理智。

英明。

然後……彷彿深不可測，理解人話的惡魔般的存在。

「是帝國……」

背止不住地顫抖著。

「是戰爭，催生出那種怪物的嗎……？」

陪上司與客戶商談。要說這是沒有得到真正的信賴，便絕對不可能獲得的立場，也確實如此。就這層意思上，會讓譚雅出席與卡蘭德羅上校的談判，是因為上司對她的評價很好吧。

不過，她無法由衷地感到高興。

因為這意味著她也被算在計畫裡了。對想轉職的譚雅來說，這樣的狀況該說造成了微妙的糾結吧。

「對了，中校，在一旁警戒卡蘭德羅上校，辛苦妳了。」

然而，能得知上司的本意，是個很大的收穫。

正因如此，對於傑圖亞上將的慰勞，譚雅也面露喜色地回了一句社交性的玩笑話。

「感謝閣下的慰勞。不過話說回來，該怎麼看待卡蘭德羅上校的健康狀況啊。臉色這麼差，要是沒染上流行病就好了。」

一旦進入冬季，感冒也會流行起來吧。

在譚雅拐彎抹角地裝傻後，一臉明白的長官得意洋洋地點了點頭。

「我想，他罹患的是名為常識的疾病吧。幸好我們已經免疫了，所以不用去在意吧。」

「……難道不是威脅過頭了嗎？」

「我只是把想了就會知道的事說出來罷了。」

閣下所言甚是——譚雅一面點頭附和，一面作為組織人把「哪裡是這樣了」這句話吞回肚子裡。就連同席的譚雅都被上司的想法嚇了一跳。

沒想到一個平凡人，居然能將事實上的「戰後結構」看得這麼透徹。

這幾乎是俯瞰歷史的觀點。

這要是轉生者說出來的話，倒還可以理解。

一如冷戰，聯邦與合州國也會就戰後秩序再度掀起對立吧。在這種時候，這次大戰的勝利是誰的貢獻這點，將會化為無比巨大的政治資產。

為了戰後，上司察覺到不能讓共產主義者成為「唯一勝者」的必要性，只能說是「慧眼」了。太佩服了。

對於知道其他世界歷史的譚雅來說，傑圖亞上將所看向的未來預想圖，甚至讓她感到發自內心的敬意與恐懼。

啊，上司啊，您真是太棒了。

但願能從像您這樣的人物手中得到前往下一個職場的推薦信，要是這樣，自己的第二職涯也就前途無量了。

如果是一般公司。

肯定也能期待他會是在部下轉職時，爽快地把人送走的大人物啊。

「怎麼了，中校？」

「沒有，下官只是再度深感到閣下的可怕，重新湧起了尊敬之意。」

「看看我，是個平凡的人類唷，中校。有長著尾巴嗎？就連舌頭也跟貴官一樣只有這一條吧？我只是個誠實的人類。」

「相對地，您是傑圖亞。」

對於這句非常愉快的回話，傑圖亞上將微笑起來。

「要是後世能以惡魔的意思流傳下去就好了呢。我會這樣祈禱的。」

該說他非常愉快吧。

總而言之，痛快的回答讓我大大享受了知性。

要是傑圖亞這個「名字」遲早會變成「名詞」，今後還真讓人期待不是嗎？

「還真是痛快至極的未來預想呢。中校，可別太誇獎老人家啊。作為世界的可怕公敵，明明只要能名垂青史就很光榮了。」

「如果是閣下，不管您願不願意都會名垂青史吧。」

對譚雅而言，倒不如說是因為受不了他才這麼說的。不過對於做好覺悟的傑圖亞上將來說，卻沒有比這更好的賀詞了。

想必是很大的祝福吧。

正因如此，傑圖亞上將由衷表現出滿腔的喜悅。

「哈、哈、哈、哈、哈，但願如此。中校，妳也期待一下。如果是貴官，將會被盛大地提到名字吧。我們會一塊名垂青史呢。」

儘管對眉飛色舞的上司不好意思，然而譚雅並不想跟他一起跨越這條界線。

「下官並沒有想名垂青史的意思。」

「不不不，所有的書籍……都會痛罵我們吧。」

作為世界公敵，在善良的人們心中留下精神創傷，化為永恆的存在？

別開玩笑了——譚雅在心中發著牢騷。

像傑圖亞上將這樣的愛國者，會覺得這樣很好吧。不過對像譚雅這樣的個人主義者來說，則是完全無法理解。

「真是可怕的未來呢。」

如果要被記載在書上，想作為知名的作者留下名字。

對了——譚雅就在這時，回想起過去那個本來有可能實現的口頭約定。那也是從玩笑話中延伸出來的一句話。

不過跟傑圖亞上將相比，已逝的盧提魯德夫閣下還真是貼心。會建議部下過版稅生活的上司，那位大人可是最初也是最後一位啊！

「說到書，盧提魯德夫閣下本來預定要當繪本的贊助商的，還真是可惜。」

「繪本？」

對於上司意外似的詢問，譚雅點了點頭。

「是關於害怕戰爭的我的悲情故事。費用會由參謀本部支出吧。我們曾開玩笑地說要將可憐小雅的故事寫成繪本出版，目標是成為深受有希冀和平的小孩子的家庭歡迎的熱門繪本呢。」

「盧提魯德夫那個笨蛋，說了這麼愉快的計畫？」

是的——譚雅以沉痛的表情點頭。

「讓下官曾夢想將來能過著愉快的版稅生活。」

「不如人意呢，所謂的人生。」

就是說啊——譚雅在心中帶著一道深深的嘆息同意。

「為什麼會變成這樣啊？讓下官總是不得不這樣自問自答。」

「就是說啊，中校。」

彷彿有點落寞的傑圖亞上將，在這時厲聲說道。

「不過正因如此，所以命運是要我們親手去掌握的。就像個人類，肅穆地盡到我們所該肩負的義務吧。」

「計畫是？」

「師團的集中投入，局部性優勢，機動力的活用。妳可以期待喔，中校，我在義魯朵雅方面安排了二十二個師團。」

他隨口說出的是機密情報吧……不過跟「傑圖亞上將的真正意圖」這個劇毒相比，便沒什麼大不了的。

作為軍人的譚雅，極其平靜地吟味著傑圖亞上將所告知的內容。

「下官不知道該說只有二十二個師團，還是該說在這種狀況下，居然能有二十二個師團。」

對於作為專家回應的譚雅，傑圖亞上將看似愉快地笑了起來。

「義魯朵雅軍只要總動員完畢的話……光看帳面兵力會有一百四十個師團吧。」

「敵我的兵力比約1：7呢。居然要人去攻擊七倍的敵軍，帝國軍參謀本部也相當會強人所難啊。」

「中校，貴官有資格說嗎？在達基亞搞出那件事的究竟是誰啊？」

「那是下官年輕時犯下的淘氣之舉。而且，達基亞大公國軍與其說是師團，倒不如說是實彈演習的標靶。」

「沒錯、沒錯，實情重於帳面戰力，這點義魯朵雅也一樣吧。」

不對——譚雅質疑起傑圖亞上將的發言。

「閣下，下官就基於實際交戰過的感想發表意見。義魯朵雅軍以軍隊來講，算是相當優秀的吧。」

「在國境的是常備部隊，海軍也是如此吧。」

一面愉快地撫著下巴，傑圖亞上將在這時稍微聳了聳肩。

「不過後備軍人的大量動員，可不是會依照計畫進行的事。我軍的大陸軍，有依照計畫動員嗎？」

傑圖亞上將這段話，讓譚雅想起大陸軍「姍姍來遲」的事。一直都是這樣。

理應是保證完美的動員計畫，一旦到執行時才發現到一堆冗贅。

就連將「內線戰略」視為國防的大前提，應該在鐵路計畫與物資動員上用盡一切努力的帝國都是這樣了，那麼沒有帝國這麼緊迫的義魯朵雅的計畫……這種指摘讓人感到很大的說服力。

「義魯朵雅的動員計畫，也跟我方同樣有著缺陷？」

「實情是左支右絀吧。一線級的常備是十五個師團。而要是努力動員，能用的後備軍人，我判斷實際上是五十五個師團。只要將雷魯根上校的報告，以及在戰鬥報告上看到的敵軍動向整合起來，他們的第一線部隊意外地有限。」

一百四十個師團中，有一半以上是紙老虎。

相對地，帝國軍二十二個師團全都能作為戰力。

要是這樣，敵我在帳面上的兵力比便會是２：７。

如果考慮到在實戰經驗上的優勢，確保了雖是局部性的空中優勢，並以戰略性奇襲打穿敵軍的好幾座防禦陣地，倒也不是無法一戰。

儘管不是無法一戰，譚雅依舊提出反駁。

「縱使是紙老虎，只要有必要，也能維持急就章的防衛線吧。請看看東部。將殘兵當場重新編制，以東拼西湊的急就章部隊進行防衛戰這種事，無論是聯邦還是我們，都已經做到不想再做了。」

這難以說是理想的部隊，是連配合都有難處的一夥人。

即使是這種部隊，只要下定決心為了守護故鄉而奮戰到底的話？只要看看像托斯潘中尉這樣的人便會立刻明白了。就連像他這種愚直的軍官都會在收到「死守命令」後，堅決地奮戰到有後退命令為止吧。

譚雅雖然難以理解，但愛鄉心是很強大的。

「人是會為了自己的故鄉捨命的生物。即使是只會開槍的人，也得看要怎麼用吧。」

「剩下的七十個師團，要是能把槍拿好而沒有逃跑，就該稱讚了吧。因為大半都只是『服過兵役的成年男性』。」

對於果斷否定的傑圖亞上將，譚雅提出一個發自內心的疑問。

「只不過，這可是七十個師團的人員與組織結構。愛國心與愛鄉心，有時甚至能實現無謀的防禦戰鬥吧。」

「中校，貴官將七十個師團視為『戰力』。」

是的——譚雅點頭。

「只要確保住師團的基幹人員，便能急速動員。姑且不論運動戰，至少能充當定點防守的師團。只要以敵軍的常備戰力作為主力，甚至能展開有限的反擊吧。」

就某種意思上，跟沙羅曼達戰鬥群一樣。將魔導大隊作為主力，如有必要，便以臨時編成遂行任務。義魯朵雅軍的第一線確實是潰敗了……但終究只是槍頭瓦解了吧。

「為何會這麼看？」

「只要具備師團的架構，便能用來防衛。即使是拿著步槍，丟到陣地或村落裡的急就章假師團，也能夠進行抵抗吧。」

對於譚雅基於經驗的進言，傑圖亞上將愉快地笑了起來。

「哈、哈、哈，中校，貴官是這樣看義魯朵雅式師團的架構啊。」

「還有其他的看法嗎？會準備那麼大量的師團司令部的理由，下官以為正是為了要不顧一切地進行防衛戰吧。」

「是職位。」

「咦？」

連想都沒有想過的答案，出乎了譚雅的意料。

「並非戰力單位的師團，而是作為職位的……師團嗎？」

「像貴官這種軍功傲人的軍官是不會知道的，想留在軍隊裡的『高級軍官』一直都很煩人。」

對於想轉職的人來說，舊組織的職位一點好處也沒有。或者該說，對譚雅來說，軍隊就像是個不允許「自由契約」的球團。

想要自由球員權的人與想贏得續約權的人，觀點會一樣嗎？總之便是這麼一回事。

「義魯朵雅有著大量將官。那麼，為了讓他們分配到職位……七十個師團與一百四十個師團，哪一邊比較好？如果只需要司令部職位呢？」

「真讓人傻眼。沒有部下、沒有武器的師團長嗎？」

儘管曾想過沒有部下的管理職，卻從未想過沒有士兵的司令部啊！

朝著苦笑的譚雅，傑圖亞上將像是要她安心似的微笑起來。

「讓我們開始欺凌弱小吧，中校。」

「就待閣下命令。」

[chapter]

II

第貳章

舞台

The Stage

在義魯朵雅的戰爭很神奇。
甚至像是一場表演。
要是沒死人，就完全是戰爭秀了吧。

——戰地記者外電／經審查刪除

統一曆一九二七年十一月下旬　多國部隊司令部

聯邦的冬季很冷。

然而讓脊背冷得發顫的理由是什麼？德瑞克心裡有底。無論如何，都不該只怪罪季節吧。

因為來自本國的 Mr. 約翰遜，依舊是名不祥的使者。

在臨時司令部一發現德瑞克的臉，他便綻開親切的表情，哎呀哎呀地以一副開朗的模樣朝他舉起手來。

而要說到他的舉止，全都非常洗練，是紳士中的紳士。

當這一切映入視野的瞬間，德瑞克中校就一如字面意思的做好最壞的打算，打起精神。

儘管如此。

或是說，一如預期。

Mr. 約翰遜拋出的話語，仍舊讓德瑞克中校忍不住反問。

「咦？從聯、聯邦撤退，派往義魯朵雅……嗎？」

「不是撤退，是戰略性的重新部署唷，中校。我十分清楚這裡的任務重大，但帝國對義魯朵雅的侵略讓情勢截然不同了。」

說到這，Mr. 約翰遜微微笑起。

「好啦，先坐下吧。你放輕鬆就好。這件事得稍微聊一下。」

等在Mr. 約翰遜的勸說下坐好後，德瑞克這才注意到自己被勸坐的詭異之處。

他這不是還十分自然地搶走靠近暖爐的座位嗎？

「這裡是我們的司令部，客人是你才對吧。」

老紳士彷彿這是自己地盤似的擺起架子，優雅地抽起菸來。他那看向聯邦茶炊，要人奉茶的態度還真是自然。

在德瑞克假裝沒注意到的無視後，或許是察覺到自己不受歡迎吧。他微微蹙眉，然後就像突然想到般地聳了聳肩。

可以說是恣意妄為。

臉皮厚到只能甘拜下風。

「好啦，來談談工作的事吧。」

傻眼的是，他這不是還自顧自地說起自己的事了嗎！

「太陽升起，終將會落下，大自然就是這種存在。本國也像這樣，把政治問題拿到檯面上爭議，最後作為難題落到現場。」

說出難題二字的老人，帶著疲憊的表情。

只不過，德瑞克中校可沒有純真、純情到會被外表矇騙。因為，來到他這邊的同胞……總是帶來堆積如山的麻煩事。

「儘管不能跟像你這樣的現場人員比較，但我也是被到處使喚來使喚去的人，就連這種不合理的傳令，也是其中之一。」

痛切地喃喃低語，Mr. 約翰遜在椅子上漂亮地嘆了口氣。

「真受不了，國王陛下的忠實臣民也很難當啊。我們都很辛苦呢。」

要來一根嗎？——他親切地遞菸勸抽的舉動，還真是充滿感情。乍看之下，也讓人想與他分享辛勞，一起大吐苦水。

然而，這終究只是表面的假象。

德瑞克知道，真正該同情的「唯有」自己。他打從心底的確信著這一點。

「辛苦的人是我們。」

「Mr. 德瑞克，這是自私的想法。」

「恕我失禮，但這才不是什麼自私的想法。因為與敵軍交戰的，不是本國，也不是你。而我們是為了在這裡戰爭，才被派遣過來的。為了在這裡戰爭，我們做好了一切的準備。現在要我們捨棄這一切？」

對於板起臉來試圖抗辯的德瑞克，帶著灑脫表情的老情報部員聳聳肩，一副事不關己的模樣。

「這可不是我的主意。」

「我知道，但這毫無疑問是個不愉快的通知。」

狠狠地瞪過去後，一派從容的 Mr. 約翰遜便在眼前擺出圓滑笑臉的人格面具。

是不能讓人察覺內心想法的情報部員榜樣。

「我雖然只是個傳令，卻也打從心底同情著貴官的處境與心境。接下這殘酷的任務，讓我對你是肅然起敬。」

說出形式上同情的 Mr. 約翰遜，在此時收起和藹老爺爺的氛圍，露出邪惡的表情。

「最重要的是……作為多國義勇軍的戰場，義魯朵雅是最棒的舞台。」

不是嗎？──要是被他用眼神這樣詢問，即使是德瑞克中校也會不甘願地理解到本國的意圖。

「多國義勇軍」本來就是吉祥物。

是本國的政治家們在萬眾矚目的舞台上表演的一顆棋子。在現場戰鬥的演員意見，是其次、再其次的問題。

不過，儘管如此，

自己等人也一直在現場與聯邦人並肩作戰、同甘共苦，對抗著可怕的帝國軍。姑且不論共產主義者，聯邦人是戰友。正是對一同奮戰的夥伴的義務，驅使德瑞克中校開口。

「恕我失禮，Mr. 約翰遜，請考慮我們好不容易才跟聯邦軍建立起像是信賴關係的關係性。」不能把夥伴拋下。

德瑞克主張著這種士兵的、戰士的，幾乎可說是原始的道理，讓 Mr. 約翰遜和藹可親地微笑起來。

「這我知道。」

宛如這是眾所皆知的事實般點頭，說著「我深有同感」而拍向德瑞克的肩膀，表示「這不是理所當然的嗎？」向他展現親切的本國情報部員。

有股非常討厭的氣息。基於不祥預兆，德瑞克察覺到最糟的可能性。

「會尊重現場的信賴關係嗎？」

「當然，我們的確打算尊重這份信賴關係唷。正因如此，為了讓這份信賴關係更加發展，也會不惜採取必要措施。總之，就是我們不會背叛一同奮戰的友人，做出這種背信忘義的事。」

坐在對面之人的這段話，讓德瑞克忍不住提出疑問。

「保持良好的友人關係？」

要怎麼做？沒有補上這個疑問，幾乎是個奇蹟吧。

然而在感到詫異……具體來說，是仍表現出不信感的德瑞克眼前，Mr. 約翰遜卻帶著滿面笑容點了點頭。

「我們是不會讓好朋友分隔兩地的。你們全員都要前往義魯朵雅，就連米克爾上校以及他的夥伴們也不會遭到排擠。你們要一起前往溫暖的義魯朵雅。」

「恕我失禮，Mr.約翰遜。你這句話，聽起來像是要將整個多國義勇軍一起調到義魯朵雅。」

「沒錯。就是這樣唷，中校。」

事情太順利了。

能在義魯朵雅，全員一起展開部署？

帶著即使說得客氣一點也是懷疑的眼神，德瑞克提出質疑。

「……共產主義者容許了？」

「就是這樣唷，中校。」

「難以置信，怎樣也沒辦法。」

他們，那個聯邦，那些共產主義者們，曾一度徹底否定了「魔導師」。

儘管基於戰時必要性而大規模運用……卻也是「附帶監視」用得不甘不願，這是眾所皆知的事實。沒注意到的，想必只有一部分頭腦簡單的笨蛋吧。

「他們會願意將魔導部隊派到無法徹底監視的外國戰地？倘若要去義魯朵雅的只有我們，共產主義者會很樂意把我們趕走吧。但如果要連同聯邦軍的魔導部隊一起，便另當別論了。」

「中校，你似乎被困在非常狹隘的觀點上呢。」

「恕我失禮，你說我怎麼了？」

朝著德瑞克，Mr. 約翰遜帶著數學老師看到學生計算錯誤時露出的傻眼眼神，回答他的問題。

「多國義勇軍打從最初就是帶有政治背景的部隊。我還以為貴官早就知道了……是在戰爭中不小心忘掉了嗎？」

「怎麼可能！這可是讓我理解得刻骨銘心，即使想忘也忘不掉。」

不過對於如此唾罵的德瑞克，Mr. 約翰遜卻一臉傻眼。

「那麼你是誤會另一件事嗎？以我管見，貴官似乎太過低估帝國侵略義魯朵雅方面的事了。我建議你，就算軍務繁忙，軍官也該去關注一下內外情勢。」

開玩笑——德瑞克嗤之以鼻。

「你以為我會悠哉到不去關注帝國的動向？也太侮辱人了。」

「中校，你想說自己有在關注帝國嗎？」

作為理所當然的事，德瑞克點了點頭。

「對帝國來說，義魯朵雅戰線只是側面防護。他們賭上命運的地方是**這裡**。」

「所以？」

「**這裡**——聯邦方面才是決戰地點。將魔導部隊調離主戰場，派往義魯朵雅？只讓我覺得是搞錯了優先順序啊。」

對於德瑞克自信滿滿的斷言，老情報部員儘管曖昧地點了點頭，仍舊帶著滿面笑容聳聳肩膀。

「貴官在軍事上是正確的，在政治上卻不合格。」

「咦？」

「在軍事上，沒錯，誠如貴官所言。帝國會在這裡死去。然而，這裡不是舞台。如果主要舞台在義魯朵雅，諸位的配屬地點就是義魯朵雅。政治便是這麼一回事。」

約翰叔叔更加冷淡地說出答覆。這個出乎意料的答案，讓德瑞克中校忍不住眨了眨眼。

「……能請教理由嗎？」

「很簡單唷。因為我們，因為世界，不得不作為好鄰人互相幫助，團結起來迎戰強敵嘛。」

仰躺在椅背上的老情報部員這句話，輕易超出了德瑞克的想像。

「咦？互相幫助？你難道想說國家理性偏偏是在這種時候覺醒了利他主義嗎？」

「要是你對國家懷有幻想，快給我醒一醒吧。」

太讓人傻眼了。像是在這麼說似的望向天花板後，Mr.約翰遜甚至以說教般的語氣，滔滔不絕地稍微教訓起德瑞克。

「無論是我們或聯邦，都是以極為正常且純粹的自私自利，讓多國義勇軍到義魯朵雅展開部署。除此之外，什麼也不是。」

Mr.約翰遜一手拿著香菸，嘆了口氣。

「聯邦人當場就理解了這個部分呢。」

把香菸塞進菸灰缸裡，拿出打火機來的Mr.約翰遜，以執著的眼神看著德瑞克，繼續說道。

「你這個善良的聯合王國臣民，卻在政治領域上不如邪惡的共產主義者，還真讓人感嘆啊。明明就必須有像共產黨員那樣，當場大為贊成的感覺。」

「恕我失禮，那個……真的取得了聯邦當局的同意嗎？」

「當然取得了。美好的友人還願意提供支援喔。」

「友人？恕我失禮，你有聯邦的友人？」

對於以全身表明疑問的德瑞克，約翰叔叔像是能明白似的說明起最新的協議。

「我們可是能與全世界成為好朋友的唷。」

「別開玩笑了。」

「這是玩笑沒錯。不過，利害一致這點是真的。因為惡魔，只有契約會好好遵守呢。」

「惡魔？」

「就是我們敬愛的內務人民委員部。是那位愉快的頭子親自安排好的。拜這所賜，出國程序是難以置信地順利。」

難以置信的事情，他經歷的可多了。

就連這樣的德瑞克，都差點因為這句話而從椅子上跳起來。

「請等一下，先生，你說內務人民委員部給我們方便？」

「還面帶笑容，笑咪咪地幫我們加油打氣喔。態度也非常親切。若想喝茶，他們也會幫忙倒一杯吧。」

只要明白聯邦的內情，便能十分清楚地想像那個集團是一群怎樣的傢伙。可怕的祕密警察們，面帶笑容在招待客人？

「Mr. 約翰遜，我難以置信。」

「你也是個疑心病很重的男人呢。」

這是根據經驗——對於這樣回答的德瑞克，Mr. 約翰遜卻翻開讓人更加驚訝的寶物盒。

「為了讓官僚組織動起來，還幫我們準備了推薦信喔。」

「文件？」

「要是有人囉哩囉嗦，就拿給他看吧。除非想自殺，不然都會笑咪咪地送你們離開吧。」

收下約翰叔叔伴隨著要好好保管的叮嚀丟來的一疊文件後，德瑞克中校目瞪口呆地拿在手上看了起來。

那是很細心地同時寫著聯邦語與聯合王國語兩種語言的「最優先通行證」，還附帶著如有必要，甚至能徵用船舶與車輛的強權。最後是所有相關人員一旦有怠慢協助的情況，將會受到內務人民委員部調查的一行字。

「……這份命令文件是什麼？」

「Mr. 德瑞克，內容好歹自己看吧。那是要求聯邦軍所有部隊，要在多國義勇軍出國之際提供最大限度的支援。是內務人民委員與聯邦軍司令部的聯名文件呢。」

「……也就是認真的啊。」

「我不是一開始就這麼說了？目前這個時候，米克爾上校也收到相同的命令了吧。」

笑咪咪地。

或是說，帶著堅決而不容拒絕的陰森笑臉。

Mr. 約翰遜讓德瑞克做好了前往新任地赴任的覺悟，畢竟德瑞克也只能同意了。

只不過，有件事德瑞克想先問清楚。

「……可以請教這件事背後的理由嗎？」

然而視線前方，卻是 Mr. 約翰遜的凝重表情。看樣子是要他自己去想吧。

揣摩了一會後，德瑞克搖了搖頭。

自己的薪給等級終究只有到中校階，是海陸魔導師。每個月從國家那邊領到的薪水，並沒有多到要為了陰謀與政治不斷地勞心費神。

這是我的工作嗎？不對吧。德瑞克很乾脆地放棄了。

「Mr. 約翰遜，我是個笨拙的男人，行動時要是不知道背後的理由，很可能會造成事故吧。希望你能給予適當的說明。我認為這是當然的權利。」

對方想必不願意說吧。

想必會不斷地隱瞞情報吧。

以什麼 Need to know（僅知原則）為由，總是不給德瑞克等現場人員視為必要的情報。怎樣啊——這樣心想的視線前方……老人露出了有如向日葵般的滿面微笑。

「這是正當的要求呢，Mr. 德瑞克。」

「你願意說明？」

「我當然願意！你是想知道聯邦人的意圖吧？這事很簡單呢。據我們的推測，聯邦應該是想成為『援助者』，擺脫『被援助者』的身分。」

在對帝國戰爭之際，聯邦接受了各國的援助。

合州國以租借法案送來的物資尤其重要吧。附帶一提，負責護送的是聯合王國的皇家海軍。而且還接受了以德瑞克等人為主，由少數專家所組成的援軍，這是實情。

就這點上，的確能理解政治會排斥這種只有受到援助的立場，不過……德瑞克提出疑問。

「是面子的問題嗎？即使如此，聯邦才是對帝國戰爭的主翼，他們扛下了正面戰鬥。我實在不覺得有必要為接受援助一事感到羞恥。」

以德瑞克的理解，他甚至能毫不諱言地說「聯邦」比聯合王國還像這場戰爭的主角。

正因為聯邦是大陸國家，才能成為同屬大陸國家的帝國軍天敵。

「所謂的政治，並沒有你這麼合理唷。」

講到這裡，Mr.約翰遜帶著苦笑說出指導。

「義魯朵雅遭到攻打，合州國派出部隊。我們自不待言，就連自由共和國也硬是從殖民地召集了戰力。」

「真是令人安心的消息呢。」

「沒錯，確實令人安心。」

所以，約翰遜先生像是竊竊私語似的向德瑞克說道。

「我們資本主義陣營都這麼努力了。這種時候，唯獨決定要建設繁榮社會主義的聯邦『要求援助』的話會怎樣？無論是以意識形態，還是以實際利益來講，都對他們很不利吧。」

德瑞克雖然困惑了一下，但也不是無法理解他想說的意思。只不過，一想到現場要為了較量這種無聊的虛榮嘔心瀝血，這便只是令人作嘔的一句話。

「是因為面子？所以才會派遣援軍？」

「正是這麼一回事。既然還要維持東方戰線，象徵性的派兵就是極限了吧。」

象徵性。

令人討厭的說法——德瑞克中校在心裡唾罵。

因為是多國義勇軍，所以是象徵。

「以這點來說，像你們這種少數精銳的魔導部隊很好用。即使作為戰力也總是受到歡迎吧，從象徵性的意義來講也很完美。」

聽到一如預期的答案，德瑞克露出不滿的表情。

「……既然下令要我們去，下官也願盡微薄之力吧。不過，這將會是場惡夢。」

「惡夢？」

「指揮官是聯邦體系，主力是聯合王國與聯邦混合的多國部隊，最後還要與義魯朵雅以及合州國兩軍保持一致的步調……」

要對外宣稱「合作」很簡單。

然而，在實戰中保持步調一致的事呢？

作為有機性的戰力，作為部隊所需要的配合呢？

這要在短期間內建立起來，幾乎是不可能的任務，一旦投入實戰，完全能預見重大慘劇。即使以過於露骨的神情表明擔憂，依舊是太過低估。對德瑞克中校來說，也想盡可能地牽制上頭的樂觀論。

但很難得的是，情報部員對德瑞克做出傾聽意見以上的讓步。

「啊，這點你不用擔心。」

「空頭支票就免了。」

「你放心吧，只會設置名目上的聯合司令部。運用上會跟以往一樣能自由行動。哎呀哎呀，義魯朵雅人也很行呢。」

統一曆一九二七年十一月二十七日　義魯朵雅方面

所謂最前線的人，說到底就是要在現場實踐高層無理要求的一方。

以這點來講，無論是聯邦、聯合王國，還是義魯朵雅……那怕是帝國軍也不出例外。

護送傑圖亞上將回到後方，才想說終於能回去時，譚雅便收到掩護雷魯根上校的第八裝甲師團完成「前進準備」的軍令。

要在臨時的停戰期間結束後，同時以全軍戰力衝鋒的命令。

在長達一週的停戰這種慈悲為懷的臉孔背後，帝國軍的後勤單位日以繼夜地以快得亂七八糟的速度與東拼西湊的本領，徵用並分配著在停戰期滿後「再度進擊」所需要的物資。

就連航空魔導師也像頭驢子般地被派去從事空運作戰。

讓只靠卡路里便能飛行的航空魔導師，馬不停蹄地搬運讓裝甲師團運作的燃料，還真是殘忍的做法。就以濫用部下這點來講，譚雅是還比不上長官吧。

即使運完進擊所需的燃料，之後也還要為了準備像是本業的「戰鬥任務」進行會議。

這便是裁量勞動制最讓人詬病之處。不過譚雅還不想死。

既然還不想死，也不能讓部下白白送死，就不得不去努力了。

待燃料宅配的業務一結束，她便立刻連同戰鬥群主力一起，與在一旁展開部署的第八裝甲師團會合。

就這樣，直接進行指揮官會議。

想盡量在事前協議好一切能協議的部分，雷魯根與譚雅兩人埋首在業務之中。

只不過，他們並非疏遠或陌生到得花時間磨合的關係。

結束大致上的任務分配、表明雙方的戰力狀況、基於假定環境的情報交換後，便只剩下「會收到怎樣的命令」這個議題了。

而關於這一點。

解說

【裝甲師團】為什麼不是「戰車」師團，而是「裝甲」師團？大致上，裝甲師團是由「戰車」＋「機械化步兵」＋「其他單位」所組成，因此才會稱為裝甲……儘管並非不能這樣說，但我覺得其實是因為外文太難了。

在深受傑圖亞上將信任這點上，無論是譚雅或雷魯根，都十分清楚傑圖亞上將這名指揮官的性情。

「決定從東部的昏暗戰線，轉調到義魯朵雅的溫煦太陽光下進行轉地療養的傑圖亞閣下，狀況好到不行啊。」

譚雅彷彿抱怨的低語，獲得雷魯根上校的深深點頭。

「只不過，中校，在我的記憶中……閣下在東部時好像也是這樣。」

也是呢──譚雅點頭同意後，隨即指向攤開在野戰摺疊桌上的地圖，直接了當地總結狀況。

「上校，誠如你所見。」

能從地圖上看出，依照傑圖亞上將命令展開的帝國軍有多麼綿長。

義魯朵雅戰役在開戰的第十二天停戰，以讓民人避難的名目帶來長達一週的短暫和平。

然而實際的情況，卻讓人不由得害怕。

「友軍部隊已喪失衝擊力。戰線拖得太長。只看表面上的配置，就跟無秩序狀態一樣。」

凝視起地圖，她注意到一個停在奇妙地點的師團。才剛這麼想，便發現也有師團正在後退。

儘管如此，像是奉命要毅然地發動攻勢的衝鋒部隊也在前線附近。

因為是在這種狀況下停戰，所以才教人吃驚。

軍官學校的候補生要是做出這種指揮，是會當場不及格的。

「照這樣下去，我方會喪失優勢吧。另一方面，可預期敵方會隨著時間逐漸增強。」

給予敵人的時間是一個禮拜。

這在作戰層面上異常地漫長。

對於要防止不顧一切衝鋒的帝國軍部隊遭到反擊瓦解，爭取時間重新調整後勤來說，是過於充足的時間……卻也是久到會容許敵軍重新編制的時間。

面對譚雅指出的問題，雷魯根上校同意似的點了點頭。那與其說是從容不迫，更像是不甘不願的點頭，無比明確地述說著「即使知道也無能為力」的帝國軍困境。

「也沒辦法無視作為敵方同盟軍參戰的合州國。就連疑似他們先遣部隊的新臉孔，也已在好幾處戰線上確認到了。」

唉——從雷魯根上校口中發出這種牢騷。

「時間是敵人的同伴……嗎？」

「是這樣吧。」

譚雅一面回應，一面忿忿然地摸著手錶。

「不僅被時間捨棄，戰線還坑坑洞洞。混亂與無秩序，具體來講，這也能說是不像我們『帝國軍』會有的醜態。」

至少在這場大戰的中期以前，是絕對不可能的。倘若不是像現在這樣疲弊的帝國，敵方也會感到強烈的不對勁吧。

沒錯。

太過自然地，帝國軍陷入了混亂。

「正因如此，下官預期傑圖亞閣下會施展魔術。」

「魔術？妳說魔術？」

喃喃說到這裡，雷魯根上校有些忌諱周遭地壓低聲量。

「中校，貴官也……是這麼看的嗎？」

兩人都在東部見識到了巨大的詐欺。

潛藏在出乎意料的配置之下，那個放手一搏的戰略。況且，譚雅自己可是親身體驗到不想再體驗第二次了。

「這是當然，上校。只要是帝國軍人，任誰都不得不理解到這件事。」

啊——譚雅說到這裡，稍微修正發言。

「就這個意思上，他們也是啊。聯邦人也不會被騙了。」

假如這次的敵人不是義魯朵雅人與合州國人，而是成長到身經百戰的聯邦人；假如不是受到共產主義的意識形態支配，而是受到戰爭家的務實主義支配的那些人。

「他們也是能參加傑圖亞閣下受害者協會的一群人。作為其中一名會員，下官就發自內心地斷言吧。不分敵我，只要是曾一度嚐過苦頭的人，應該都能看出這個狀況很不自然。」

瞠圓雙眼的雷魯根上校，卻在這時輕輕微笑起來。

「看似非常識，卻很合理吧。是怎樣都難以否定的卓見呢，中校。」

因為——他接著說道。

「我也有同感。」

話雖如此，雷魯根上校依舊有個疑問。

「只不過……我看得出這是為了磨利『凶牙』所特意下的工夫，但我也只看得到這裡。閣下到底在想些什麼？」

「是難以猜出明確的內容。」

「就算是推測也無妨。提古雷查夫中校，我想知道閣下的意圖。」

那麼——譚雅開口說道。

「坦白說，以軍事合理性來看，現狀下的作戰指導是有問題的。只有在義魯朵雅軍、帝國軍之中屬於少數派的東部方面經驗者，能理解到這當中潛藏著傑圖亞閣下的惡毒藝術吧……」

「再來我就不懂了。」

回應雷魯根上校的牢騷，譚雅陳述起自己的意見。

「這種混沌的局面，正是閣下所需要的不是嗎？該理解成是某種魔術的事前準備吧。」

「貴官是指政治嗎？啊，所以才會在義魯朵雅的王都前要我們停止進軍啊。只要認為閣下是在摸索交涉契機的話……」

會是議和嗎？——對於雷魯根上校這句沒有說出口的臆測，譚雅卻以一句「這個可能性仍存有疑問。」插話說道。

沒錯，傑圖亞上將的確看到了帝國的結束。

然而說到他的樣子，可是跟作為好輸家接受命運的那種人有著天壤之別。那不管怎麼看，都像是要去把命運打死的人。

「在能看到城市的地點，繼進軍準備的命令之後，收到『禁止攻略王都』的命令倒還可以接受。因為『禁止攻擊義魯朵雅王都』是政治性的判斷。」

問題在於這麼重要的事，直到「抵達前」都沒有傳達下來這一點。

以譚雅所見，這是很不尋常的事。假如停止進軍的命令沒能趕上，他們說不定就會在停戰成立之前衝進去了。

只不過——譚雅說道。

「那個停止命令，說不定是打從最初就考慮好的。」

「妳為何會這麼想？儘管我不打算自誇，但我們在首戰中的進擊十分迅速，即使保守來講也是勢如破竹。仍舊有超出上頭預想的可能性吧。」

雷魯根上校的指摘也很有道理。然而，譚雅還是不得不說。

「如果是即興地命令我們『攻略』，倒還可以理解。」

擴大戰果的命令極其當然，趁著良機賭一把是符合戰理的決斷。如果是下令攻占，就不會有半點遲疑。

「可是，要是在看到『攻略可能性』的瞬間，做出停止進軍的決斷，這難道不會是某種惡毒策略的前兆嗎？」

實際上倘若可以攻略，譚雅也想這麼做，因為是在轉職活動前。既然要轉職，便會想要一些能在轉職對象面前推銷自己的賣點。

就在這種時候，收到禁止攻略的指示。

在取得功名的機會之前，這種指示也讓她很洩氣。

話雖如此，但也不可能根據譚雅這個一介校官的功名心，來決定要不要攻略敵國首都。

要是這麼做，便等著被蓋上連行政命令都無法遵守的危險人物烙印了。

以轉職前的差錯來說，這是最糟糕的失敗。想要賺取印象分數的譚雅想了又想，拚命地以客觀角度思考著，能推銷自己的賣點有沒有掉在哪個地方上。

到最後她明白了一個事實，那就是自己沒有任何能賺取分數的機會。這雖然很難受……卻也讓她在某種程度內看出上司的意圖。

「依下官愚見，本國，或是說傑圖亞閣下……是打算把義魯朵雅王都當成遊樂場吧。」

「遊樂場？」

「就是玩具箱不是嗎？儘管沒有重啟戰鬥狀態，但即使很勉強，仍讓強力部隊前進至王都附近的階段。另一方面，敵軍也同樣在增強兵力。難道不能認為閣下這是在集結玩樂的同伴嗎？」

說要打一場禮數周到的戰爭，手法卻意外地惡毒。

「這與其說是戰爭，更有可能是為了政治的軍事力行使……」

正當譚雅說到這裡時。

掛著少校階級章的年輕參謀，一副顧不得規矩與禮節的模樣，十萬火急地闖進正在進行指揮官會議的帳篷裡。

「請恕下官失禮，師團長！」

「我只是代理。所以，有什麼事嗎？」

敬禮也做得匆匆忙忙。年輕少校遞出一張小紙條，似乎是剛收到的命令文件。

「請看這個！是本國發來的最新命令。」

像是揮拳般地提出文件，十萬火急地趕來的這名少校，該說很熱心吧。只不過，譚雅對命令文件的興趣比人還大。

「是話題中的傑圖亞閣下發來的嗎？」

對於譚雅的試探，雷魯根上校在默默點頭後看起文件。

「很像是閣下的命令。」

那麼？——對於表現出幹勁問道的譚雅，雷魯根上校點頭回應。

「說是要在停戰期滿的同時，刻不容緩地攻擊敵野戰軍。貴官則是要率領魔導部隊，前去進行魔導殲滅戰的樣子。」

「殲滅敵魔導部隊，並盡全力殲滅合州國軍？這就是上頭的意思嗎？」

「對貴官的命令是這樣。軍隊全體的目標是敵野戰軍，而且要在敵軍重建體制之前殲滅，也就是正攻法。」

「看來是要我們去教育一下合州國的新人，什麼是戰爭的味道嗎？」

會歡迎來賓，也會指導新人。而且無論哪一邊都不會敷衍了事。這就是帝國的待客之道。

禮數周到說得還真是沒錯。譚雅幾乎傻眼的意識，被雷魯根上校有如忠告的聲音喚了回來。

「不過，對於貴官有一句補充。」

「對於下官？」

正想提出疑問，譚雅便隨即改變主意，認為這樣才是傑圖亞閣下。

要說的話，就是作為好久沒有強人所難的上司所下達的命令，單純的正攻法太不自然了。

無論何時、無論何地，參謀本部直屬的第二〇三航空魔導大隊都會被狠狠使喚。

轉生前和平且良心的準時下班生活，至今也作為早已失去的過往，讓譚雅不得不感到懷念。

啊，和平。

啊，準時下班。

啊，日常。

失去的事物，是多麼美好啊。

正因如此，才要取回來。

「是不可能的任務嗎？請交給我吧。那怕是義魯朵雅首都，下官也會以直擊化為焦土。」

「傑圖亞閣下真的很了解貴官的樣子呢。」

「上校？」

「……說是唯獨貴官，對於義魯朵雅首都的行動只能保留在威脅上。這部分作為軍令，明確記載在命令文件上，甚至還限制妳靠近首都喔。」

聽到雷魯根上校彷彿苦笑般地答覆，譚雅立刻向他確認。

「上校，恕下官失禮……意思是，別說攻略，就連攻擊都禁止下官去做的命令嗎？」

儘管懷著不至於吧的疑惑，雷魯根上校卻一臉得意地在譚雅眼前點了點頭。

「實質上正是這樣。」

也就是說——兩人的想法在這裡達成一致。

傑圖亞閣下的命令，是要在現狀下對「義魯朵雅的首都」置之不理。而且還是以再三囑咐的形式。

「傑圖亞閣下居然下達這種命令。」

這背後的意圖究竟有多麼惡毒啊。

無論如何，事情都很清楚了。

這是前兆。

即將落在譚雅等帝國軍參謀本部直屬棋子身上的，將盡是一些受到政治意圖限制的命令吧。

「戰爭的方式改變了呢。」

「的確……只不過我不打算對此說三道四。如果這是必要之舉，那便只需要去侍奉必要。」

話雖如此──雷魯根上校露出有些疲憊的表情。

「但如果只需要戰爭，會有多麼輕鬆啊。」

痛切地喃喃說出的這句話，透露著辛勞的痕跡。

「因為是政治與戰爭呢。我們也不得不去注意自己的行為表現。」

無論是誰都會這樣做吧。

在戰時狀況下，立身處世是非常重要的。

譚雅也基於出人頭地與自我保身的觀點，想盡可能地建下軍功。為了在轉職履歷表上做出讓人印象深刻的自我宣傳，功勞愈多愈好。

「……可以的話，真想直擊王都。」

譚雅純粹的心聲，似乎是將到底太過現實的升官慾望吐露得太多了。只要看到雷魯根上校有點僵硬的表情，就能看出長官感受到要她「自重」的必要性。

正因為譚雅自負很了解人類心理，所以當下便理解到有必要解開這個「誤會」。

「上校，請放心，我也是軍人，會遵守命令的。遭到誤解並非下官所願，只要下令等待，等待就是下官的職責，所以還請上校放心。」

「啊，那個……中校，貴官有狩獵首都的興趣嗎？」

「咦？是說狩獵首都嗎？」

「達基亞、聯邦，然後是義魯朵雅。妳想直擊國家首都的習慣是不是很嚴重啊……」

原來如此——譚雅這下懂了。聽他這麼一說，自己確實會因為顯著的軍功慾望，前去攻打明顯目標，有著這種類似壞習慣的傾向啊。

對於義魯朵雅的王都也是興致勃勃。

然而，這種傾向並沒有強到會讓她無視上頭合理的命令。這種愚蠢的自我宣傳，有誰會去做啊？

因此，她懂得身為善良軍官的處世之道——至少，當事人譚雅確信自己很懂而挺直身軀，作為對義務與責任有著自覺的將校，以模範且甚至讓人感動的認真態度，面對雷魯根上校的誤解。

「上校，這些是誤會，下官是因為軍務的命令才這麼做的。如有必要，無論任何地方，下官都會前去化為焦土，然後悠然地凱旋而歸。」

「還真是可靠。既然如此，這次也很期待貴官的表現。」

「當然。敵魔導師的殲滅交給下官吧。就連敵野戰軍的殲滅，下官也會做出某種成果來。」

這樣啊——如此回應的雷魯根上校會在這時說出社交辭令，是因為他以參謀將校來說太過善良的人格吧。

總而言之，雷魯根上校問了一個粗心的問題。

第八裝甲師團能幫上什麼忙嗎？

對此，譚雅・馮・提古雷查夫中校的回答帶著非常邪惡的企圖。

「那麼，雷魯根上校，不好意思，想拜託你一件事。能借我幾輛至今繳獲到的敵方車輛嗎？」

對新大陸人來說，舊大陸是個有哪裡讓人「憧憬」的地方。

縱使這是某種偏頗的觀點，不過舊大陸因為歷史悠久所累積的文化氣息，對於純真的年輕人來說也是足以抱持憧憬的要素吧。

不過，時代有點太糟了。

渡海來到義魯朵雅的合州國先遣部隊，遭遇到的是舊大陸的怪物。

在總體戰之下變得瘦骨嶙峋，然而也在總體戰之下鍛鍊成長，名為「帝國軍」的這頭不顧一切的戰爭之獸。

這頭野獸，說不定也是一種文化。

是累積下來的戰爭藝術產物。

在萬骨枯的盡頭，讓名為參謀將校的惡魔添上經驗的翅膀，成為有如奇美拉的世界公敵。

喝采吧。

因為這值得喝采。

因為這些無法成為超常英雄的凡人們，儘管如此卻依舊作為勇者，面對著化身為「人類天敵」的「帝國軍」這頭必要的怪物。

統一曆一九二七年十一月二十九日　義魯朵雅戰線

一個加強規模的航空魔導大隊的「車隊」。

沒錯，是車隊。

而且還偏偏不停地發出魔導反應，以歪七扭八的隊列讓自己無比顯眼的一群人，在「幹道」上悠然進行著大規模旅行。

宛如在避寒勝地的愉快郊遊，比方說就有一位帝國軍女性魔導軍官一面騎著摩托車，一面無憂無慮吃著巧克力棒。而在這輛摩托車的邊車上，過於嬌小的將校還聞著從保溫瓶中倒出來的咖啡香氣，笑逐顏開。

具體來說，便是沒有前往戰地的緊張感。

彷彿在美夢中遠足旅行的氣氛。一副像是出外遊玩的這些人，真實身分卻是帝國軍第二〇三航空魔導大隊的精銳們。

借用第八裝甲師團剛繳獲的車輛，將搶來的高辛烷值汽油注入便攜油桶裡。順道一提，由於在停戰期間，魔導部隊就像頭驢子一樣成天搬運著這東西，所以也讓他們對便攜油桶又愛又恨。

將這樣的便攜油桶掛在義魯朵雅軍制式二輪車的側邊後，他們便一路彷彿兜風似的，沿著義魯朵雅幹道往王都方面南進。

這些舉動是一種佯動。

是為了引出敵魔導部隊，將他們好好料理一番的偽裝策略。

總而言之，這麼做的主要目的，就是要將警戒心不足而「掉以輕心的帝國軍魔導部隊」這塊美味誘餌，掛在義魯朵雅與合州國兩軍面前，引誘他們做出反應。

這是要讓敵方認為，即使是在東部四處征戰的魔導部隊，在來到遠離東部的義魯朵雅土地後，也一樣會「放鬆警戒」的初見殺。

只不過，稍微出了點意外。具體來說，是在關鍵的偽裝上有難處。

直接了當地說，便是對魔導反應的控制。

譚雅的要求，是要為了偽裝，故意以粗糙的魔導靜默洩露反應。這麼做是要吸引敵人上鉤——直到向部下們說明用意為止都還很順利。

有讓他們理解目的，就連該做的事也徹底地讓每位部下明白。

沒有任何問題。

上、下級有著共同的意識，甚至全員都十分清楚，自己的行為會達成怎樣的目的與作用。

然而，等到實際要讓魔導靜默變得粗糙時……別說是成功了。

結果實在悽慘。

儘管下令要盛大地洩露魔導反應，還不斷地反覆指導，但絕大部分的魔導師依舊洩露不出來。

「我漏不出來。」當謝列布里亞科夫中尉勉強擠出這句坦白時，譚雅就覺悟到這會是個難題。

甚至承認自己的教育有一部分是錯的。

因為在至今為止的戰場上，譚雅一直要求部下做到「完美」的魔導靜默。

這要說起來，也是理所當然的要求。

魔導靜默不是零便是一。

會洩露反應的靜默，本來就毫無意義。

堅決的靜默。最為重視隱密性，徹底追求著奇襲效果。

這正是第二〇三航空魔導大隊的理所當然。

在這種環境下，硬是神經質地不斷重複著魔導靜默的部隊，能完美達成「不准洩露魔導反應」的命令。

實在是太諷刺了，居然辦不到相反的事！

「是我的教育有問題嗎？太過強調不准洩漏了。」

作為教育家的堅定自信，在這一瞬間出現了巨大裂痕。

他們是身經百戰的勇士，所以也能理解是深入骨髓的實戰經驗，讓他們對洩漏魔導反應一事感到生理上的厭惡。

亦即所謂的前線習慣。

譚雅也試著修正，但部下們忌諱犯禁的習性已根深蒂固。導致愈是身經百戰的老手，便愈是在演技上耗費時間。反而愈是像維斯特曼中尉這種新加入的將兵，就愈能在這件事上做到近乎譚雅理想的表現。

只不過，這種程度倒也算不上什麼問題。

老手只要習慣的話，就能勉強辦到。或是說，辦到了。

也能說是讓他們辦到了。

拜此之賜，讓第二〇三航空魔導大隊的眾人能一面一點一點地洩漏著魔導反應（雖然要說到偽裝程度，依舊有著相當的不滿），一面在義魯朵雅幹道上悠哉飆車。

況且今天還是個平穩的兜風好日子，天候良好。要是視野也很清楚，關於「敵人」的存在，便能在被他們發現之前發現他們。

搶先發現，先發制人，一擊脫離。

所謂理想的戰鬥，總而言之就是這種東西。

只不過——譚雅為了不讓粗心的部下們照著往常的習慣「解決掉」對方，仍然沒有忘了發出警告。

「Salamander・leader 呼叫全員。立即確認接觸到的合州國魔導部隊，規模是小隊，高度七五〇〇英尺。請『無視』像是以警戒態勢巡邏中的那個。千萬不要像往常一樣攻擊唷？附帶一提，以往抑制魔導反應的習慣，唯獨這次給我克制一點。」

對於譚雅自身的命令，在一旁愉快飆著摩托車的副隊長提出形式上的抗議。

「02呼叫01。要是無視敵人，馬上就會被捅屁眼吧？」

「01呼叫02。玩笑話要適可而止啊。」

「下官失禮了。」

拜斯少校一面敬禮一面靈活地低頭致歉的模樣，被譚雅一笑置之。因為副隊長也不是真的在擔心。

這是用來紓解緊張感的那種笑話。

在瀕臨危機時還能開得起玩笑，一直都是個好跡象。

譚雅滿意地將保溫瓶裡的咖啡倒入杯中，一面享受著初冬暖陽，一面品味著令人舒暢的一杯。

「謝列布里亞科夫中尉，貴官幫我泡的咖啡還是一樣美味啊。」

譚雅一面向騎車的副官道謝，一面從背包裡拿出板狀巧克力遞給副官。

不理會儘管不好意思，卻仍不客氣地收下巧克力板大口咬下的副官，譚雅朝著浮在空中有如兩顆米粒的敵人望去。

「只不過，還真是漂亮。」

一感到愉快，譚雅便忍不住笑逐顏開。

以小隊編制飛行的敵人，真是漂亮的直線飛行啊。跟著並排行駛的拜斯少校一起鑑賞起上空的敵人，她甚至出言批評。

「瞧瞧他們的飛行。還真是『漂亮』。我要讓各位排出那種隊列，肯定需要猛特訓喔。」

「拜託饒了我們吧。事到如今還要我們排出那種閱兵典禮的整齊隊列飛行……」

喂喂喂——譚雅苦笑起來。

「即使是我軍，只要找一下，依舊會有陳舊的教範吧？」

「要照著陳舊的教範行動，下官可是怕得辦不到。」

就連渾身顫抖的副隊長，以前也是個墨守教範的人呢——譚雅微微苦笑起來。

是在達基亞戰爭時的事吧。

真是讓人懷念。當時，譚雅的副隊長……可是個會依照陳腐的教範，打算從戰列步兵的方陣上空脫離的人。

結果怎麼了？

如今拜斯少校這名人才，已久經實戰到會去譏諷依照教範的漂亮飛行隊列了。

「人是要培育的呢，少校。」

「咦？」

「哎呀哎呀，沒想到貴官竟然會瞧不起教範。」

感慨良多的譚雅，讓拜斯少校面紅耳赤地擺著手。

「那都過去了！我也曾年輕過啊。」

「說得沒錯。年輕的時候，就是要不斷經歷這種錯誤來學習唷。我也該對格蘭茲中尉與維斯特曼中尉寬容一點吧。」

不過對於譚雅這句稀鬆平常的感想，騎在駕駛座上的謝列布里亞科夫中尉卻投來一句意外的評語。

「……那個，我有時會這麼想。」

「怎麼了嗎？謝列布里亞科夫中尉。」

「每次聽到中校談起年齡的話題……」

咦——譚雅感到像是可以理解，又像是不對勁的感情。只不過，一旁的副隊長糾正了副官的誤會。

「喂喂喂，中尉，妳這是誤會了喔。」

「拜斯少校？」

朝著愣然的副官，副隊長擺出認真的表情後，嚴肅地開口。

「這種時候，說的是實戰經驗年資吧？」

「實戰……經驗年資？」

「妳看，如果是這樣，中校就是最年長的人不是嗎？」

啊、哈、哈、哈、哈，哄堂大笑的車隊，簡直就像是在好天氣出外郊遊踏青的一行人。

以譚雅看來，儘管維斯特曼中尉仍有點僵硬，或是說保持著「適度」的緊張感，不過其他人倒是完全壓過了敵方的氣勢。

至於說到謝列布里亞科夫中尉，則是一如往常地吃著不知從哪裡拿出來的巧克力棒。自己遞過去的板狀巧克力早就消失無蹤，還真是不可思議。

與地面上的鬆懈氣氛截然不同，上空的敵人非常認真地飛行著。肯定跟教範指示一樣。

一面吃著巧克力，一面繼續抬頭觀測上空的譚雅，在這時嘆了口氣。

「以戰術來說並沒有錯呢。還真是讓人羨慕的餘力。」

讓魔導部隊在前方展開的空中巡邏任務。

這不僅一點也不稀奇，甚至還能說是古典的基本。只不過，僅限於「教科書」的世界。

因為這需要將擔任巡邏人員的魔導師，分散配置在複數的前方空域。假如要支援廣大地區，便必然會需要人手。

敵軍說不定有辦法，但對如今的友軍來說是無法指望的奢侈。

「在萊茵的時候，我們也有辦法這麼做呢。」

喃喃說出這句話後，譚雅甩了甩頭。或許可以說，正是在那裡不斷浪費著人力資源，才會導致今日的人手不足吧。

就跟雷達哨戒艦一樣。

特意讓受害擔當部門在前方展開部署，再根據必要由本隊派出增援。這是唯有富者才允許施展的正攻法。

而所謂的正攻法，就是只要能選擇這麼做……便會很可靠的辦法。

合州國的傢伙們就這層意思上來講是得天獨厚。不過在經驗這點上，帝國「仍」略勝一籌。

因為經驗這名教師，是收取名為屍體的束脩作為學費。

譚雅用鼻子哼了一聲，重新看向敵人。

「規律的行動，搭檔之間也總是保持一定的距離。」

很努力。

努力的方向性也很正確。

只不過——譚雅伴隨著極致的愉悅感到確信。

「仍」不可怕。

過去的聯邦軍也是這樣。

就在還能贏的時候，贏得痛快吧。

當天 義魯朵雅半島上空

合州國義魯朵雅遠征軍第一軍團所屬，第七航空魔導連隊Corinth的年輕魔導師們，意氣揚揚地在舊大陸的天空巡航。

十一月的天空略帶寒意，但充滿著在這之上的濃密戰爭氣息。

蔚藍的天空與不時的砲聲。只要將這種實戰的空氣深深吸入肺裡，膽量也會跟著大起來。

自從來到義魯朵雅緊急展開部署以來，經歷過對帝國軍的數次遭遇戰，讓Corinth在現時點累積了足以對自身能力懷有自信的成功經驗。

對於長驅直入的帝國軍的戰場阻絕，儘管是停戰前的極小規模衝突，但Corinth所屬的魔導師們依舊成功擊退了敵軍攻勢。損害輕微，對於帝國軍的些許恐懼也早就淡去。

伴隨實績的自信，或許要說是勇氣吧。

在這樣的他們心中湧現的，是些許的冒險心，以及想在同僚面前好好表現的這種很有年輕人感覺的虛榮心。

況且這些年輕魔導軍官們也還有餘裕談情說愛。

他——傑克遜中尉也不例外。

想在喜歡的異性面前好好表現。

抱持著說是別有用心會略嫌純情，卻也難以消除想表現帥氣一面的微妙心情，傑克遜中尉與搭檔的潔西卡中尉一起進行警戒飛行，努力執行著這個令人高興的任務。

只不過，他有著認真過頭的認真個性。

戰友都說他不知變通。

比起看向飛在身旁的心上人，他更多時候是確實注意著義魯朵雅的主要幹道。就這點來講，他沒有背叛「工作熱心」的事前評價。對於讓他們兩人搭檔的長官來說，這是足以自豪自己的眼光正確無誤的工作態度。

因此，他切實地捕捉到正在接近中的微弱魔導反應。

「潔西卡，有魔導反應！已接敵！」

「是02唷，約翰。不對，01！」

注意到彼此都因為事發突然而忘了呼號，他們一面互相苦笑，一面開始追蹤魔導反應的來源。

移動中的魔導反應有複數。

「01呼叫02。明顯是部隊規模。妳覺得呢？」

「同感。只是，反應太微弱了……」

就他們所知，這是非常高度的偽裝。雖然至今交手過的帝國軍也是強敵，但這次的敵人會在那之上吧。

「那會是帝國軍的主力嗎？」

「這樣也難怪會這麼難偵測到反應呢。或許是相當大的獵物喔。」

你立大功了喔——傑克遜中尉被心上人這樣稱讚著。儘管稍微得意起來，但他依舊沒有疏忽警戒，仔細確認著周遭狀況。要說的話，就是致力落實常在戰場的精神。無論如何，他都是個會踏實完成自身職務的男人。

趁著接敵的機會，一面觀察一面回報狀態。

「CP、CP，這裡是 Boxer01！在巡邏地區確認到帝國軍魔導部隊！」

「CP呼叫 Boxer01。這裡的值班人員並未確認到敵魔導反應。你有目視到敵魔導部隊嗎？」

對於指揮所經由電波發出的確認，傑克遜一面用雙筒望遠鏡窺看著，一面用力且正確地回答。

「Boxer01 呼叫CP，不會有錯的。敵人在地面上以車輛移動！我認為是戰鬥教訓中的魔導師的地面移動。強力的敵方部隊，目前正以極為高度的魔導靜默接近中！」

魔導師特意抑制魔導反應，採取奇襲的手段十分有名。

至少在「Corinth」當中是這樣。

帝國軍精銳部隊在東部大量運用各種新型戰術一事，受到「Corinth」的連隊長本人十分重視，還不惜再三對傑克遜與潔西卡等現場人員提醒著戰鬥教訓的內容。

這正是組織力量勝利的瞬間——傑克遜自己也對此深信不疑。

「抱歉，這邊無法確認。你有確認到魔導反應吧？」

「雖然極為微弱，但確實有偵測到反應。我認為敵魔導部隊正試圖以魔導靜默狀態穿越我軍的巡邏線。」

一面與潔西卡並肩飛行，一面集兩人之力進行掃描，才總算有辦法偵測到的微弱反應。他們知道帝國軍會用這種手段進攻，既然是等到親眼目睹後才能夠確信的徹底的魔導靜默……

「你立大功了，Boxer！」

「我自己也覺得很走運呢。」

「CP收到。很好，理解狀況了。Corinth 連隊說能立刻快速反應出擊。現在轉接給 Corinth01，請報告敵情。」

根據自己等人的發現，部隊展開行動。

進而會影響到戰況吧。

傑克遜中尉甚至感到這種亢奮感，他為了讓語氣保持平靜而做了一次深呼吸，專注在眼前的景象上，以求能盡量適當地傳達狀況。

「Corinth01 呼叫 Boxer01。請回報狀況。」

「Boxer01 呼叫 Corinth 大隊。目視到敵方一個大隊規模的魔導部隊，正企圖以地面車隊突破戰線。空域是……」

是哪裡？

明明知道，明明就到嘴邊了，傑克遜卻在這時忘了自己飛行空域的通訊編號，狼狽起來。是哪裡。

不對，為什麼就是想不起來？

想不起來這麼簡單的事讓他慌了手腳。就在這時，有人把手輕輕放在他的肩膀上。

「02 呼叫 Corinth01。空域是CV42。CV42。」

溫柔的聲音，自身後幫他說了下去。

他向潔西卡低頭致謝。她則輕輕擺手，回以微笑。

「Corinth 收到。Boxer 小隊，幹得好。即使是為了守住首都防衛線，現在也不得不毅然反擊。我們立刻趕過去。請繼續確認敵情。」

「Boxer01 收到！」

「我想了解敵人的詳細情報。立下大功的 Boxer，敵人的真面目是？」

只要冷靜下來，全是傑克遜在訓練中反覆過無數次的標準程序。

他努力想掌握敵人的真面目，但怎樣都找不到線索。

「敵魔導部隊的反應微弱，完全掃描不到跡象。」

「Boxer02 也一樣。只是相較於部隊規模，感覺洩露的魔力量太少。我想是相當老練的部隊。」

對於兩人的報告，連隊長在說了聲收到後，便讓他們在頻道上待命，聽著自己與上級司令部之間的空中協議。

「Corinth 連隊呼叫司令部。難以認為敵魔導大隊會單獨滲透，請求對後方進行空中偵察。」

「猜對了，Corinth01。海軍艦載機就在方才捕捉到疑似敵第八裝甲師團的敵裝甲戰力。」

在一旁聽著長官與司令部通訊的傑克遜敲了下手。這肯定是帝國軍終於要發動攻勢打過來了。要是自己等人未能偵查到，我方的防衛線便很有可能會遭到這批有著可怕隱匿能力的敵方精銳奇襲。

他一面瞪著下方的敵人，一面大概是基於責任感的激昂而顫抖起來。

正因如此吧。他有所預感，當連隊長傳來下一次呼叫時，對他們下達的命令將會十分重大。

「Boxer 小隊，一如你們聽到的，這批敵人恐怕是大規模攻勢的前鋒吧。」

所以──連隊長以有哪裡感到愧疚的語調把話說下去。

「我想期待貴官們的偵察能力……能更加深入敵勢力圈，去直接確認疑似主力的敵裝甲部隊嗎？」

面對連隊長的詢問，傑克遜像是確認似的看向潔西卡。

以小隊單獨深入敵勢力圈內部。

雖然極度危險，但同時也能理解這是現況下的必要行動。

「這樣會遠離敵魔導部隊的可監視範圍，但位置就跟回報的一樣。要是我們更進一步掌握到的敵方情報能有所貢獻，便請儘管吩咐吧。」

「……抱歉，能志願嗎？」

「當然，下官願意前往！」

傑克遜立刻答應下來。

「別擔心，我們辦得到的！那可是連我們都沒發現到的魔導部隊……敵人看來也意外粗心。請無須擔心！」

「這裡是Corinth01，感謝貴官的志願。不過千萬不可大意。最重要的是，敵軍的戰術高超。」

所以——連隊長十分慎重。

「太過低估敵人是很危險的。在深入之際，要嚴加區分勇氣與無謀的不同。只要感到危險，即使立刻脫離也無所謂。」

「Boxer01 收到。02也是同樣的意見。會試著盡可能深入敵地。」

傑克遜中尉與潔西卡中尉，懷著明知危險的覺悟志願前往。

這是完全不考慮前方會有何種危險的高潔覺悟，也是天真無邪的純真心態。

小隊單獨深入敵地。

就連老練軍人都會躊躇不前的行動，他們為了掩護本隊而毅然接受。

該說正因如此吧。

他們幸運地獲得逃離命運之牙的機會。

以運氣這點來講，神並沒有對合州國航空魔導部隊 Corinth 展露微笑。

可說是十分殘酷地無視了吧。Corinth 明明是足以誇下豪語，說自己人事已盡，只待天命的存在。

因為他們是在要派兵前往舊大陸時「選拔」出來的菁英。由一〇八名魔導師組成的連隊，無論是訓練水準、裝備，還是素質，全都是一線級。

事實上，就連後世的歷史學家都毫無保留地承認一件事。

那就是，Corinth 連隊是值得獲得當代最優秀殊榮的部隊。

至於連隊長，可是準備周到。

對於戰鬥教訓的收集尤其熱心，兵要地誌的熟讀度也獲得同行的高度評價。

最重要的是，他也是個會確實實踐指揮官先行的魔導將校。

領導能力優秀，富有知性，懂得慰勞部下的勇敢軍官。

所率領的部隊受過充分訓練，是磨練過組織戰鬥能力的一線級。航空魔導連隊 Corinth 除了被神拋棄之外，兼備著精銳所能期望的一切，這點甚至獲得專家們的一致認同。

就連 Corinth 連隊決定出擊確保義魯朵雅王都的首都防衛線，都只能說是非常踏實的判斷。

作為升空警戒兵力，派出一個連隊規模的航空魔導部隊進行快速反應出擊。

雖是奢侈的兵力運用，卻是極為妥當的判斷，正因如此……當地面突然產生複數的魔導反應時，他們能做出「不要聚在一起」的反應。

一如事前假定的——生存者如是說道。

敵魔導部隊「暗中」貼著地面深入的可能性，早在 Boxer 小隊發現到之前就有假想過了。既然如此，對於突然從地面陸陸續續顯現的爆裂術式，所帶來的混亂也能控制在最低限度。

Corinth 的魔導師們做到了迅速且適當的初期對應。

一面以防禦殼承受攻擊，一面立刻爭取高度。他們的對應表現，作為遭到敵魔導部隊從地面奇襲時的反應，完全是教科書般的模範解答。可說不負他們選拔優等生的名聲。

甚至還回擊術式作為牽制的表現，做得非常好吧。他們不同於只懂得紙上談兵的無知之輩，是幹練的戰士。

無論如何，合州國航空魔導連隊 Corinth 都沒有一絲瑕疵，完美達成了連隊長設想周到的指示……然後，在那一天與「不幸」共舞。

他們犯下的失誤只有一個。

就是沒能預料到他們優秀的敵人，是在蠱毒盡頭產生的大戰魔物。

名為第二〇三的吃人惡魔這件事。

「放棄術式！衝鋒！衝鋒！」

伴隨著譚雅簡潔的號令，發出術式的大隊拋下直到方才都還騎著的摩托車，升空飛去。

朝敵魔導連隊發射的爆裂術式，終究只是「佯攻」。

譚雅等人對爆裂術式的威力評價，可沒有高到會盲目相信，只靠一道術式就能擊潰明顯在警戒地面襲擊的對手。

東部的戰鬥教訓指出，具備堅固防禦殼的魔導師（特別是聯邦體系的那些）有著極為優秀的生存能力。

考慮到經過實戰證明的事實，認為魔導師是脆弱目標，期待只用一發爆裂術式就能解決，早已是外行人的看法了。

術式只能扭曲世界。就跟刺刀一樣。唯有魔導刀能斬斷問題。

「衝過去！擾亂敵人！」

當個別的資質占上風時，混戰才是唯一突破口的情況也並不罕見。

第二〇三航空魔導大隊是冠上游擊之名的精悍「大隊」。倘若要以「連隊」為對手戰爭，就只有衝鋒一途。

只顯現最低限度的防禦殼，將剩餘魔力全都用來爬升。

艾連穆姆工廠製九十七式「突擊機動」演算寶珠，可不是白白冠上「突擊機動」這四個字的。

那是具有雙發寶珠核，最重要的還是加速性能極端優秀的「悍馬」。是半吊子的使用者會一如字面意思被炸飛，惡名昭彰的狂暴野馬；也是絲毫不考慮使用者安危，令人傻眼的寶珠。

儘管如此，這卻是個傑作。

只要讓幹練的騎手馴服，束手無策的悍馬便會蛻變成最棒的軍馬。

這種不可能阻止的威脅性加速力，要說的話……就是以前的重騎兵。只要在適當環境下，交由訓練過的將兵運用，便能將號稱無雙的衝擊力與破壞力，盡情擊向帝國的敵人。

「顯現魔導刀！各位，教教這群書呆子什麼是暴力與野蠻吧！」

發出明確指示的譚雅，在這時忽然陷入文學性的思考之中。為了向部下補充說明自己的意圖，她換了個單純的說法。

「去教教優雅的新大陸人，這次大戰的精髓吧！」

譚雅回頭望去……大隊漂亮地加速了。

拜斯少校與格蘭茲中尉等資深老兵自不待言，就連維斯特曼中尉都有確實跟上，沒有落後。

另一方面，敵人的動向看了便讓人可憐。

目瞪口呆的敵兵，稍微停止了動作。

「看來那些優雅的傢伙們是假定射擊戰的樣子呢！」

譚雅咧嘴竊笑。

想必不會有人料到在魔導連隊的火力之前，會有人選擇正面衝鋒吧。

因為混亂讓反應中斷，不過是瞬間的事……但只要考慮到九十七式的加速力與航空魔導戰的基本，光是稍微駐足就十分致命了。

當敵兵回過神來，為了對應來自下方的突擊者而採取行動時，已經來不及了。

人員散開的陣形會有辦法阻擋騎兵衝鋒嗎？更何況對方還是久經軍紀教練且身經百戰的重騎兵。

答案明瞭到殘酷的程度。

不可能。

要是能辦到這種事，步兵便不會畏懼騎兵，萊茵的惡魔也會稍微可愛一點吧。

譚雅只要將後背交給謝列布里亞科夫中尉，普通地衝向眼前的敵人，像是用加熱過的小刀切奶油一樣，輕而易舉地以大隊貫穿了連隊。

這正是常理。

是戰理，是讓天平傾斜的砝碼差距。

這頭野獸，是合理與必要的野獸。

是可怕的帝國怪物群。是以現代科學磨利尖牙的猛獸，用自身的才智，在捕食人類。

相對地，遭受衝鋒，陷入些許混亂的合州國軍魔導連隊Corinth，無論好壞都是支「認真」且「踏實」的部隊。

他們透過教科書反覆學習了戰鬥教訓。

「Corinth leader 呼叫全員！拉開距離！重整態勢！」

連隊長冷靜的命令，無論以任何基準來看都很適當。

假如遭受「奇襲」，就該立刻後退。

確保平息混亂的時間與距離，在重新編制後展開反擊。作為面對奇襲時的最佳解答，這是十分著名的教範。

合州國魔導連隊長試圖整理戰線的判斷，是完完全全的「正確」。

只不過，世界是殘酷的。

這道命令只能說是適當判斷，但也正因如此，要「經驗不足」的魔導師們，事先預想到命令內容並立即採取對應，負擔似乎太重了。

亂了步調，是這些許的「重擔」帶來的結果。

有人根據訓練採取了行動。

這該說是依照指揮官的意圖，做出適當的行動吧。他們為了重整態勢，確實地退往後方拉開距離。

有人的反應卻慢了一拍。

他們害怕與像是一理解到命令就立刻後退的我方分散。得追上隊友的想法，讓猛然回神的他們連忙為了拉開與敵人之間的距離，盡己所能地進行加速。

而又有些人……太過在意敵人衝過來的情況，導致一時之間沒能留意到後退命令。

他們在下一瞬間注意到了——逐漸遭到夥伴孤立的自己等人有多麼危險。

已經沒心思在意眼前敵人的他們陷入恐慌，恐慌讓他們將應該在訓練中學過的知識瞬間忘得一乾二淨。

他們是搞不清楚狀況吧。

為什麼會變成這樣？

只不過他們的焦慮，就在帝國軍魔導師揮來的魔導刀，伴隨著誘人閃光讓腦漿濺灑大地之下，獲得解決。

同時，也讓天平往帝國軍的方向傾斜。

散亂的隊列。

理應井然有序的合州國魔導連隊，卻諷刺地因為一道本來該是適當的命令而導致隊列散亂，淪為無秩序地飄浮在空中的獵物。

對 Corinth 的眾人來說不幸的是，他們的襲擊者正是邪惡的第二〇三，這次大戰的猛禽類。

「各位大隊戰友！蹂躪吧！蹂躪吧！蹂躪吧！」

與他們對峙的譚雅，像是要趁機追擊似的揮舞著手，高聲喊道，甚至還用拳頭揮向敵影。

無論古今中外，追擊戰都是指揮官的夢想。

敵兵的背包，無論何時都充滿著魅力。更何況是因為敵人失誤所露出的背包，實是讓人非常愉快痛快。

命令要簡單易懂。

卻也必須有足以引發幹勁的創意。

作為好上司、作為優秀個人，譚雅不惜為了改善勞動環境付出一切努力。

「各位大隊戰友，要開派對了！」

「請問中校，主菜是什麼？」

對於副官的悠哉提問，正要回以苦笑的譚雅改變主意，心想派對的主菜的確很重要吧，不僅得考慮到季節，還會定義客人與招待主之間的關係，確實是餐桌上的主角。

也好，反正這裡有這麼多新鮮的當季進口食材。

「就來舉辦稍微晚了一點的秋季感恩節。去把新大陸產的雞肉做成火雞吧！是要打野味喔！」

哈、哈、哈，譚雅喊了一段俏皮的笑話，是在衝進連隊之中縱橫馳騁時的風雅。

戰爭很愚蠢。

正因如此，才得笑吧，譚雅自顧自地理解著。

當然，她也沒忘了要在這種時候關照部下。

「怎樣啊，維斯特曼中尉，派對還玩得開心嗎！」

「是、是的！」

雖然答得很笨拙，不過能在這種空戰當中認真回答玩笑，可是一件好事。因為這是他有保有寬廣視野，除了眼前的敵人之外，還能留意其他事物的證據。

還想說他的經驗尚淺，但可以認為他也被教育成優秀的軍官了吧。

「哈、哈、哈、哈，貴官也很習慣了呢。自豪吧，維斯特曼中尉。貴官的敵人看來是腦子裡塞滿教科書的菁英唷？」

譚雅一面將魔導刀刺進敵魔導師的胸口，在義魯朵雅的蔚藍天空上濺灑血紅汙漬，一面像是在慰勞部下似的稱讚著他。

「百聞不如一見，不該小看經驗的，貴官幹得很好。我很期待你的擊墜數喔？貴官也差不多到了該考慮以 Named 為目標的時期了吧。」

只不過譚雅的激勵，卻被正在打擊敵方一個中隊的格蘭茲中尉大叫打斷。

「太狡猾了啦！這種新兵怎麼能算在擊墜數裡！」

以前辛苦累積擊墜數的中尉發出吶喊。

回想起他在萊茵戰線時，也曾相當辛苦地在累積擊墜數，譚雅在這時加深微笑，鎖定起新的敵兵。

瞄準，修正，完成。

譚雅於近距離撒出衝鋒槍的子彈，一面將敵兵加工成充滿水分的曾是敵兵的物體，一面針對部下的忌妒喊出忠告。

「喂喂喂，格蘭茲中尉！時代是會改變的！以前和現在的工作方式不可能會一樣吧？」

「怎麼會！」

「放棄吧！工作方式是會日新月異的！」

每當敵魔導連隊的殘骸無論如何都想重整態勢，打算以中隊單位聚集起來時，第二〇三的各中隊便會立刻發動襲擊。在一面妨礙敵方組織重新編制，一面削減敵方戰力的戰鬥當中，第二〇三航空魔導大隊總是讓四個中隊維持著有機性的連動。

同時，此起彼落的「魔導師笑聲」，也嚴重打擊著合州國航空魔導連隊 Corinth 的士氣。

這也無可厚非。

在自己等人被切絲剁碎時，面帶微笑，高舉著魔導刀以快得誇張的速度衝來的航空魔導師，不可能存在於他們的假定之中。

與未知的遭遇。

這是比進行大屠殺的怪物更像怪物的敵人。要是在不可理喻的同時，又幻視到難以理解的怪物獠牙，戰意最終依舊會粉碎。

儘管如此，Corinth 連隊所屬的合州國軍人們終究還是堅持下來了。

與受過層層嚴格訓練的夥伴們一起，為了去做「該做的事」，拿起槍、握緊寶珠，振奮精神迎戰敵人。

連隊長本人則是維持著部隊的管制……儘管很勉強，但他不打算放棄組織性戰鬥的努力，可說有著極大的影響吧。

即使經過讓連隊損耗成大隊的激戰，然而 Corinth 連隊的管制至今仍未瓦解。

「意外地頑強呢。」

對譚雅來說，這份頑強只能說真是漂亮了。

然而，正因為她會在這種時候竊笑起來，才是帝國軍引以為傲的戰鬥知性，同時也是作為鏽銀，受到眾人恐懼的萊茵的惡魔的由來。

譚雅輕敲了一下手，指向在敵陣中動作最頻繁的那位疑似敵方軍官的傢伙。

「那個差不多也不需要了。」

對於這句低語，副官就像理解似的點頭。

「多虧那位先生幫忙把人聚在一起，讓我們不用擔心有漏網之魚呢。」

沒錯──譚雅微笑起來。

「連隊要是分頭逃竄，追擊便會相當費工夫。」

要以大隊解決逃竄的連隊的確很辛苦，但要是他們堅守下來，就不需要一一追擊。而在大隊對大隊，雙方人數相當的情況下，譚雅沒有理由擔心第二〇三會落於下風。

讓戰鬥結束吧──譚雅揮下手臂。

「用垂直落下解決他們！」

這道號令，光是這樣，所代表的意義便很明瞭了。

不限於航空魔導戰，空戰有著一個單純的原理。

那就是「高度愈高愈好」。

所謂的高處，是以高位置意味著優勢。而九十七式突擊演算寶珠在高度面上……是具有「相對優勢」的寶珠。

朝著聚在一起的敵魔導部隊，從上空垂直落下。

單純，卻是明確的暴力行使。

只見在空中怒放的血紅花瓣，斑斑點點染著蔚藍的天空。

當天　帝國軍第八裝甲師團

若要雷魯根上校說的話，就是表情勝於雄辯。

儘管並非想不到特意發問的意義，但只要看到軍帽上疑似沾著敵人鮮血的年輕魔導中校的笑容，就能充分看出所代表的意思了。

光看這樣便能明白。

提古雷查夫中校帶回來的，可以說是個好消息吧。這無論任誰來看都一樣。她的微笑彷彿能讓人理解，這會是期盼已久的佳音。然而……不可思議的是，第八裝甲師團的年輕少校卻顯得有點坐立不安。

雖說是年輕將校，但也得有個限度。他到底在害怕什麼？真心感到困惑、難以理解的雷魯根上校，這時才說了聲「等等」，總算回過神來。

嬌小少女渾身是血的笑容。

眼前這一幕客觀來講，甚至是詭異的。而雷魯根自己卻從未對此感到不對勁。

「……這可傷腦筋了。」

自己的感覺似乎也相當麻痺了呢。只不過，即使注意到也束手無策就是了。

帶著微微苦笑移動視線，便在眼前看到擺出漂亮敬禮姿勢的提古雷查夫中校。

因為作為第八裝甲師團代理師團長的雷魯根上校，完全沒有理由拒絕帶回勝利消息的勇者，所以一點辦法也沒有。

讓年輕少校在一旁等待，雷魯根聽取譚雅直接了當的報告。

「敵魔導部隊已幾乎驅除。加上友軍原本就確保著空中優勢，所以我方的制空權暫時不會動搖吧。」

「辛苦了。這是天大的好消息呢。」

空中優勢這四個字，無論何時都充滿魅力。

對於想發揮速度的裝甲部隊來說，能不用害怕敵方飛機的在幹道上衝鋒，也是個巨大的戰術優點。

「剩下的問題是敵野戰軍啊。怎樣都很嚴峻呢。」

「雷魯根上校，殲滅的狀況該不會……？」

「不太樂觀。」

「這是為何？」

為何嗎？——雷魯根少校瞬間迷惑起該說到何種程度，但隨即想到只要把年輕少校驅離指揮所就好。

只要立刻交代年輕少校去辦事情，把人趕出去就夠了。

在目送年輕人快步離開後，雷魯根語帶嘆息地指出原因。

「儘管傑圖亞閣下會將政略優先於戰術是迫不得已，停戰卻導致了惡果。我方雖然也在停戰期間集聚了一些燃料，然而這在敵地是杯水車薪啊。」

慢性的物資不足，加上友軍的位置也很糟糕。

雷魯根就在這時說出最大的元凶。

「最重要的是，要殲滅敵野戰軍……人手明顯不足。倘若能直擊敵首都，情況就會多少有些不同……不准出手的命令，是個非常嚴厲的限制。」

「是空間上的限制嗎？」

沒錯——雷魯根肯定她的意見。

一方面是部隊在展開與運用上受到太多限制，另一方面是要達成眾多任務的關鍵兵力完全不足。

「中校，要是消耗貴官的部隊，能作為鐵鎚嗎？」

「那麼，上校的部隊就能作為鎚砧嗎？」

與提古雷查夫中校面面相覷了一會後，雷魯根上校搖了搖頭。

只要是職業軍人，雙方就能輕易得到相同的結論。不可能——嘆息的二重奏在沒有他人目光的司令部響起。

「現狀下，我方能靠機動力對敵人造成某種程度的威脅。只不過，這是……」

「不需要全說出來，中校。再這樣下去，很可能會陷入完全的膠著狀態……閣下究竟在打什麼主意啊？」

要大吐苦水，只能在指揮官會議上。

然後，以回應雷魯根話語的形式，譚雅開口說道。

「義魯朵雅半島基於地理狀況，並沒有多少寬度，是構築防衛線的理想地形。一旦陷入壕溝戰，突破會極為困難吧。」

地形會左右戰爭。

義魯朵雅由於半島的特性，戰線極為狹窄。

而戰線狹窄，便跟易守難攻是同義。缺少「闖越的餘地」，即使是少數的防衛部隊，也能輕易地加強守備。

「……中校，我就看好貴官的能力說吧。投入義魯朵雅戰線的有二十二個師團。儘管作為戰略單位來講並不小，卻依舊無法跟東部相比。」

「下官明白，就連明細也已從閣下那邊得知。明顯是將偏向運動戰的複數優良部隊，投入義魯朵雅方面的樣子。」

「沒錯，實際上是異常充實。」

雷魯根自己也是直到前陣子為止，都在參謀本部窺看著數字明細的人。

儘管是將該送往東部的兵力與最後的戰略預備部隊聚集起來，但義魯朵雅方面的兵力可是久違的充足戰力。

「其中六個是完整編制的裝甲師團。而且還有五個機械化師團。這十一個師團，有大半都跟我的第八裝甲師團一樣員額充足，而且全都保有最低限度的人數。」

「居然有半數以速度自豪，很明確地偏向運動戰。真虧背負著東部的本國能湊出這麼多戰力……然而，卻在這裡停滯不前嗎？」

即使是雷魯根，對於能趁著好機會突破的價值，以及停滯不前時的悲慘結果，也都體驗到不想再體驗了。因為就在前陣子，他才剛率領著第八裝甲師團在南進之際成功「突破」。

「真是太可怕了。這難道不是讓勉強湊出的兵力閒置，還錯失進攻的良機嗎？令我十分擔心。」

「還真是奇怪。是補給有問題，讓部隊停滯了嗎？」

是對師團等級的後勤感到不安吧。對於說出在補給面上的擔憂的提古雷查夫中校，雷魯根明確地搖了搖頭。

「物資不能說是充裕，燃料也經常不足。不過，那可是烏卡中校與傑圖亞閣下喔？相較於東部的時候，大致上毫無遺漏。」

就連燃料供給，儘管處於最低限度，卻仍達到了規定標準。

彈藥有送到，燃油也有送到。更進一步來說，就連富含油脂的熱食，也能在三餐之中吃到兩次。還真虧他們能把物資送到這種敵地深處，是足以讓人讚嘆的工作表現。

「依我看來，說到底，就連跟義魯朵雅的停戰都難以理解。據我聽到的消息，傑圖亞閣下好像是用我的名義跟對方做了什麼交易？」

朝她瞥了一眼詢問的視線後，只見一張心照不宣的表情。

「是的，下官曾被帶去作為閣下的護衛。」

是因為她深受傑圖亞上將的信任吧。甚至可以說是特別信賴。懷著這種印象的雷魯根，重新說出他隱約感到的疑問。

「閣下為什麼要阻止更進一步的進擊？說到底，他為什麼要安排長達一個禮拜的停戰？」

「傑圖亞閣下阻止進擊，延長停戰期間的理由，下官也毫無頭緒。」

「即使貴官也參與了會談？」

對於確認的詢問，提古雷查夫中校默默搖頭。

此時此刻，雙方共同的認知就只有一點。

「為什麼得在這個時機點停止進軍？」

就經驗法則上，帝國軍人們即使不願意，依舊認知到了。要是再繼續停止進軍，恐怕就會陷入壕溝戰。

只要敵人挖好坑道，躲進地洞裡，便會演變成這樣。

最糟糕的是，義魯朵雅半島的地理條件……是狹小的戰區。縱向是深長的縱深，橫向是狹窄的幅度。大概也很少有這麼易守難攻的地理條件吧。要是不小心陷入泥沼，甚至無法避免走頭無路。

跟萊茵戰線相同的地獄壕溝戰的陰影若隱若現，讓雷魯根不由得感到害怕。

「無論如何都要避免壕溝戰。能突破的機會，就只有現在吧。」

「……過去，姑且也有過正面突破大規模陣地的成功案例。」

「總不可能再來一次芝麻開門。坑道戰術所需的時間太長了。無論怎麼想，都不可能在義魯朵雅情勢這種希望早期決勝的戰線上，依靠這種戰術。」

盤起雙手，正要拿出香菸來抽的雷魯根，注意到眼前的中校，投來像是在打量自己表情的視線。

「怎麼了，中校。我臉上沾了什麼嗎？」

「由於上校板著一張臉，所以讓下官稍微安心下來了。」

「什麼？等等，貴官這是什麼意思。」

「想說上校這時要是像傑圖亞閣下一樣微笑起來，這樣也很可怕吧。」

是啊——雷魯根應和似的苦笑起來。

「……笑臉啊。」

這可不是在這種時候該露出的表情吧。

這是十分清楚的事。

儘管如此，如果是「傑圖亞」這名「閣下」就會笑吧。因為也有著這種不可思議的確信，所以這個世界才讓人感到光怪陸離。

雷魯根放下香菸，大大地歪頭不解。

「儘管我不打算批評上司，但怎樣都無法理解傑圖亞閣下的意圖。如果是貴官，應該會有一、兩個頭緒吧。」

「是用臆測與機密釀造出來的原酒唷。請問上校想怎樣品嚐？」

「不影響味道的程度下摻水稀釋也無所謂。那位大人到底是在打什麼主意？」

「世界和平吧。」

毫無迷惘的坦率斷言。注視著雷魯根的眼瞳之中看不出一絲開玩笑的神情。提古雷查夫中校就像是將恐怕會被世界斷定不知所云的事情，宛如真理一般地宣揚著。

「下官以為傑圖亞閣下是位稀世的和平主義者吧。」

「中校，去給我翻一下字典。」

「不需要這麼做。要是和平比任何事物都還要可貴，傑圖亞閣下便確實是和平主義者，下官是這樣確信的。」

「貴官是認真的嗎？」

被投以傻眼視線的提古雷查夫中校，一臉認真地補充說明。

「傑圖亞閣下比這世上的任何人都還要希望帝國的和平。從理論上來講，藉由實現世界和平，也能保住帝國的和平吧。」

帝國的和平。

世界和平。

然後是目的。

淡然述說的字句，卻刺激著雷魯根的腦海。

「那麼，跟隨那位閣下的我們，又是為了什麼要攻擊義魯朵雅？」

「倘若無法實現世界和平的夢想，至少也要拖著世界一起轟轟烈烈地死去，是要堅決表明這種決心吧。」

「……什麼？」

對於目瞪口呆地直眨著眼的雷魯根，提古雷查夫中校淡然地再說一次。

「是要拖著世界一起去死吧。」

「這不是強迫自殺嗎？」

哈、哈哈、哈——在勉強自己發出斷斷續續的苦笑後，雷魯根在此時發現，自己並沒有像所想的那樣對這件事一笑置之。

「儘管想笑說這是不可能的事……嗯？」

「雷魯根上校？」

湧上心頭的，是讓他只能笑出來的察覺。

「如果閣下是知道無法實現這個願望而在做垂死掙扎的話？」小丑的痛苦，雷魯根是清楚到不能再清楚了。作為追求著議和苦苦掙扎，卻沒能繼續走在那條道路上的輸家，他以自身的悔悟明白到一件事。

世界是足以令人作嘔的邪惡。

正因如此，他為了保住理性付出了一切努力。

雷魯根盤起雙手，像是要甩開妄想似的甩著頭，卻沒辦法甩掉盤踞在腦海裡的某種想法。

該不會？

這有可能嗎？

這種疑問，隨即從自己的口中不經意地忽然說出。

「壓迫義魯朵雅的首都。若是這種命令，倒還能認為是要作為外交上的手牌讓他們感到威脅。不過，要是拋開這種常識會怎樣？」

「上校？」

「……中校。我想整理一下狀況。我們在現狀下，是被合州國援軍加強過的義魯朵雅軍『阻擋』下來，在明明就連敵方首都都能攻擊的情況下。」

「是這樣沒錯……嗯？」

在雷魯根面前，有著一張豁然開朗的表情。

提古雷查夫中校帶著難以形容的表情述說著。

「本來的話，我們的現況要說是停滯吧。因為照理說應該要攻下的王都，我們就連一根寒毛也沒有動到。」

至少，看在外行人眼中毫無疑問會這樣認為。

攻略失敗的帝國軍；守住王都的義魯朵雅與合州國的將兵。

前者依然健在，後者的主力嚴重折損這種事，報紙是不會特地去詳細確認的。

「誠如貴官所言。即使是軍人，說不定也會認為我們浪費時間，以至於錯失攻進敵方首都的時機。」

「只不過，傑圖亞閣下明示了『不准進城』。假如我軍不是錯失攻進首都的時機，而是反過來的話？」

兩人的思考就在這裡轉換成彆扭之人的觀點。打從一開始，「義魯朵雅王都」的「攻擊」便完全是一種手段，說到底，要是現時點的「攻略」並非目的？

雷魯根隨即想到什麼就說什麼，試圖整理思緒。

「合州國軍的增援。被擊退的帝國，『敵人』付出犧牲贏得勝利的喜悅……」

啊——某種微小的不協調在他們的腦中漸漸拼湊起來。

勝利後的敗北。

敗北。

如果是想讓敵人品嚐在「防衛成功宣言」之後，重重摔下來的滋味呢？

從天國墜入地獄。

總而言之，還真是好得不得了的個性。

「上校，下官說不定明白了。」

「喔？」

所以是？——雷魯根正要這麼問，就被外部傳來的聲音打斷了。方才趕走的參謀少校，這不是踏著粗暴的腳步聲闖進司令部了嗎？

「請恕下官失禮，代理師團長！是司令部的緊急命令……」

辛苦了——接過命令文件的雷魯根催促少校返回通訊室，將視線落到手上。等讀完命令後，他注意到站在身旁的中校忽然微笑起來。

「提古雷查夫中校？」

「讓下官猜猜看吧。命令，總攻擊。目標，敵野戰軍。方法是……單翼包圍對吧。」

流暢地吟詠出答案的譚雅，讓雷魯根上校整個人僵住，視線在手上的命令文件與譚雅的表情之間來回徬徨。

在闔眼數秒後，從他口中發出純粹的疑問。

「貴官早就知道了嗎？」

至於是知道什麼，就連問都不需要。

「……那麼？」

「正確答案，中校。」

伴隨著「拿去看吧」遞來的命令文件，譚雅在看過一遍後苦笑起來。

「……真是過分的詐欺。」

因為，這只能說是惡毒了。

命令文件上竟寫著「目前在『防衛』義魯朵雅首都的敵野戰軍，因為政治因素無法『後退』」。因此，「以敵方首都作為誘餌，將敵野戰軍束縛在『現在地點』的作戰成功了」。

基於這些狀況傳達下來的帝國軍方針……只會是總攻擊。

打算以半數的裝甲戰力編成突破梯團，攻擊「敵首都以南」，迫使敵野戰軍「對應」，並在敵人試圖轉移陣地的同時，以剩餘全戰力展開攻勢。

是將在一個禮拜的停戰期間內儲備的力量集中在一點上，打向為了「首都防衛」而集結起來的「敵野戰軍」，將首都防衛戰力在首都之前「殲滅」這種簡單明瞭的單純戰術。

「也就是先讓他們懷著能堅守下來的夢想，然後再擊潰他們呢。」

「……從勝利的榮光上摔落嗎？」

「可說是精神上的拷問呢。」

就是說啊——雷魯根伴隨著靈魂有哪裡變輕的實感，說出這句話。

「沒想到工作內容會是要烤人肉啊。」

「然後，讓這一切通通消失？」

「……是啊。」

說到這裡，雷魯根上校忽然注意到一件討厭的事，微微甩了甩頭。

「……從勝利的榮光上摔落嗎？」

「上校？」

向投來詫異眼神的中校擺了擺手表示沒事，雷魯根將湧上心頭的那句感想壓抑下來。

因為這實在不是能說出口的話。

……彷彿帝國不是嗎？這種感想。

第參章

預約

Appointment

訪問駐義魯朵雅大使館時的注意事項。
禁忌：有關香檳的事，不准去詢問外交官。
這被視為嚴重違反外交協定。

外交協定全集 今日標準（摘錄自統一曆1960年版）

Z：嗨，有人在嗎？我想預約聚餐。慶祝用的上等香檳也麻煩了。希望盡量是泡沫細緻的那種。有推薦的嗎？對了，因為機會難得，葡萄酒最好是義魯朵雅葡萄酒吧。也想請你幫我想一下搭配，不過總之就紅酒和白酒，這邊也能請教一下有什麼推薦的嗎？

T：這裡是聯合王國大使館。不好意思，請問您是否打錯電話了。

Z：不不不，我可沒打錯喔。就跟你說的一樣，我無論如何都想請聯合王國大使館幫忙安排聚餐。基於大使閣下與我的交情，我想他應該會答應的。

T：不好意思，能請教您尊姓大名嗎？

Z：我是漢斯唷。你呢，你的名字是？明明是大使館的接線生，卻連我也不認識嗎？

T：Mr. 漢斯。實在非常抱歉，在確認您的身分之前，無法告知您大使館職員的個人情資。

Z：我對你的名字沒興趣。不過，在這歷史性的一天，我想請你們幫忙安排聚餐的事實才是最重要的。大使館就連派對都安排不好嗎？

T：恕我直言，現在駐義魯朵雅大使館已中止平時業務。由於帝國軍正在逼近，所以會最優先處理僑民的保護與避難業務。儘管很抱歉還不清楚您的身分……

Z：喂，你振作一點。正因為這樣我才來預約的不是嗎？到底懂不懂道理啊。你母校的校長可是會哭的喔？這個畫面光是想像就讓人悲哀。

T：我聽不懂您的意思。請問是需要支援的聯合王國相關人員嗎？

Z：不對、不對、不對。喂，這你方才不是自己說出來了。

T：我嗎？不好意思，如果是惡作劇……

Z：哎呀哎呀，怎麼會這麼不機靈啊。那麼，請幫我一字一句正確無誤地轉告大使閣下。

T：不好意思，請問是惡作劇電話嗎？我差不多要掛斷了唷？

Z：帝國軍參謀本部的漢斯·馮·傑圖亞上將想向大使閣下問好。就這樣吧？

T：咦？咦……！

Z：我是你們的好朋友，漢斯。我明天打算在義魯朵雅宮殿享用晚餐。像大使閣下這樣的貴賓，無論生死我都會邀請參加的。要是方便，也會邀請你來讓我好好教導一下禮儀。就準備好過俘虜生活吧。那麼，明天**再見**。我會好好期待你們準備的上等香檳的。

T：不好意思，不好意思？喂喂？喂喂！

統一曆一九二七年十二月五日　義魯朵雅戰線

自從以視察義魯朵雅戰線的名目來到義魯朵雅之後，傑圖亞上將一行人的行動極為迅速。停戰期滿的攻勢一開始，便大膽地強行深入到前線附近。

無視眾多將校擔心風險，請求他重新考慮的意見，傑圖亞上將把安排給司令部運用的航空魔導小隊當作護衛一路南進。

儘管這讓護衛部隊疲於奔命，但傑圖亞上將抵達的事實，也讓前線能再度確信，自軍具有足以讓「上將來前線視察」的優勢。最重要的是，在瞧不起安樂椅將軍的帝國軍之中，前線附近帶有神聖的意義。

這所帶來的結果，就是讓他與在當地展開部署的師團長們的會議，安排得十分順利。而護衛部隊也可喜可賀地從任務中解脫。只不過，陪同傑圖亞上將，或者該說稍微先行一步抵達的幕僚們可是為了準備行程忙得不可開交……但他們總之也達成任務了。

會場居然有著完整的屋頂。代替野戰帳篷所徵用的是義魯朵雅方的小學學校。

於是，帝國軍的將官們就這樣坐在小學教員辦公室的辦公椅上。

也由於是緊急徵收，所以教員辦公室還原封不動地保留著小學教師工作場所的氛圍。

勤務兵與副官們連忙將小學生用的教科書、疑似作業的紙堆挪到角落。即使攤開了作戰會議用的地圖，依舊無法否認這個空間有哪裡不太協調。在開創小孩子未來的現場，把年輕人的未來當柴燒的構圖，還真是諷刺啊。

只不過，會議是以非常和諧的氣氛開始。

「敵野戰軍的殲滅很順利。」

傑圖亞上將坐在副校長的位置上，若無其事地說道。

「我方在停戰期滿的同時發起攻勢。目前正在排除敵方的抵抗南進，一步步地擴大戰果。這是很理想的展開吧。」

就像在談明天晚餐的冷淡態度。

只不過，作為專家列席的將帥們，看似同意傑圖亞上將的說法般微微點頭。

他們身為軍人，對於眼前達成這番偉業的人物心悅誠服。

「敵兵力在帳面上雖是一百四十個師團，實際上卻是七十個師團程度。而且，我方還以第一波攻勢削減了敵方的第一級主力部隊與裝備。儘管有著一個禮拜的時間資源，但能有意義運用的人，看來是我們的樣子。」

在盧提魯德夫上將意外身亡後的義魯朵雅攻擊，一反預期地十分順利。伴隨著高層的混亂，眾人對於作戰與統帥方面的擔憂，如今也從他們臉上消失得一乾二淨。

來述說事實吧。

帝國軍在義魯朵雅方面勝利了。

結果，傑圖亞上將只需要道出數字，便能清楚說明自己等人的狀況。

「無視要地，集中殲滅敵野戰軍的戰果極大。強力的殘敵也削減到約七個師團。相對於我方，二十二個師團依然健在。經驗是偉大的呢，各位。我們實在是贏得非常輕鬆。」

對於傑圖亞拋出的蠱惑言論，列席將官們以該說是苦笑與愉悅的折衷形式的曖昧微笑回應。

這讓身經百戰的他們，萌生了一種難以言喻的感情。

「沒想到會贏得這麼輕鬆」的感情。

對義魯朵雅攻擊本身是戰略性的奇襲。

在出乎眾人意料的時機。

不僅有季節的問題，而且還是在義魯朵雅與合州國同盟，對帝國進行微妙牽制的時機點，帝國發動了大型攻勢。被攻其不備的義魯朵雅在首戰受挫。

通常的話，一個禮拜的停戰就十分足以「重整態勢」了吧。

儘管如此，帝國軍卻再度勝利了。

沒有放開主導權，讓帝國軍能縱橫馳騁的祕訣，就在於不拘泥空間，在後勤的容許限度內進行「敵野戰軍的殲滅」。這是所謂「戰略層面」的勝利，儘管是暗自在心中，將官們卻也對此讚不絕口。

但就算是這樣、就算是這樣，他們依舊是軍人。

更何況還是將官。

一旦身處這樣的立場，便能從沉迷於輝煌勝利的奢侈之中瞬間清醒過來。

「閣下，下官想請教。現狀下我軍雖然痛擊了敵野戰軍，但要說殘敵只相當於七個師團……到底讓人有些懷疑。」

「為何？」

「因為時間。敵方的後備軍人必然會遭到動員。更進一步來說，義魯朶雅跟在大戰中大量消耗魔導軍官的既有交戰國不同，在魔導面上的人力資源應該相當充裕。」

「沒錯，敵人會召集後備軍人，也會開始擴充魔導部隊。只不過，他們能準備的就只有人吧。」

愣住的高級將官們，一齊在頭上浮現問號。就傑圖亞看來，這對他們來說是從未想像過的事吧。

「是赤手空拳的士兵唷，各位。」

「赤手空拳？是說他們來不及準備武裝嗎？即使如此，這也只要隨著時間經過就能大致解決了吧。」

啊，真受不了他們——於是負責「解決問題」的傑圖亞上將，稍微教訓了這些負責「要求解決」的軍人們。

「沒錯，時間的確能解決一切，因為會有某人去想辦法弄齊物資呢。」

只不過——他在這裡進行訂正。

「這不會是各位所想的那麼近期的事。我無法明確地說會是在何時，但唯獨這件事我能向各位保證吧。」

因為——傑圖亞停頓了一下，在全員將視線聚集過來後，咧起嘴角，擺出從容不迫的微笑臉孔。

「重裝備全都被我們拿走了。」

正因為他是作為戰務，監督並掌握物資動員，比誰都還要長期窺看著國家船底的軍人，所以傑圖亞得以向列席的部下們斷言。

「就連產業基礎也原封不動地入手了。」

「那麼，傑圖亞閣下，敵人的生產線也？」

當然——他點了點頭。

「足足有十個師團以上的砲兵裝備，以及這些槍砲的生產線，我們全都連同義魯朵雅北部一起確保了，甚至還在停戰期間，蒐集了符合帝國規格的裝備唷。哎呀哎呀，這下只能對義魯朵雅人懷抱感恩的心了。」

傑圖亞一面用眼睛大笑，一面維持著極為平靜的語調，開口說道。

「要是再加上破壞掉的舊式裝備、敵人遺棄的儲備物資等，可以認為我們幾乎讓敵人的優良裝備成為了只在帳簿上的存在。」

義魯朵雅北部是義魯朵雅最先進的工業地帶。

基礎建設、工廠、人才，無論缺少任何一項，都會是義魯朵雅的致命傷。帝國取得了無可替代的戰略資源。

對喪失的一方來說，這會是莫大的損害吧。

縱使說是帝國喪失低地工業地帶以上的打擊也不為過。倘若是在這次大戰以前的戰爭，義魯朵雅肯定現在就一如字面意思地確定敗北了。

儘管如此，義魯朵雅卻還能抗戰。

正是這個事實讓人恐懼。同時，傑圖亞上將以靈魂理解到一件事。在這個室內，害怕著這份恐懼的只有自己孤獨一人吧。

沒有能共有危機感與恐懼的朋友。

這還真是讓人寂寞啊。

朋友，失去你還真是讓人空虛。

不過，他知道這是自己的罪。因此，不讓人看出恐懼與危機感，傑圖亞上將在現實世界裡平靜地斷然說道。

「我方仍然保有局部性優勢。」

傲慢不遜，宛如盧提魯德夫那個笨蛋。

表現出自己是無懼一切的軍人，傑圖亞宛如作為上將的偶像般，充滿自信地把話說下去。

「就純軍事的觀點來看，我們得以將痛擊敵人的權利有效期限延長。這可是唯獨現在才能擁有的特權，因此，我要以全力擊潰敵野戰軍的殘骸。」

傑圖亞讓視線遊走，尋找著反對意見。

考慮到政治因素，理應高聲反駁。

然而，室內卻連企圖反駁的跡象都看不到。所有人都帶著炯炯的眼神，一味期待著他即將說出的話語。

很好——傑圖亞帶著些許死心地點頭。

「作戰目標很單純。運用這份優勢，攻略義魯朵雅王都。」

喔的驚呼聲。

不是微微倒抽一口氣，就是發出充滿幹勁的聲音。

然而對傑圖亞來說，必須有點囉嗦地對部下發出警告。

「只不過，有件事情要請各位務必放在心上。打從一開始，占領便絕不會是我們的主要目的。」

隔了一會，等到室內鴉雀無聲後，他說出表面上的目的。

「我們要追求的真正目標，依然只有敵野戰軍的殲滅，因此，必須讓手段去侍奉目的。將敵軍的戰略，限制在『王都防衛／攻略』的框架上，不讓敵人有自由機動的餘地。這是最重要的一點。」

看準指揮官們滿腦子都在思考自己話語的時機，傑圖亞上將突然述說起現在狀況。

「上次擊退我方武裝偵察的結果，讓敵軍得意地咬著『首都防衛』的果實。派人分析新聞報導後，對面似乎沉浸在戰勝似的情緒當中呢。」

一直遭到帝國軍壓制的義魯朵雅軍堅守下來了。

光是這樣，就能讓戰意大幅提升吧。

更何況，要是再加上合州國軍的援軍之力……人是會作夢的。

「我們準備好優秀的誘餌，讓他們大快朵頤。他們是自行吞下名為榮耀的毒餌。由於是我精心調理的，希望他們能吃得開心呢。」

付出犧牲，獲得勝利。

只要一度獲得，便是再也無法放手的寶物。畢竟贏得了「勝利」。

有誰會願意放手啊？

勝利的美酒，肯定讓敵方的自我主義與輿論充分膨脹了，傑圖亞上將能確信這一點。基於帝國國情的經驗，他可以斷言，即使是信奉著遵守國家理性的義魯朵雅，也會屈服於輿論這頭怪物。

因此，傑圖亞甚至還有餘裕向集結在此的將官們誇口。

「對敵人來說，王都是頭白象。」

將「無法負擔的光榮之物」特意送給討厭的對象。伴隨著「表面」的名譽，送上「無法拋棄的不良債權」，讓對手破滅的高雅手法。

要向古代先人學習的地方可是數之不盡。

「為了守護無法徹底守住的事物，敵人會相當勉強自己吧。這會很痛苦呢。就去讓他們獲得解脫吧。」

沒有軍隊會捨棄一度守住的王都逃跑。

就連因為「單純的轉移陣地」而讓戰線後退時，將兵們都會對「捨棄守住的陣地」表現出忌諱感，這可是眾所皆知的事。

如果是這方面的理論，帝國軍的將官們便能毫無誤解餘地地理解傑圖亞上將的意圖。

目的是敵野戰軍的殲滅，王都是為此存在的舞台道具。正因如此，作為健全精神的流露，年輕將官颯爽地舉手提問。

「傑圖亞閣下，請求發問。」

「什麼問題？」

「在占領後，請問還能夠撤退嗎？既然目標是敵野戰軍，占領王都並非主要目的，根據情況，下官認為也該充分考慮放棄的可行性。」

唔——傑圖亞朝著年輕師團長從容點頭。

「非常正確的疑問。」

就以在「所給予的框架」之中，摸索最佳解答的意思上，可以承認這是述說著帝國軍人作為專家，至今仍保有優秀智慧的提問。

但也只有這種程度。既然如此，要回答這個問題，對傑圖亞來說甚至不需要遲疑。

「由結論來講，難以斷言。」

「……恕下官失禮，敢問閣下是想逐二兔嗎？」

對於年輕師團長的詫異視線，傑圖亞故意滑稽地聳了聳肩。

「確實得經常考慮到占領後的撤退。倘若要在土地與兵力之間選擇，到頭來，剷除敵方兵力仍是最優先目的。只不過，首都可說是對世界甩動的紅披風。一旦還有能引誘敵人的要素在，就要徹底利用。」

因此——傑圖亞上將保持著平靜語氣，坦言不諱。

「關於這座城市，我們只是拍賣會的主持人。要是能讓敵人高價投標，引誘到會場上，便要盡可能地提高哄抬售價，在搬光一切能搬的東西後，把殘骸交給買家。可以的話，希望盡可能地高價賣出呢。」

啊——說到這裡，傑圖亞像是想稍微抽一口似的叼起雪茄。他暫時看著教員辦公室裡的愉快將官們思索著自己言論的模樣，然後開口說道。

「對方是否會投標，這往往才是最重要的。」

因此——傑圖亞就像事不關己地說著。

「當新大陸人沒有展現出興趣，也就是合州國軍這個新臉孔無視這裡的話，我們便沒有拘泥在這座空虛王都上的必要性。都市會得到和平，我們則是會白忙一場吧。」

只不過，讓他們上鉤可是傑圖亞的目的。

要是無法在這裡引起對方的興趣，他將會用盡一切手段讓他們注意王都吧。

這是針對世界的策略。就說謊吧，欺騙世界吧。如果這是對帝國的義務與愛，傑圖亞會容許一切的行為。

「無論如何，我們在義魯朵雅方面的究極戰略目標，只會是鞏固『帝國的側腹』。」

公然地、平靜地，扯著彌天大謊。

「而我軍作為目標的第一階段已全然達成。我們已經贏了。」

說謊是當賊的開始。

傑圖亞是知道的。自己的言論究竟依據著多麼誇張的虛飾與虛構，知道這有多麼空虛。

一想到盧提魯德夫那個笨蛋，究竟為了這個立場而有多麼地勉強自己裝模作樣……就多少能理解，該說是與他的頑固相反的那份孤獨之苦了。

啊，還真是孤獨啊。

而該難過的、該恐懼的、真正可惡的，是部下們一臉深受感動的表情。「真不愧是傑圖亞閣下」……當看到他們像這樣微微點頭的嘴臉時，他只能擺出非常曖昧的表情出來。

欺騙世界，沒有理由要受到良心的苛責。

然而，自己人到底是不同的吧。

即使如此，這終究是自己的罪與職責。將一切的糾結壓抑在心中，傑圖亞厚顏無恥地淡然說著表面上的話語。

「我方給予敵野戰軍，特別是義魯朵雅野戰軍的打擊極大。義魯朵雅北部的占領，不僅帶給本國戰略性縱深，甚至還可以期待供給義魯朵雅軍的產業基礎建設能帶來多少的利益。」

光看總評，狀況對帝國軍來說是久違的成功，所以才會這樣吧。就傑圖亞的觀察來看……在座列席的將官們，表情都非常開朗。

是流露著他們在作戰層面——也就是在純粹的軍事領域上的自信吧。部下們的天真，讓他在心裡微微苦笑。

「哎呀，傑圖亞閣下。你露出微笑了呢。」

對於以開朗語調指出的事實，傑圖亞曖昧地擺著手。

「看來我似乎不小心露出內心想法了。」

全場響起開朗笑聲。

還真是歡樂啊。或許，這也是因為這裡是義魯朵雅吧。

要是這樣，雖說是遷怒……但讓他真心討厭起義魯朵雅了。

「能來到義魯朵雅真是太好了。」

「傑圖亞閣下？」

「空氣清新、天空美麗，不愧是避寒勝地，天候也非常好。而且，還打贏了戰爭。各位，除了這裡之外，還有這麼符合我們喜好的大地嗎？」

幽默的發言，讓現場環繞著笑聲。

一把年紀的軍官與將官們，彷彿天真無邪的孩子般捧腹大笑。這時是該坐下來，以輕鬆的氣氛與部下們談笑風生吧。

校舍裡無憂無慮，充滿著不帶陰霾的笑聲。

大家在這塊異鄉之地的學校裡作著美夢。只是作夢的，偏偏是一把年紀的軍人們。這真的還有天理嗎？

自己也在年輕時……不對──傑圖亞在這時苦笑起來。

自己太過於模仿人類了。

明明已經不太能稱自己是純真的人類了。

不知道是該感慨、該嗤笑，還是乾脆大笑的傑圖亞，甩頭趕走心中的雜念，重新整理著內心的牢騷。

他特意拿起一根軍菸抽起。

將無法說出的怨言化為煙霧，看準周遭的笑聲平復下來的時機，傑圖亞叼著香菸，不慌不忙地起身。

在適當地聚集起周遭目光後，他開口說道。

「好啦，我們在勝利之後的第二階段目標，是要確立防衛線。」

迎接這句話的是心知肚明的表情。指揮官們全都像是了解意思般地點頭。

坦白說，如今帝國側腹的南方受到的威脅驟減，帝國軍來到能確實鞏固所取得地盤的階段。

問題是在這之後。

「我軍應該要確保義魯朵雅半島，作為縱深運用吧。就我來說，想構築一個能全力投入東方戰線的環境。」

戰力的轉用，也就是經由一個方面的勝利，將戰力重新配置在其他方面上。這是即使稱為教義也不為過的內線戰略正攻法。對於在戰前就知道這種戰略的老練帝國軍將帥們來說，這是能讓他們拍膝理解的手法。

「不過即使是我，也不會在能打擊敵人的時候有所躊躇，總是希望能以最低限度的犧牲，讓敵人付出最大限度的代價。」

正因如此——傑圖亞特意揚起邪惡的微笑。

「就在去東部遠足之前，好好教育一下義魯朵雅的壞小孩，還有新大陸人，給予他們要恐懼帝國軍的經驗知識吧。所以希望你們銘記在心，義魯朵雅王都攻略終究只是延長戰。」

是在鞏固防衛線之前的稍微偷吃。

順便威壓一下敵人。

要說的話，就只有這樣。

雖然只有這樣，但作為軍事作戰，該如何拿捏進退時機，考驗著各指揮官的能耐……而這點對將校來說，甚至讓他們感到很有挑戰的價值。

所以在這件事上絲毫不用擔心。瞥了一眼會議室後，傑圖亞伴隨著確實的手感，坐在老舊的教員辦公椅上。

在他暫時抽著軍菸，回答了幾個簡單問題後，塞進菸灰缸的菸蒂尚未堆積如山……會議就結束了。

還真是非常和諧的會議。

沒有叫聲、沒有苦悶，也沒有對無理要求的怨言。

勝利的榮光與順遂的進展，會讓人們深深團結吧。到頭來，勝利依舊是仿製的萬靈藥。

正因如此，才會在戰時擁有異常的魅力。

因為軍事上的勝利，就連各種糾結所導致的難以承受之痛，都能在這一瞬間確實消除。

只不過，要將勝利飲盡也是意外地辛苦。

對傑圖亞上將本人來說……他以勝利作為目標述說的事情，大都只是用「軍事合理性」敷衍搪塞的次要目標，是裹上「帝國軍人」容易誤解的糖衣的甜美理論。

糖衣錠的內容，則是與追求勝利天差地遠的異常產物。

實際上，傑圖亞個人是為了再稍微追求一下深淵，才順便策劃這場無比惡毒的攻擊。

義魯朵雅王都攻略的勝敗，他甚至早已不看在眼裡。

這一切全是為了將「合州國」拖進這次的大戰之中，作為方便的勁敵運用的開場戲。這種意圖，大半的指揮官就連想都沒想過吧。因為這與其說是軍隊的工作，更像是詐欺師的手法。

冷酷且邪惡，一味地狙擊對方感情的策略……同時也是政治的一種。

這種軍人──特別是以不接觸政治為榮的帝國軍人──絕對不會納入視野的領域，正是國家最重要的部分。

正因如此，列席指揮官們的開朗表情才會這麼耀眼。

甚至讓人感到可恨。為什麼啊？

這也是自己的軟弱嗎？

會議結束後，在三五成群離開學校的軍人們中，傑圖亞上將也搭上接送車……獨自一人。沒有副官，也沒有隨行的參謀們。

甚至連護衛的魔導小隊都早已返回。看在外人眼中，怎樣都不覺得他會是帝國的副參謀長吧。

就連接送車，都是機靈的勤務兵不知從哪裡弄來的小型車。

徵用的義魯朵雅自家車坐起來很舒服，就機能性來講絕對不差。只是，以圖謀不軌的邪惡首腦來說，畫面性太弱了。

這是在臨時設置的據點司令部裡，拿著全都是湊合來的東西玩陰謀家家酒嗎？

這要是震撼義魯朵雅王國北部的帝國軍首腦，未免也太寒酸了，最重要的是會在歷史書上被人嘲笑吧。

帝國方的窮困程度，至少必須在「外表上」粉飾太平。

欺騙歷史、欺騙世界……為了塑造「幻想」。

只不過，傑圖亞深感到在欺騙世界之前，有必要先欺騙自己。

因為，看看這個路面狀況！

傑圖亞上將一面在後座擺出悠哉享用雪茄的模樣，一面體驗著不會搖晃的乘車經驗到不想再體驗了。

鋪設完整的地面。

維護周到的街道。

色彩鮮豔的風景。

所有的一切都跟帝國不同；所有的一切，都跟在燃燒殆盡後，日落西山的萊希不同。

即使不願意，依舊不得不聯想到。

「這是為什麼啊？這種差異……是在哪裡走錯了啊？」

帝國人擅長軍事。

然而，祖國是灰色的。

義魯朵雅人的軍事，是一如所見地貧弱，且包含著許多浪費。

但是，跟擁有強大軍隊的帝國街頭相比，義魯朵雅的街道怎麼了？

這個色彩繽紛、富裕的世界是？

在過去，明明也能在帝國看到這份色彩。

是我們自己，將祖國一切街道上的富裕消耗掉的。

這難道不是祖國——更進一步來說是軍方——誤解了真正該守護的事物優先順序嗎？這種惡寒，令人備感空虛。

義魯朵雅人將稀少的軍事力運用在政治上；帝國人濫用龐大的軍事力，沒有交給政治運用。

然後到了今日。

一旦獨自在後座思考，即使再不願意，依舊會這麼想。

帝國軍的將軍們，就連色彩的不同都沒注意到嗎？

「……果然誰也沒有問啊。」

這是怨言。然而，卻是不得不說的怨言。

專注在戰場上，輕視政治的代價，應該要更加受到理解才對。

「……不對，是更加糟糕吧。」

帝國軍人絕非笨蛋，只要命令他們理解的話，肯定就連政治也能對「表面」擺出一副很懂的嘴臉。然而，這是被命令強制的。

他們完全不會自發性地想到要將作戰利用在政治上。

「作為帝國軍人，這是正確的。」

也由於是在勤務兵面前，所以他把險些脫口的更多話語吞了回去。可是，太可惜了。有時也是可以犯錯的！

能自覺到「錯誤」的，就只有能容許犯錯的人。

這是比單純安居在正確之中，更加必要的某種事物。

怎樣都止不住嘆息。

這次的大戰，所有人都陷得太深了。要是早在很久以前就越過無法回頭的地點，即使是面臨國難的祖國人才，想法也會漸漸僵化吧。

變得太過死板了。

明明是優秀的軍人，但就連大半的帝國軍將官們，都只有考慮到戰鬥的方式。

戰爭明明不只是發生在戰場上。

「這可是總體戰啊。」

呼地嘆了口氣，傑圖亞上將搖了搖頭。

這是總體戰。

無論是形象，還是神話，如果有必要，就連演出也在所不惜。

「基於數量優勢的事實，我們能享受局部性的優勢……嗎？」

在義魯朵雅方面上的局部性優勢。

這一行振奮人心的文字，卻無可奈何地帶給傑圖亞虛無且殘酷的無意義空虛感。

東部方面的危機性劣勢。

西方空戰也是一味地處於守勢。

帝國的命運受到東西兩側夾擊，命脈的沙漏甚至看不出翻轉的跡象。在這種狀況下，局部性優勢能對大局造成的影響，就「客觀」來看是微乎其微。

不過——傑圖亞就在這時盤起雙手。

要是被「客觀」看待，讓第三者「正確地」評價帝國軍在義魯朵雅戰線的實情，可就傷腦筋了。

「義魯朵雅戰線，這座義魯朵雅半島可是為數稀少的表演舞台。所謂的話題性，可不是愈多愈好的。」

做好欺騙世界的覺悟。

為了玩弄世界，得作為小丑盡情嬉鬧吧。

「如此一來，就只能表演得誇張一點了。」

這是若無其事的獨白，同時也是最為適切地掌握到狀況的一句話。以靈機一動來說，這算是基於必要所產生的那一種。

只要理解到這是必要的，事情便不容拒絕了。傑圖亞上將在返回臨時司令部的途中，一直思考著惡作劇的內容。

只不過，原以為會窒礙難行的主意……卻有著優秀的前例在。儘管有點難為情，不過就仿效提古雷查夫中校的年輕感性吧——在做好結論後，傑圖亞上將隨即想到「預告攻擊」這一手。

她的莫斯科攻擊是理想的一擊，對達基亞的那場廣播也非常好笑。就用自己的方法組合模仿吧。

只要自己能作為演員徹底扮演，便萬無一失——他已做好覺悟。

與其這麼說，更該說是伴隨著死心承認了吧。

承認「帝國軍的傑圖亞上將」除了演出與誇張表演之外已別無選擇，這個寂寞的事實。

胸懷決意地回到臨時司令部，待分配到的警衛人員來到身旁，穿過作為宿舍的帳篷後，表情像是明白一切的烏卡中校已打點好一切事務。

移動接著移動。

儘管突然變更預定早已成為日常許久，但臨時司令部仍舊為了讓指揮系統順利發揮機能，具備一切所必要的設備。

從帝都隨行前來的烏卡中校的本領，只能說是太出色了吧。

「烏卡中校，你來得正好。幫我擬定移動計畫。」

「好的，是要變更預定吧。」

對於部下無論怎樣的無理要求都會回應的堅強覺悟，傑圖亞若無其事地拋出一顆炸彈回應。

「通知方面軍，立刻發動作戰。此外，本官會前去督戰。以上。」

「督、督戰？」

看來是有預期到傑圖亞會這麼說吧。該說是討厭的預感成真了嗎？

烏卡中校儘管蹙起眉頭，卻到底還是知道這樣很不禮貌吧。在回過神之後，他也連忙收斂起表情。

傑圖亞原諒他這可愛的反應，一笑置之。

因為他可是高舉著虛偽的玩心，胸懷決意要玩弄這個世界的男人。

「喂，借我打個電話。」

笑咪咪的。

伸手接過話筒後，傑圖亞便呼叫著電話總機室。當然，是基於「規則」。

只不過，使用方式大概難以說是為了公務。

不是帝國軍人的電話。

終究只是傑圖亞以個人名義撥打的私人電話。

若以要欺騙世界的意思上來講，可以說是愛國性的吧。

不過，即使只是表面上……能容許在作戰中撥打私人電話嗎？就連在平時，都毫無疑問地會受到許多規則阻擋。更何況是在戰時，而且還是在作戰行動中。
會有許多人認為這是不可能的事吧。
然而，卻被容許了。
「司令部？沒錯，是我。」
三言兩語。
只是這樣。
甚至不需要說服。
就連那些嘮嘮叨叨的傢伙，要是對上帝國軍的上將閣下也會變了個人。能當上通訊負責人的人耳朵都很好。正因如此，才會揣摩上意。
而也因為這樣，讓傑圖亞能說出讓世界留下深刻印象的對話。
「義魯朵雅的號碼幾號？嗯，嗯，謝謝。」
在表示希望能趕快接上後，傑圖亞的電話便一如希望地撥打出去。電話的對象，是聯合王國駐義魯朵雅大使館。
「好啦，大使館的人會怎樣對應呢？」
懷著期待。
簡單來講，就是傑圖亞……儘管有自覺到這樣有點孩子氣，卻仍期待著對方會做出充滿機智與知性的反應。

該說是對玩具箱的內部懷著某種期待吧。

他希望在這種時機，讓自己格外地引人注目。之所以期待著聯合王國外交官的洞察力，決非過度的要求吧。

然而在通話結束後，傑圖亞卻一臉無趣地放下聽筒。

「真是的，看來是戰爭打過頭了呢。可惡的聯合王國人，居然變得這麼沒幽默感，難道是紅茶喝得不夠多嗎？」

發出的牢騷是怨言。

要是假定凡事都會一帆風順，那便叫做傲慢。

無論如何，這樣就知道了，像自己這種人是沒辦法成為命運支配者的。一通電話便讓他有了深刻實感。

自己能隨意指揮自軍的官僚機構。

就連要以力量、技巧與權威作為槓桿，讓軍務官僚與規則集在空中翻轉一圈都辦得到吧。

然而，自己被上天捨棄了。因為偶然與對手的創造性，總是違背著自己的願望。

「哎呀，是個不知變通的死腦筋呢，真是青澀。好啦，要是明天能遇到他就好了……」

聯合王國的大使館職員。

以機智與機靈自豪的一群人。

就連對上這種傢伙……自己都沒辦法憑運氣帶出富有幽默的對話。

正當他發出融入這種死心的嘆息時，在一旁擔任近侍的烏卡中校，這才像是總算能開口似的喊道。

「閣、閣、閣下！攻勢的發動時機是軍事機密啊！」

在這種時候，聽到這種義正詞嚴的道理。

只要看烏卡中校的表情，就連傑圖亞也看得出來他是真心在提出抗議。

雖是個有能力的將校，但在專業領域之外是意外地純情吧。

「貴官不知道什麼是戲劇演出嗎？」

「咦？閣下，這是……？」

「貴官應該去理解一下謀略，或者換個說法，去理解人類的微妙心理也行吧。」

「閣下！」

對於驚慌失措的烏卡中校這聲甚至可謂純情的吶喊，傑圖亞以飽經世故的態度聳了聳肩。說什麼是認真的、說什麼精神正常的，還真是了不起的人性。

對傑圖亞上將來說，烏卡中校的不成熟很可笑。

但是跟作為漢斯・馮・傑圖亞這個人的自己相比，甚至讓他感到耀眼。他甚至對在這種時候還能保持這種「正確性」的部下感到忌妒。

是依戀。

在今天，自己的感情已經傷害自己的靈魂太多次了。

正因如此，傑圖亞才會在這時甩了甩頭，把更多的雜念拋諸腦後，將自己的行動置換成烏卡中校能夠理解的說法，向他說明。

「這可是敵方的總指揮官，還是像我這樣的『詐欺師』打電話通知要攻打過去。況且不是打給義魯朵雅，而是打給聯合王國的大使館喔。」

「……即使保守來講，下官依舊不懂閣下的意圖。」

「貴官說得沒錯，敵人不會懂我這麼做的意圖。」

「咦？」

當場愣住的烏卡中校是真的陷入混亂了吧。而這也正是傑圖亞希望敵人出現的反應。

拜託了。

請認為我是毛骨悚然的可怕存在。

「搞不懂的東西很可怕對吧。未知是疑神疑鬼的溫床，這句話說得真好。」

不安往往就是這樣形成的。

就給我恐懼吧。

不是懼怕帝國，而是「帝國的傑圖亞」。

「他們可是擅長謀略的聯合王國人。這會讓他們被可能性的亡靈纏上，導致思考僵化吧。」

在敵人擅長的領域上演一齣戲。

這只是單純的演出，要說的話，就是詐欺的手法。

太過骯髒下流，不是名譽的軍人該做的手法。只不過，對心繫著故鄉與祖國的傑圖亞來說，一切全是手牌，一切都只會用合理性來判斷。

這是因為——傑圖亞語帶自嘲地把說下去。

「我是被命運女神拋棄的男人呢。」

「閣下？」

「只要不交給運氣，我就會成功唷。」

不知是自我警惕還是自嘲的獨白，幾乎是下意識說出的心聲。不過一旦說出口，就能有所自覺。在感情從心底湧上之際，傑圖亞將怨恨置換成對敵人的詛咒，唾棄地說道。

「就請約翰牛的外交官們讓我遷怒一下吧。」

「遷怒嗎？」

「不過，是紳士性的。讓他們不斷思考喜歡的事情，難道不該說是紳士嗎？」

露出憔悴表情的烏卡中校，想必有很多話想說吧。傑圖亞上將大致明白他想說什麼，於是先發制人地開口說道。

「別擔心，要感到無聊還太早了喔，因為我們也能玩得很開心呢。」

面對一臉茫然的參謀，傑圖亞開朗地邀請他一起參與惡行。

「我們就來大大地享受我們所擅長的戰爭吧。」

對於以宛如窺看有哪裡失焦的攝影機般的眼神望來的烏卡中校，傑圖亞在這時隨口說道。

「我無論如何都會去參觀喔，坐在特等席上。要在歷史的大舞台上，成為前去參觀的登場人物唷。」

烏卡中校儘管愣了一下，終究還是理解了「特等席」的言外之意。「恕下官失禮，閣下，您現在是在打什麼主意？」

對於以符合最大限度的禮儀，訴求他回心轉意的部下，傑圖亞帶著滿面笑容宣告。

「偶爾去一趟最前線也不壞呢。」

「閣下！請考慮您自身的立場！指揮系統是……！」

正當的抗議。

正當的理由。

傑圖亞自身所信奉的「合理性」認同烏卡中校的意見。

然而，已經不是這種時代了。

只要受到總體戰的火焰焚燒，議論便到此結束。比起語言、比起理性，單純地帶給世界衝擊成為了關鍵。

「得殺了命運，向該死的神證明，是人類在刻劃歷史、刻劃著這個世界的。」

所以，拜託了。

世界啊，被我騙吧。

認為我是世界公敵吧。

當天　帝國軍最前衛　沙羅曼達戰鬥群

事件總是發生在現場。

只不過，有時也會在現場以外的地方引發事件。

現場的人倒不如說是受害者。伴隨著這種不可思議的心情，譚雅向拜斯少校告知這則惡耗。

然後，猜猜看怎麼了。

「難以置信」——臉上露骨地貼著這種無法成語的心聲，譚雅信賴的副隊長目瞪口呆地動著嘴巴。

「咦？中、中校是說！……視察嗎！」

沒錯——譚雅點頭。

由拜斯少校一反常態的慌張模樣來看，似乎難以接受現實。儘管無可厚非，但現實是殘酷的。

譚雅以無比明確的話語肯定著他的疑問。

「傑圖亞閣下想進行視察。就在這裡，對於我們。」

「為、為什麼是這裡？這裡可是最前線中的最前線啊！」

副隊長的疑問也很有道理吧。這裡是與義魯朵雅方部隊保持著接觸，如有必要便會立刻咬斷敵方咽喉，前進中的「前衛」。

完全是賭命的地方。

考慮到這種時機、這種場所，以及「要來的人物」的話，這件事就顯得太過分了。

倘若乾脆認為這是小說或故事裡的一幕，便與自己無關……但一旦會把自己等人的部隊牽扯進去，就算是譚雅也難以保持冷靜。

「拜斯少校，你冷靜點。即使是我也很清楚，這裡不是帝都愉快的閱兵場所。」

「既然如此，請要求他回心轉意！如果是中校，也有辦法說服的！」

「不可能。」

對於仍然不肯放棄的副隊長，作為指揮官的譚雅擺了擺手，要他放棄這種白費功夫的事。

「你就好好記住吧。傑圖亞閣下，是名為傑圖亞閣下的生物。」

「呃，把上將閣下說得好像新種生物一樣……而且，前線果然還是太危險了。」

「前線確實很危險。一旦抵達我們所處的帝國軍最前列，便必須有敵方的斥候會成為日常的覺悟。要是有敵方的狙擊兵在，肯定會興高采烈地舉起瞄準鏡來。」

但是——譚雅盤起雙手，嘆了口氣。

「所以？即使這麼說，傑圖亞閣下就會一句『好吧』回心轉意嗎？貴官是真心這麼覺得嗎？」

在明白一切之後，執意前來的那位給人找麻煩的長官笑容，在譚雅的腦海中舞動著。

不僅優秀，理解力還很強，而且會公正地評價譚雅。就這部分來說，他毫無疑問是難得的稀有上司。

只不過，他也有著一樣缺點。

這個致命性的缺點，即是過度的愛。對於「國家」、對於「祖國」、對於「想像的共同體」，他愛得太深了。就譚雅看來，這是非常不合理的事。

正因如此，有時譚雅也無法判斷傑圖亞這名上司的行動。無法理解的上司言論，會是壓力的來源。然而，終究得向他妥協一、兩次，這是為難之處。

「一旦判斷有必要，他可是會比我們還要不惜衝往前線的人。只能放棄了。」

總之，他就是戰爭家。更進一步來說，說不定是變質成「戰爭家」以上的某種存在。老實說，譚雅個人也覺得傑圖亞閣下會是更加富有理智的同伴……看來是因為壓力壞掉了吧？戰爭果然是很殘酷的。

只不過，即使是面對部隊第二把手的副隊長，要公然批評參謀本部之主不理智，依舊是太過傲慢的表現吧。

看出說得曖昧一點就是極限了，譚雅以不會特別造成深刻影響的語調說道。

「沒想到那麼理智的人……儘管讓人這麼想，但總覺得他這一趟來不會只是經過，而是打算連戰鬥都要觀察一遍呢。」

「難、難以置信。他打算在最前線遊山玩水嗎？」

「回想起東部，副隊長。別說是遊山玩水，還很可能會興高采烈地參加喔。」

「沒辦法斷言不可能，真是可怕。」

沒錯——譚雅點頭同意。

「畢竟是那位閣下喔。該說只要有舞台，他就不可能不登台吧？」

唔地僵住表情的拜斯少校，最終還是放棄了反駁。或許該說是他正視了現實吧。

於是，指揮官與副隊長便為了默默遂行既定事實而開始行動。

具體來說，就是與一同肩負著責任與義務的將校們開會。

這要說起來也是理所當然吧，被傑圖亞上將選為最前線視察地點的消息，軍官們就作為「今日最糟的惡耗」，伴隨著衝擊一起接受下來。

阿倫斯上尉仰天無語，梅貝特上尉靠著大砲，托斯潘中尉當場以構築陣地為由逃避。

三者三樣的反應，是各兵科面對棘手事態的習性吧。

但無論如何，他們都是軍人。

只要理解這無法避免，至少能做好心理準備。

譚雅・馮・提古雷查夫這個人格是轉生者。除了帝國的軍國主義外，還具有另一個「價值觀」能作為比較對象參考。

那就是和平且富有文化性與創造性，作為社會人極為平凡的規範。

基於這個價值觀，她可以斷言。

如果要在參加戰爭與接待上司之間做選擇，她會毫不遲疑地選擇接待的工作。當然，工作行程被打亂是難以說是愉快。只是她能理解，要永遠享受著作為組織人的自由，也是很難的一件事。

凡事都有著費用。對於戰時狀況下的軍隊來說，很可悲地，自由並不是能容許無限浪費的對象。

我都不要，離職啦！這種自由並不存在。

能選擇的，不是戰爭，就是接待。

那當然是選擇怒濤般的接待攻勢了，任誰都會這麼選吧。接待上司，要比衝進敵陣來得百億倍輕鬆。

因此，便輪到陪笑的表情登場了。

盡可能站直身軀的迎接人員們。

總而言之，就是啟動作為社會人、組織人的款待協定，與部下們一起列隊歡迎，不過是小事一樁。

在像這樣做好覺悟的譚雅面前現身的上將閣下一行人，裝備相當輕便，因為就連人數都很少。身邊的護衛，或是說騎在摩托車上隨行的憲兵極為少數。至於上將閣下的乘用車，居然還疑似是這邊附近的民用車。一想到護衛負責人的胃，便讓人打從心底同情。

不過，最糟糕的還是下車時的上司表情。

那是跟義魯朵雅燦爛和煦的陽光不相上下的開朗、興高采烈，笑咪咪地像是心滿意足的傑圖亞閣下。

「哎呀哎呀，中校，能見到貴官還真是讓我高興呢。」

揮著手，親切笑著的上司，而且還帶著輕快的腳步，哪裡不去，偏偏朝著譚雅走來。

具體來說，就是有種莫名的演戲感。

她的腦內響起警報聲——是攔截管制的管制官會臉色大變地高喊緊急起飛，將冷靜丟到一旁地呼叫快速反應部隊的威脅度。

「情況怎樣啊？相當舒服的初冬暖陽不是嗎？」

「這不是閣下嗎！」

帶著最大限度的警戒，譚雅總動員著自己所能想到的一切社交辭令。

「閣下的尊容，喔，這也是多虧了義魯朵雅的好天氣吧。能拜見尊容，讓下官感到精神百倍呢！」

以眼還眼、以牙還牙。

面對笑容，要還以更加燦爛的笑容。

對於空泛的花言巧語，要以從世界各地收集來的一切曖昧的感嘆表現與誇張的肢體動作迎擊。

「喔，很高興貴官能這麼說呢。最近過得如何啊？」

「最近一直都是好天氣，讓下官煩惱氣候的機會增加了。不湊巧的晴朗日子，使敵砲兵意外地活躍，成為下官的煩惱來源。」

喔喔喔——傑圖亞上將平靜地應和著。

「義魯朵雅平穩的氣候也有好有壞啊。話說回來，貴官不覺得華麗是一件好事嗎？」

「閣下的意思是？」

「花在謝落之前總是最美的不是嗎？」

對於這句突如其來的冷淡發言，要不讓笑容僵住……對譚雅來說也相當辛苦。危險的發言。

而且是極端地危險。

這如果是在欣賞櫻花謝落時的發言，說不定會讓人感到風雅。然而這句話卻是出自要用電鋸砍掉櫻花樹的傑圖亞上將之口。

「要毀掉嗎？還真是讓人惋惜啊。」

「居然會感傷。在戰場上，貴官也還真是風雅呢。」

對於這句略帶戲弄的話語，譚雅也只能不高興地回答。

「……光憑下官還遠遠不及閣下啊。」

「為何？我對貴官可是有著很高的評價喔。」

「這是下官的榮幸！然而下官只是一介軍人，只是忠實且誠實實行國家命令的齒輪，只是閣下的手腳。」

我沒有責任！

我只是遵從合法的命令！

一旦學過法律，這是「錯誤」的觀念就會是眾所皆知的事實吧。不過，只要稍微接觸過法學史，便能理解到學說的變化。

比方說，「我只是遵從命令」這句話。

這在第一次世界大戰時，作為「免責的理由」被兩軍濫用。

因此，讓就算說「是因為命令」也不會機械式地獲得免責的法庭受到重視，並基於需求而誕生……是在「第二次」的時候。而在這個世界，這次大戰可是「第一次」——譚雅因此確信，甚至放下心來，宛如防禦性醫療的完美應對。

對於譚雅的這種危機感與輕微的逃避現實，傑圖亞上將的話語毫不留情地讓她面對現實。

「那就好。這說不定是義魯朵雅所留下的最後之美，但這種事我才不管。就給我盛大地去做吧。」

伴隨著去做二字注視過來的視線不容敷衍。

而作為組織人，無法說出遵命以外的回答。壓抑著這種死心感，擺出凜然表情的譚雅抿著嘴角，一如教科書地站直身軀。

「只要閣下下令。」

「當然會下令，命令文件已準備好了。殲滅敵人必須總是列為優先目標。」

要是說到這種地步，手腳便別無選擇了。

不容拒絕啊——譚雅做好覺悟，表現恭敬地領受命令。

「下官接過命令。那麼閣下，下官就在此先走一步了，得立刻趕往前線指揮戰鬥。」

下官告辭……就在譚雅辭別之前。身為帝國軍上將閣下的這位先生，這不是笑咪咪地伸出右手了嗎？

咦？——面對凝視右手的譚雅，傑圖亞嗤笑了起來。

「在走之前，我想跟妳拿樣東西。」

咦？——還來不及發出疑問。

「是護衛唷，提古雷查夫中校。我的護衛……也是呢，我也不想強人所難。只要稍微給我一個魔導中隊就夠了。幫我安排吧。」

護衛。

一個中隊。

在這個時機。

在譚雅腦中跳動的文字，其巨大程度與衝擊成正比。假如再加上動搖，便儼然只能以驚天動地來形容。

「指揮官是叫什麼來著啊……對了，是格蘭茲，把格蘭茲中尉借我。如果是熟識的他，我各方面也比較好做事。」

「閣下，請恕下官直言。下官就在方才領受到傑圖亞上將閣下的敵地襲擊命令，同時也奉命

『殲滅敵人必須總是列為優先目標』。」

提出異議。

縱使這是飄渺的希望……也要竭盡努力，盡可能地掙扎，因為已經養成習慣了。儘管是戰敗軍隊特有的可悲習性。

「這樣啊，那就都給我做吧。」

啊——譚雅嘆了口氣。

早就知道了。

命令是命令，上司是上司。

並非連護衛都沒有帶上多少人。傑圖亞上將是因為有辦法在當地弄到護衛，才把護衛人數控制在「不煩人」的程度內吧。

而在現場，譚雅被直接命令了。

在帝國軍這個軍事機構之中，如今，傑圖亞閣下的命令一如字面意思是最高命令，因此，譚雅．馮．提古雷查夫這個中間管理職只能做一件事。

那就是不容拒絕地速速實行。

因為……只要微微往上看，便能看到尊容上掛著滿面笑容，彷彿很幸福地洋溢微笑的上將閣下，一雙毫無笑意的眼睛。

這不是能說NEIN的環境。

頭雖然很痛，但也只能做了。

「……把格蘭茲中尉叫來！這可是傑圖亞閣下的親自指名喔！」

正在注視地圖的格蘭茲中尉，忽然竄上一陣難以言喻的寒意，讓他忍不住叫了起來。

「哇！」

背部竄起惡寒。雖說是在義魯朵雅，但也快入冬了，要是這麼想，這說不定也沒什麼好奇怪的，但這股寒意怎樣都很討厭呢——把視線移開地圖，格蘭茲伸手拿起熱好的飲料。

「……格蘭茲中尉？怎麼了嗎？」

「啊，沒事，只是有點不太舒服。沒問題的。」

對於托斯潘中尉一臉擔憂的關心視線，格蘭茲喝了一口熱茶，輕輕擺手表示沒什麼大不了的。

「只是有點惡寒。雖然陽光很暖和，但現在還是寒冷的時期吧。」

「你等等該去看一下軍醫吧？」

「我想只是冷到了。要是這點小事就一一跑去看醫生，冬天豈不是都不用出病房了？」

啊——他在這時開了個玩笑。

「冬天要是能待在床鋪上偷懶，說不定也挺不錯的。」

「就只有戰鬥群長是過冬的威脅呢。」

「說得沒錯！」

儘管一塊發出哈、哈、哈的快活笑聲，格蘭茲與托斯潘兩中尉仍將視線移回到攤開的地圖上。

為了掌握一分一秒變化的敵情，將得到的情報正確反映在地圖上並加以修正，是絕對不能缺少的工作。

同時，將這些情報通通記在腦海裡也是軍官的職責。

啜飲著加了砂糖的廉價茶水，一面閱讀地圖、一面記住地圖的作業，需要相當大的集中力。

只不過，更新的最新情勢並沒有特別變化。

就現時點來說，敵人也沒有大動作吧。

只要工作到一段落，之後就能夠放鬆了。可以搭配公發品的茶水，拿出自掏腰包購買的茶點，邊吃邊玩著撲克牌，散發著這種程度的餘裕。

解說

【NEIN】

能說NO！的小雅？不，那是上司養的狗。是清正的中間管理職。

要說輕鬆的話，確實是很輕鬆。因為梅貝特、阿倫斯等上尉級的長官們全都到司令部去了。所以中尉階級才能像這樣舒展身心。能讓精神放鬆還真是令人感謝。

當然，傑圖亞上將的視察讓沙羅曼達戰鬥群全體瀰漫著緊張氣氛，是早就知道的事。即使如此，這仍是長官們的問題，捨棄升官慾望的格蘭茲中尉很乾脆地這樣想。

要是中校、少校、上尉成為傑圖亞上將的隨行人員，格蘭茲與托斯潘便得負責帶領底下的人。本來就不會有跟雲端上之人扯上關係的機會。硬要找會扯上關係的地方，就是閱兵典禮。即使如此，也頂多是為了閱兵進行整隊吧。

要是不想在高層心中留下印象，便沒必要勉強自己了。

只要重新注視地圖，將地理位置一一徹底記住……儘管不多，但甚至能得到只要堅守崗位就好的從容。

要說的話，就是平穩。

硬要說的話，就是能預見的日常。一旦說到沒有迷霧，充滿可預見性的美好！對好軍人格蘭茲中尉來說，光是這樣就能充分覓得幸福。只要能找到專屬於自己的小巧舒適的場所，一切便無庸置疑。

倘若還能順便跟托斯潘中尉互開玩笑，玩著撲克牌，就沒什麼好挑剔了。

好啦——正當他完成工作，環顧四周找尋著牌友時，一名士兵來到格蘭茲中尉面前。

來得正好——對於想這樣約打牌的他來說……擔任傳令的士兵帶來一道晴天霹靂的消息。

亦即戰鬥群司令部的出面命令。

一般來講，真正緊急的情況會用無線電呼叫吧，派傳令口頭告知出面的情況通常沒這麼緊急，所以派人騎著戰鬥群司令部的附邊車摩托車前來傳達「不容質疑的即時出面命令」可是異常事態。

「中校發生了什麼事嗎？」

詢問駕駛摩托車的士兵後，卻得到這是中校親自傳呼他過去的答案。格蘭茲中尉作為身經百戰的將校，光是這樣就做好覺悟了。

是敵方的新部隊嗎？

或是作戰的變更嗎？

甚至有可能是大膽的挺身攻擊吧。

關鍵在於提古雷查夫中校這名身經百戰的魔導將校，拒絕用「無線電」傳達這件事。

事態的重大性毫無疑問的確實有這麼嚴重……無論如何都可以想見，這對身經百戰的魔導軍官來說，會是必須做好覺悟的戰場。

平穩的安息日在遙遠的彼端。

即使不願意，也能預感到工作時間正在逐步逼近。而格蘭茲中尉這名好魔導將校……是不會逃避職責的。

深呼吸一次。

他知道想下定決心的話，這樣做就夠了。

做好覺悟，堅定意志，無論遭遇任何事態都不會驚慌失措。讓心靈穿上冷靜沉著的意志鎧甲，做好戰鬥準備。

懷著無論要衝往怎樣的艱難辛苦，都會與戰友們一同前往的覺悟來到指揮所的他，瞬間感受到現場一觸即發的氣氛。

首先，指揮官這不是一臉就像面臨著苦澀抉擇的僵硬表情嗎？

格蘭茲甚至暗自在內心裡感到恐懼。

居然是會讓提古雷查夫中校必須做好覺悟的事態！

既然在場人員只有副隊長拜斯少校，總之是相當重要的機密吧。

只不過——他同時感到疑問。

要是這樣，為什麼自己也會被叫來啊？

其他中尉，以及梅貝特上尉與阿倫斯上尉等長官們為什麼不在這裡？

像是要加速他的混亂，長官這不是朝格蘭茲微笑了嗎？

「格蘭茲中尉，恭喜你。」

「咦？」

「……上頭指名了貴官。你被看上了呢。」

愣愣注視著長官後，一隻手輕輕放在肩膀上。

咦？——回頭就在身後看到一張老人的臉。

是剛好占據自己的後側，躲藏起來了嗎？早在靠得這麼近都沒能發現到時……他一面陷入混亂，一面想說這個眼熟的人是誰啊，思考起來。

然後在得到答案的瞬間，腦袋霎時間嚴拒著面對現實。

但可悲的是，他是作為職業軍人，受過軍紀教練之人。

視線自然而然地往對方領口閃閃發光的階級章看去。

一看到是將官，就條件反射地站直身軀。該說是深受提古雷查夫中校的薰陶吧。

他轉身靠攏腳跟，筆直立正站好。

在無意間做好一切動作後，格蘭茲的意識才終於注意到眼前人物。

「嗨，中尉，好久不見。這是自東部以來的再會呢，過得還好嗎？」

漢斯．馮．傑圖亞上將本人帶著微笑搭話過來。這要是有著天真無邪的上進心，將會是值得歡喜的遭遇吧。

但很不湊巧的，格蘭茲中尉的野心早已破滅。

「是的。那個，這個……」

是在憐憫連回話都回不好的部下嗎？

或者是同胞愛嗎？對於陷入困境的格蘭茲，提古雷查夫中校伸出了援手。

「閣下，請不要欺負格蘭茲中尉了。」

「只是向熟人親切地打聲招呼不是嗎？中校，不要太過奪取老人家的樂趣。妳應該要培養一下敬老的精神吧。」

「下官還年輕，比較容易認同年輕人的苦處。」

他在戰場上見識過長官英雄般的模樣。然而，特別是一旦來到言詞間的交鋒，對格蘭茲來說可是感慨萬千。看似毫不在乎，卻從口中發出確實的牽制攻擊的中校身影，彷彿在閃閃發光一般。

那是偉大的背影。

「被貴官這麼說，我也無言以對了。很好，那就進入主題吧。」

唔——由傑圖亞閣下似乎很愉快的模樣來看，這說不定有一半是前定和諧……注意到這一點，格蘭茲重新感到疑問。

自己為什麼會被叫過來啊？

儘管已經明白了。即使如此，就算是這樣。

那怕是微小的願望，格蘭茲依舊向神祈禱。

希望自己的恐懼是想太多了。

對於他這種微小的願望來說顯得無情且殘酷的宣言，體貼的上司一如字面意思地用發言粉碎了。

「以下官的部下而言，格蘭茲中尉可說是位非常優秀的魔導將校。只不過，要期待他的細心與協調能力根本是白費功夫吧。他非常不適合擔任像勤務兵或副官這樣的職務。儘管是閣下難得的指名……」

「中校，貴官的意思……就是說不要讓獵犬去做牧羊犬的工作吧？」

「作為牧羊犬，個性稍嫌太強了吧。」

「唔──？也就是貴官想說……格蘭茲中尉不適合擔任我的護衛嗎？」

對於沒辦法當面說不的格蘭茲來說，他只能注視著提古雷查夫中校並在內心暗自祈禱。而在他視線前方的長官，只要是為了部下，甚至連面對該稱為雲上之人的將官，也一樣會幫忙據理力爭。

「下官對其是否適任這點存有疑慮。我們魔導大隊的魔導師全都是以槍頭作為本分，就連防禦也是作為長槍，從未假定過作為盾牌的職務。」

「無所謂。」

「請容下官表達意見，人有分適合與不適合。」

沙羅曼達戰鬥群自豪的戰鬥群長。

她頑強的抗戰就宛如英雄一般。格蘭茲中尉帶著憧憬注視的提古雷查夫中校的誠實背影，是讓人感受不到年齡的成熟背影。

「閣下，他是我部隊的必要人才。待在前線，才能為國家做出貢獻吧。也有句話叫做適才適所。」

「也就是說，貴官是反對的嗎？」

「對於閣下的提議，下官難以表示贊同。」

校官要對上將表達意見，是需要勇氣的。

反駁、反對，或是抵抗。

無論如何，提古雷查夫中校都在格蘭茲面前竭盡所能地提出反駁了。還真是讓人肅然起敬啊。

格蘭茲是知道的，她是個會為部下著想的長官。

但沒想到竟然會到這種程度！

湧上心頭的感動，無法抑制地打動著他。

正因如此……讓他也不得不理解到悲慘結局的來臨。

「提古雷查夫中校，貴官的異議我會『記錄』並『保留』下來。那麼，還有什麼事嗎？」

上位者權限的壓倒性戰力差。

「閣下，下官作為直屬於參謀本部的航空魔導大隊運用負責人，身上背負著對帝室與國家的義務……」

「缺乏一個中隊所導致的戰果不足，就以我的職權予以免責吧。話雖如此，但沒什麼，畢竟是貴官，不過是少掉一個中隊，會有什麼問題嗎？」

「下官想力求萬無一失，閣下。」

「戰爭還真是可悲呢，就只能靠手邊的戰力做到最好。」

「盡全力確保手邊的戰力，是下官的職責。」

即使被傑圖亞上將狠狠瞪著，提古雷查夫中校依舊不肯放棄格蘭茲，展開拚死的抵抗。

老實說，對方可是上將閣下。

看在擔心著「自己難道不會在哪裡遭到割捨嗎？」的格蘭茲眼中，這已讓他無話可說了。

然而，現場存在著不可動搖的事實。

提古雷查夫中校是中校，傑圖亞上將是上將。

前者是部下，後者掌握著命令權。

「還有別的事嗎？抱歉，希望貴官能理解這是已經決定好的事。」

沉默的直屬長官。只要收到中校瞥來的憐憫眼神，狀況便很明白了。

已無援軍。

在軍歷上，格蘭茲中尉首次自覺到一如字面意思的孤立無援。

在目瞪口呆的他面前，彷彿下達無情的裁決一般，掛著將官星星的老人露骨地向他露出和藹笑容。

「看來這件事就只剩下他的意願了。沒錯吧，中校？」

「…………是的，閣下。誠如閣下所言。」

儘管露出不甘願的表情，長官終究還是微微卻確實地點頭了。

長官這道最後的堡壘失陷，而且還沒有援軍的頭緒。格蘭茲中尉眼前是笑咪咪露出可怕微笑的雲上的大人物，注視過來的視線則是裝作溫柔的利刃。根據經驗法則，事情就到此為止了。領悟到抵抗的無益，格蘭茲也……終於舉起了白旗。

「儘、儘管力量微薄，但請容下官再度隨侍閣下。」

「喔，感謝了，格蘭茲中尉。因為是貴官，我就知道你會這麼說。你肯志願真是太好了。」

儘管沒有印象，卻被當作是志願了。

對於自己茫然垂下的肩膀，傑圖亞上將輕輕放上來的手還真是沉重啊。

「就讓我們好好相處吧，中尉。沒什麼，你不用擔心。」

「……閣下的意思是？」

「我會盡量顧及貴官的經歷。你不用擔心會在授勳申請上落後同伴的。」

在穿過義魯朵雅軍參謀本部大門的瞬間，卡蘭德羅上校看出「應該確實存在的過去」與「如今在此的現實」之間難以跨越的隔閡。

「……世界正在改變。」

一踏入應該熟悉的職場，卡蘭德羅上校便忍不住仰天長嘆。

「瘋狂的總體戰嗎？」

過去，我們義魯朵雅軍人曾經嘲笑過帝國軍人。

「總體戰」是瘋子的行徑。平時的義魯朵雅軍人們優雅地在沙龍裡拿著高腳杯，如此談笑風生。

只要還具備著國家理性，讓國家去侍奉戰爭就是難以理解的蠢行。

由於戰爭只會是政治的延伸，既然如此，「以戰爭為目的的戰爭」完全是本末倒置。應該是要讓戰爭去侍奉國家，意圖使國家隸屬於戰爭可說是太過偏激的扭曲。

明明是這樣想的。

「……一旦成為當事人，世界看起來就不一樣了啊。」

一旦戰爭爆發之後，結果怎麼了？只要戰火延燒到應該是在嘲笑帝國、嘲笑抗戰當事國的義魯朵雅身上……瀰漫在參謀本部之中，該稱為貴族餘韻的超然態度，就一如字面意思地消滅了。

如今，來去匆匆的武官與平民臉上，全都帶著無比凝重的表情。

那是迫切、不得不面臨破產，有如徬徨的悲痛表情吧。

如果是第三者，這甚至是讓人不得不哀傷的衰敗。義魯朵雅的餘裕如今已然變質。

「不過，這也是沒辦法的事。」

卡蘭德羅脫口而出的這句話，是無可奈何的驚人現實。

主軍瓦解，在動員後備軍人之前喪失裝備。

這是有可能發生的事嗎？

無論自問自答再多次，悲慘的現實都是不可動搖的事實。

作為明確的結果，便是義魯朵雅王國軍在帝國軍的猛攻之前逐漸瓦解。要是沒透過奇蹟般的停戰協定獲得一個禮拜的緩刑，現在會變得怎樣啊？

應該能投入前線的師團大半毀滅，即使將剩餘戰力在短時間內徹底集結起來，也才勉強有二十個師團左右。即使如此，能算是實際可用師團的……實情還真是讓人寂寞，就像是人員不足的殘骸。

認為帝國軍人是拋棄國家理性的戰爭家，在內心裡瞧不起他們，但特別是在「戰爭」這方面上，持續證明著他們是勝過世間一切「戰爭家」。縱然想譏諷他們是只懂得戰爭的無能，但自國這副德性，又該怎麼說呢？

然後，說到傑圖亞那頭怪物。

……不久之前，曾跟那個對話過的事實，至今仍讓他感到害怕。

那個，還有那個的軍隊，肯定會這麼做吧……因為讓他感受到了這種恐懼。

「就連自以為在東部獲得免疫的自己都是如此了。」

早在被敵人的氣勢壓過，受到不合理的畏懼支配時，便顯然是在心理戰上敗北。而且，這還不僅限於卡蘭德羅個人，他已自覺到這一點。

狀況本來就不樂觀了。

相對於因為勝仗而氣勢高漲的帝國軍，義魯朵雅軍實質上得用半數以下的兵力防守。

還沒瓦解，往往是因為他們還保留著最大的希望。

同盟國──也就是合州國軍。

已經抵達的先遣部隊，對義魯朵雅當局來說，是足以讓他們舒展愁眉的存在。今後只要能爭取時間，便能得到合州國軍更多的增援。

這樣一來……義魯朵雅方該做的就是徹底的爭取時間。

然而──卡蘭德羅上校搖了搖頭。

「就算是為了爭取時間，也必須有『自信』啊。」

但是，對於見識過傑圖亞這頭惡魔的他來說……在前線迎戰敵人的惡意與恐怖執著的軍隊心理狀況，怎樣都讓人無法安心。

「以惡魔為對手奮戰到底的意思，上頭究竟有沒有理解啊……」

當然，他在返回後便立刻提出意見。

就連警告都發出一大堆了。

然而可悲的是，上司只回了他一句「貴官的擔憂我理解了」。

實際上，由加斯曼上將擔任指揮官的義魯朵雅王國軍防衛部隊的將校們，因為對戰略層面的認知非常優秀，在「這一方面」上有著適當的理解。

判斷帝國軍的進擊速度正在減弱後，就立刻決定以防禦陣地阻止他們進軍。

即使是紙老虎的師團，在陣地防衛時也能相對於部署人數，發揮尚可接受的機能，讓他們打著這種盤算。冷靜地掌握自軍戰力，並在不勉強的範圍內確實推進著可能做到的事，這個方針極其正確，也極其妥當。

正因如此，唯有卡蘭德羅上校一人堅決反對防衛計畫。

表示以「防守」為目的的陣地構築會太過危險。

而現在，他也再度悄悄來到加斯曼上將面前，發出懇求。

「既然火力不全，我們便必須準備回擊的拳頭。這種像是在讓帝國軍得以喘息的時間浪費實在是……」

不能容許的行為——卡蘭德羅上校所呈報的意見，卻因為「該以維持戰線優先」這個正當的常識——或是說戰前的良知遭到駁回。

義魯朵雅軍決定要守護應該守護的事物。這是尊貴、政治正確，並且在軍事上也很合理的決定吧。

正因如此，卡蘭德羅上校才會淪為卡珊德拉（註：是荷馬史詩伊利亞特故事中的特洛伊公主，擁有預言能力卻不被人相信）。沒錯，他是悲劇的預言家。

告知惡耗的正確預言，因為正確預見了悲劇的到來，所以絕對不會有人相信。

統一曆一九二七年十二月六日　義魯朵雅戰線

藉由格蘭茲中尉這個崇高的犧牲品，譚雅等沙羅曼達戰鬥群的將校們恢復了行動自由。

儘管留下了「把敵人的鼻梁打斷」這種不講理的命令，但有關工作方式，這就像是營業部全體從總裁的親自監督之下獲得解放一樣吧。

既然如此——譚雅召集部下的將校們，為了迅速實行上頭的方針，開始最終確認。

輔佐是謝列布里亞科夫中尉。

其他列席者是拜斯少校、梅貝特上尉、阿倫斯上尉，以及托斯潘中尉等各兵科負責人。他們全都一臉複雜地探頭看著地圖。

同時，為了讓維斯特曼中尉觀摩學習，譚雅也讓他同席。

「那麼，我們戰鬥群的各位將校，敵人的情況怎樣？」

對於譚雅的詢問，最先回答的要說果不其然吧，是很有裝甲家風範的阿倫斯上尉。

「無論確認再多次，結果都還是一樣。根據地圖判斷，這是構築得非常完善，難以突破的陣地。」

我有同感——梅貝特上尉就像這樣接著說道。

「陣地設計得很好。由陣地的結構來看，恐怕能預期來自後方敵砲兵陣地的緊密掩護。糟糕的是，敵方的偽裝很優秀，我方的偵察活動無法完全確定敵砲兵陣地的所在位置。」

儘管應該不是受到裝甲家與砲兵家的苦澀表情影響，但就連同樣板著一張臉的拜斯少校都嘆了口氣。

「怎麼了，少校？」

「陣地的正面攻擊總是讓人心情沉重……最近的陣地就連魔導師對策都很周全，沒辦法輕易拆掉。」

「唔……托斯潘中尉，貴官呢？」

對於譚雅的指名，率領步兵的男人非常老實地搖了搖頭。

「我沒什麼好補充的。儘管盡可能地下了工夫，但既然是陣地攻擊，就不得不做好會有相應犧牲的覺悟。」

接連提出的悲觀論。

儘管沒有小看敵人是很好，不過也得視情況而定——譚雅苦笑起來。

「各位還是一樣慎重……好啦，你們可別忘了，即使身處戰爭，做事的也一樣是人。就這點來看，我們該注意的是義魯朵雅軍的人。」

作為前人事負責人，甚至是作為擅長溝通的誠實現代人，她對人類理解懷有自信，譚雅在私底下可是對此自負不已。而且根據經驗，她能確信自己的理解正確無誤。

「說起義魯朵雅軍的構成人員，頭腦的確很優秀。只不過，他們很幸運地缺乏戰爭經驗。大家都能變得幸福呢。」

「大家？」

對於一臉「騙人的吧」回應的副隊長，譚雅回他一句塞翁失馬焉知非福，輕輕地聳了聳肩。

「首先是義魯朵雅人至今能不用體驗悲慘的戰爭，歌頌人生。再來是拜這所賜，讓我們能輕易揍飛經驗不足的秀才。」

「咦……」

對於遲疑著該怎麼回應而沉默下來的部下將校們，譚雅像是要紓解緊張感似的擺了擺手。

「這不是什麼困難的事。我們的敵人憑藉著優秀的頭腦，學習了這次大戰的戰鬥教訓。只不過，關於沒有經歷過就無法理解的部分，便跟無知一樣，毫無疑問是對『敗北印象』學習不足的敵人。」

組織也好、人也好，不對，就連在這之上的個人也是啊。

總而言之，就是通縮螺旋——譚雅輕輕微笑起來。

「還沒擺脫敗北經驗就進行防守的軍隊，在心理上已經敗北了。」

就算很小也好。

即使是遭遇戰等級也沒問題。

只要贏得一次「小小的勝利」，或是該稱為「足以鼓起勇氣的勝利」獎盃，對手的防衛計畫肯定便能發揮出可怕的強韌性。

然而，如果是敗家犬龜縮起來……？

將會非常脆弱。

只要這一句話，就足以說明了。

譚雅能根據經驗法則確信。

「敗北，就只能靠勝利治好。士兵對自己沒信心的軍隊，相較於帳面戰力是驚人地脆弱喔。」

無論是再堅固的陣地，只要守在裡頭的將兵沒辦法堅定決心守到最後一刻，便毫無意義了。

小田原城正是典型案例，或者該說大阪城也一樣吧。

只要內心挫敗，小田原城就不得不開城了。

甚至連太閣主導的大阪城，作為硬體運用的城池，也沒有受惠於作為軟體的守備兵。確信勝利的守備兵的確讓人束手無策，但害怕敗北的守備兵可是不缺只要給予衝擊就能擊潰的前例。

譚雅思索起來，遙想著在眼前構築起正統派陣地的義魯朵雅軍的心境……得到簡單的結論。

他們的內心想必在瑟瑟發抖吧。

那麼就煽動恐懼，將那些被自己的膽怯困住的屁股一腳踢開。

「阿倫斯上尉，我想請你稍微勉強一下。」

「儘管不講理的命令就跟往常一樣，但這次是要怎麼做？」

部下若無其事的答覆中，帶有果斷死心的氣息，是徹底習慣無理要求的非常可靠的老成感。

作為阿倫斯上尉的上司，最重要的是作為善良的中間管理職，這種與部下建立起的信賴關係讓譚雅感到自豪。

用鼻子哼了一聲後，譚雅特意以平靜的語調告知業務內容。

「給我作為師團的戰車部隊大鬧一場。」

「這也就是說……？」

「要是能讓對方誤會我們部隊是雷魯根上校的第八裝甲師團最為理想。就讓敵人誤認我方的數量，嚇破他們的膽。」

古典性的偽兵。

是在教科書上看過無數次的佯攻作戰。

「……這會消耗非常多的彈藥與燃料。」

「無妨，就給我做吧，上尉。只要能讓敵人把戰鬥群主力誤認成師團，這便是非常便宜的經費喔。你完全不需要客氣！」

一旦遭到師團單位的裝甲師團襲擊，敵人的防衛線就會「動搖」。

說得單純一點，就是會怕。

然後，敵司令部肯定會不知所措。

至於敵兵，則是會被師團的幻影壓倒吧。

「梅貝特上尉！以砲兵支援阿倫斯上尉。這邊也期待你能發揮相當於師團砲兵的火力。」

為了讓敵人的恐懼最大化，必須竭盡所能。唯有率先實行別人討厭的事。

「拜斯少校、托斯潘中尉，儘管很辛苦，但貴官們是戰車直接支援組。我要去稍微兜風一下喔。」

遵命──作為點頭兩人的代表，拜斯少校就在這時提出一個小小疑問。

「話說回來，中校要去哪裡兜風？」

「敵陣地。就來享用陣地吧，各位。義魯朵雅產的陣地，肯定會比聯邦與聯合王國的陣地美味很多呢。」

當天　義魯朵雅王都／義魯朵軍參謀本部

義魯朵雅軍的首都防衛指揮官，正確理解了本質的問題。

「嚴重搞錯指揮官的人選啊。」

喃喃說出這句話的正是指揮官本人……也就是加斯曼上將。

因為加斯曼上將老早就已自覺到，很少會有軍人像自己這樣，這麼不適合擔任首都防衛司令官。

熟知自身能耐的他，甚至認為自己就只適合從事軍政。

正因如此，他認為擔任實戰的作戰家，才應該在防衛指揮時站上主要舞台，擔任後勤支援則是自己本來的天職，甚至還一度辭退職位。

但……很不幸的，該說是被命運拋棄了吧。

作為軍政家，加斯曼上將太過優秀且富有良知。

就取得國家、政府、宮中，進而是國民輿論對於義魯朵雅軍的信賴這點上，他可以說是太成功了。

他是政治家眼中的「出色軍人」，對宮中來說是「通情達理的軍人」，在危機的時代，眾所一致公認他散發著「總覺得可以信賴」的可靠氛圍，是在漫長軍歷中毫無瑕疵的軍人。

糟糕的是，只要正襟肅容，加斯曼上將就十分上相。

在平時便於獲取預算與進行協調，視為珍寶的外貌……在義魯朵雅危機的時代，成為簡單易懂的「穩定」象徵。

只要有人說出，正是這種軍人「會讓人想託付要事」的話？

無論是辭呈，還是適任者的推薦，全都被當作是「謙虛」的表現而不被重視，公然將指揮權硬塞給他。

因此，讓他被一連串不習慣的決斷搞得心力交瘁。

最糟糕的是，他完全看不出敵人的意圖。帝國軍奇妙的動向，在加斯曼上將的視野裡逐漸形成可怕的濃霧。

「……無法理解。」

獨自待在司令官房間裡的加斯曼上將呻吟著。

「我的風格果然是不行的吧。」

在司令部聽取參謀們的意見，一一認同無數所參考的意見都各有道理，同時協調著全體的意見……這種以往的軍政手法在作戰指導時並不管用。

對協調者來說，只要這樣即可。但是對該做出決斷的指揮官來說，這樣就太慢了。加斯曼本身是擅長協調的類型。至於要斷然做出決定，就只能說是不擅長了。

這種事，加斯曼本身也有自覺。

儘管有所自覺，但是將判斷委託給他人的危險性，他也是知道的。

負責人必須總是由自己做出決斷。

正因如此，加斯曼才感到糾結。只不過，假如敵人是尋常的軍人，即使是加斯曼上將也能毫無問題地做出決斷吧。

他的不幸，在於他曾試著了解「敵人」。

努力探索著惡毒的傑圖亞這名參謀將校的意圖，以敵對帝國方的觀點愈是去思考……就愈是完全無法用常識推測敵人的意圖。

「帝國那些傢伙是真的想攻略義魯朵雅王都嗎？還是說，這也跟停戰交涉一樣，是為了政治交涉所施加的壓力？或者……目標不是這裡嗎？」

可說是半信半疑。

就算死瞪著地圖，將從前線快馬送來的報告整合起來，敵人的攻擊仍只能說是亂七八糟。意圖襲擊王都的，只有兩個強力的敵裝甲師團。

雖是強力部隊，卻也只是強力部隊。

「要襲擊王都，戰力明顯太少。裝甲師團不適合城鎮戰，應該是由帝國軍自己證明的。」

當然，在野戰時會是個威脅。能讓防衛線稍微動搖。但是……還在可承受的範圍內吧。

加斯曼自認為已認識到義魯朵雅軍的脆弱性，再考慮到部下卡蘭德羅上校再三發出的警告，也絲毫不打算太過低估帝國軍的威脅。

儘管如此，他依舊基於軍事常識做出退讓一步的判斷。

「可以認為還遠遠不算重大危機吧。」

因為是固守陣地的防禦戰。

細心的計畫、適當的反擊，以及現場層級的主導權。無論如何，都是只要按照事前假定的計畫進行，便能充分對應的等級吧。

「在萊茵與東部的兩戰線上證明了。要正面突破鞏固的陣地，基本上必須有龐大的數量優勢，以及大量的流血。」——

儘管會將主導權讓給攻擊方，但防守方會得到陣地的地利。換言之，進行防禦戰的一方，基本上無論如何都會占有優勢。這是在萊茵戰線的戰鬥教訓報告書，以及之後的分析結果中，再三確認到的事實……他小小聲地說給自己聽。

「卡蘭德羅才這種程度就這麼杞人憂天啊。他雖然也很優秀，但是在東部遭到荼毒了吧。」

一面遺憾著部下被帝國軍在東部展現不顧一切的姿態所迷惑，加斯曼上將一面在腦內回想起國力的數字。

那可是經歷過漫長總體戰的帝國。作為慢性損害的結果，讓血與鐵都容易不足吧。帝國以世界為敵持續肆虐著。即使是以強大軍事力自豪的帝國軍，實際上就算瀕臨貧血也不奇怪。

那麼，這裡浮現了下一個疑問。

帝國原本就在東方戰線持續著等同無限的消耗戰……會主動在新開闢的義魯朵雅方面，也做出不惜大量出血的蠻幹行為嗎？

「卡蘭德羅上校擔憂的『正面突破』恐怕是偽裝，可視為束縛我們思考的佯動吧。這樣一來，果然……會是像合州國的專家們所警戒的一樣，打算迂迴繞過王都，包圍殲滅野戰軍主力嗎？」

迂迴、包圍、殲滅的機動戰術。

迂迴繞過陣地，切斷陣地與後方的連接，再圍剿孤立陣地的手法。這惡毒的戰術是帝國軍，當中特別是傑圖亞上將，在東部戰區所頻繁使用的手法。

「得看敵人的目標呢……義魯朵雅軍與合州國的師團會是敵人的目標嗎？目的是要將我方野戰軍困在王都裡嗎？」

無路可逃的野戰軍會有怎樣的命運？

「對於缺乏手牌的帝國來說，我軍置於包圍下的部隊，將會是一張便利的交涉卡片吧。」

無論要殺要剮要交涉，都是輕而易舉。

想怎麼做都自由自在。況且，如果是傑圖亞那傢伙，活用這張卡片的惡毒計算，肯定是要多少有多少。

喃喃自語到這邊，加斯曼上將苦笑起來。

因為他認為敵方指揮官的傑圖亞上將，是懂得怎麼打盤算的稀有帝國人，給予對方很高的評價已久。

「萬一卡蘭德羅上校的擔憂成真的話……」

王都失陷，而且伴隨著大混亂。

唯有這件事無論如何都想避免。

然而，這十之八九會是「敵人」所意圖的佯動不是嗎？——他也有著這種擔憂。

「戰爭迷霧說得還真好。儘管腦袋明白，但正因如此，無法確信敵人的意圖在哪，才只會讓人害怕。」

敵人的主要目的，到底會是哪一邊啊？

「王都嗎？野戰軍嗎？如果是莽將，只要讓首都露出破綻，便會自己衝過來了吧。但是，那個詐欺師會唯唯諾諾地像頭被鬥牛士挑釁的牛一樣衝過來嗎？」

只不過，如果敵人的目的就是要讓我方這麼想？

或是在打著什麼一石二鳥的企圖的話？

唉——加斯曼上將嘆了口氣。

「無法理解帝國人的想法。他們到底在想什麼啊？」

盤著雙手，加斯曼上將重新思考著。

「傑圖亞上將的行動是什麼？」

敵方指揮官重視著什麼？

將他至今為止的行動一一列舉出來，加斯曼上將大致上自認為有正確理解到他的行動所指向的結果。

據卡蘭德羅上校所言，那個就連「敗北」都假定了。

看樣子，上校似乎是被敵人的氣勢壓倒了。儘管如此、儘管如此，至少他說傑圖亞上將大概對全面占領義魯朵雅這種事不屑一顧的判斷，似乎可以信賴。

妥協點應該就位在某處。

唔——加斯曼整理著到目前為止的想法。

「乍看之下無比粗暴，不過他的意圖……是對『北部』實質上的保障占領嗎？難以認為是打算全面占領。」

中立國義魯朵雅。

作為我們太過偏向同盟的反應，軍事性地確保北部作為「緩衝地帶」。

這是很蠻橫的主張吧。

只不過，帝國實際上的確攻擊了義魯朵雅。

要加斯曼上將說的話，儘管很沉重……但這一拳只是牽制。與其說是要擊倒義魯朵雅，不如說是要讓他們害怕的刺拳。

這也符合敵人打算在暫停進軍期間，趁機鞏固北部防備的論點。

「這樣一來……是襲擾的首都攻擊，或是引誘野戰軍的殲滅？」

儘管還很難說，但就理論上的可能性很高。

想必是在確保北部之前，稍微牽制一下的刺拳，要是認真看待也太蠢了吧。對喪失大批部隊的義魯朵雅軍來說，目前這裡殘存的師團太過稀少。

如果失去這些野戰軍，帝國軍就能一如字面意思地輕易占領毫無防備的義魯朵雅吧。

而且——加斯曼上將煩惱著首都特有的問題。

「最重要的是王室。該請王撤離首都嗎？還是要請他堅持下來……」

啊——他抱著腦袋不停地苦惱。

同時感嘆著，要計算的要素太複雜了。

當天　帝國軍最前線

所謂的戰場，其實很單純。

在囉哩囉唆之前，總之要先讓自己活下去。

即使是諾貝爾獎級的卓越知性，腦袋的物理強度依舊跟常人無異吧。要是在想什麼有的沒的之時被子彈擊中，腦袋便會死去。

即使是能創造出核武的頭腦，也只要一發子彈就能讓腦漿濺灑戰場。

要是變成屍體，就已經不是能說什麼睿智不睿智的狀況了。

正因如此，譚雅品味著和平的美好。

「只要和平，人類便能從事更加出色的活動。」

搖晃，在自軍戰車的裝甲板上。

喀鏘，譚雅拿起設置在裝甲板上的野戰電話。順道一提，電話的另一端是自己趴在裝甲板上的戰車車內。

這是為了讓在裝甲板上晃得不停的乘客，與在厚重裝甲內部聽著愉快引擎聲的車內乘客對話，所必要的裝備。

附帶一提，這不是正規備品。

由於是在現場經過創意巧思得來的小改裝，所以嚴格來講是違反規定的改造品。不過，如果是裝甲板上偶然破了個洞，剛好選擇了電話線作為裝甲板的補強材料，然後碰巧附帶著通話機能……這具備著足以像這樣強詞奪理擁護的價值。

總而言之，譚雅一手拿起這種聽筒，向戰車的車長——阿倫斯上尉詢問狀況。

「敵方的增援如何！」

對於為了不輸給戰場喧囂而大聲怒吼的譚雅，在不亞於外頭吵鬧的車內，阿倫斯上尉也吼了回去。

「就無線電聽到的範圍，據說是沒看到！敵人會不會是對我們的佯攻沒有反應啊！」

「好像是這樣！」

在如此回應的譚雅身旁，空氣振動起來。

是榴彈在討厭的距離爆炸了吧。敵人砲兵的水準還算不錯，外加上還轟隆隆地不停開砲，真是讓人受不了。

然後是刺在防禦膜上的奇妙碎片。

這是砲彈？炸彈？還是防空砲的碎片啊？

用手指輕撫著防禦殼，譚雅苦笑起來。別說防禦膜，就連防禦殼都沒有的步兵，應該沒辦法在地面上步行進軍吧。

就連是譚雅等人，也都正在擔任著戰車騎乘兵！

儘管非常喜歡拿他人當肉盾，但要自己成為戰車的肉盾，還真是不愉快到極點了。

這是誰想出來的主意？應該要追究那傢伙的精神狀況吧。

然而，傷腦筋的是，發令者就是自己。

該懷疑自己是不是瘋了嗎？還是該打從心底譴責戰爭的殘酷與不講理嗎？

「哎呀，和平主義者還真是難為。」

無論如何，敵人的反擊砲火無比壯烈，而且對佯攻毫無反應。

本來的話，這應該是要為了避免浪費燃料與砲彈，趕快夾著尾巴撤退的局面吧。

然而——譚雅瞇起眼。

敵人的反擊只有「火砲」。

明確來講，就是陣地完全沒有動作這點很不尋常。

該不會──這讓她有了一種想法。

不過，這同時也是「說不定」的期待。

「阿倫斯上尉！考慮敵人怯戰的可能性吧。假如敵人不是無視佯攻會怎樣！假如他們是放棄應對呢！」

「咦？不好意思，剛剛中校說了什麼？」

「我是問你，如果我們是被置之不理會怎樣！」

「開玩笑的吧！」

也是呢──譚雅也想點頭。

要是敵人怯戰，只是躲在陣地裡瑟瑟發抖。

要是連反擊的意圖都沒有，只是一味地想用大砲趕跑我們。

「快速逼近」才是唯一的最佳解答。

驅逐、炸毀、擊潰。

不過，這是場豪賭。

正面攻擊陣地，要付出的代價太高了。敵人妥善制定的反擊計畫、防衛計畫，能輕易擊退拙劣的攻擊。

但是、但是、但是——譚雅想相信直覺。

她確實理解到，早在自己「想相信」時，就已經缺乏客觀性了。

但是——這個「但是」在腦中反覆出現。

完全不管是連隊級，還是師團級，敵方的防備只是一味地固守陣地。要是他們就像頭對主導權完全不感興趣的烏龜。

只要能打破一個缺口，便能期待敵方自行崩潰。不對，會更加嚴重吧。甚至有希望進行蹂躪。

瞬間，短暫地閉上眼睛，譚雅將可期待的回報與該冒犯的風險放在思考的天平上衡量。

蹂躪的可能性。陣地攻擊的危險性。

啊，冒險主義去吃屎吧。

儘管如此，但要是經驗，要是累積至今的血與汗，說這是大好良機——

便只能去試看看了。

而且，還必須以強烈的衝擊。

總而言之，就是在萊茵戰線培訓的武裝偵察。該發揮航空魔導師本領的局面。

「魔導大隊！準備衝鋒！再重複一次，魔導大隊，準備衝鋒！」

明瞭的號令。

將戰爭機器的起動裝置打穿的明瞭命令。

身經百戰的魔導師們立刻握住寶珠與步槍，在指揮官們紛紛朝譚雅投來詢問的視線當中，該宣告的目標只有一個。

「進行武裝偵察。目標，敵陣地！再重複一次，是武裝偵察！目標是敵陣地！」

沾滿鮮血的魔導大隊。

由沾滿敵人鮮血，比起別名的白銀，更常被人稱為鏽銀的魔導大隊指揮官本人來看，他們實際上是在萊茵的壕溝戰中成長的。在北部、南部、西部、東部的戰場上磨利尖牙的魔導大隊，在這個老練軍人變得比寶石還要稀有已久的現代，可說是帝國的戰略資產本身吧。

他們用這種貴重的本金進行豪賭。

「就去教育一下那群龜在陣地裡的戰爭處女們吧。航空魔導大隊，我們大隊榮耀的各位戰友！Named 魔導師並列的魔導大隊要去吞食世界了！現在，便讓世界牢牢記住我們的能耐吧！」

魔導師確實很擅長反戰車戰鬥沒錯。即使是厚重的裝甲，只要從上空攻擊車頂，就能輕易打穿吧。

即使是對空戰鬥，哪怕不擅長，依舊能夠應付。能以不同於戰鬥機軌道飛行的魔導師，在面對空中威脅時，可憑藉著飛機所無法期待的轉彎性能與起降能力，獲得一定程度的對抗能力。

就連火力支援也是拿手好戲。以爆裂術式、光學狙擊術式作為代表，輕快且迅速的火力，就算評為飛行砲兵也不為過。

而且是只要去支援砲兵，就能在彈著觀測射擊上做出無比貢獻的兵科。

不過說到底，帝國軍的航空魔導師卻是獵犬。就本質上來講，他們將咬向敵人視為絕對的存在意義。

因此，譚雅一面將厭惡與死心藏在心中，一面發出激勵。

「帝國的獵犬們！跟我前進！再重複一次，跟我前進！」

咆哮，然後飛翔。

所需要的，唯有指揮官先行的毅然決心。

自己的背後，想必一如往常地有副官幫忙掩護吧。只要與謝列布里亞科夫中尉搭檔，即使遇上危險事態也一樣能逃出生天。

其他的部下？擔心他們有沒有跟上是在白費功夫。

一旦指揮官衝出去，軍官肩負著軍官的義務與職責，又怎麼可能會遭到孤立啊。逼近或是突破敵陣地，加以蹂躪，明明就是當代魔導師的看家本領！

解說

【攻擊車頂】(top attack) 戰車的上方裝甲似乎都很脆弱。既然如此，只要攻擊上方，就連主力戰車也能一擊解決！是這種極其正常的想法。順道一提，這作為導致錯字的魔法詞彙，在カルロ・ゼン周邊相當有名，曾讓我打出由上往下攻擊（top down attack）與加滿攻擊（top up attack）的錯字。另外，責任編輯也曾創造出由上往下加滿（top down up）這種詞彙。

不需要一一說明。

也由於不斷教導過以中隊進行的部隊戰鬥，譚雅一發出衝鋒命令，擔任戰車騎乘兵的三個中隊便同時形成三道箭頭。

於是，飛上天空的魔導大隊，開始以貼地的低空飛行進行衝鋒。

就算遭到敵方的步槍或機槍射擊，也憑藉著防禦殼的硬度擋下，這同時也是為了以速度避開大砲瞄準的一點工夫。

可說是魔導師版的裝甲楔形陣吧。

更何況說起衝在前頭的譚雅，甚至拿出平時收起不用的艾連穆姆九十五式進行衝鋒。以帶來精神汙染作為代價的防禦殼，厚度可是掛保證的。

「以主之名，展現道路，引導我前進吧。我是步行者。追求苦難，登上荊棘之山，讚揚著主在盡頭的榮光。」

一面將脫口而出的汙染語言灑在義魯朵雅的大地上，但同時也沒怠慢光學系欺敵術式的並排顯現。

之後，就只要以相當於戰鬥機巡航速度的速度「衝鋒」即可。

只要不讓目瞪口呆的敵人有時間應對，在世界顯現出干涉術式的閃光，便能與那非常可愛、懷念的狗屎再會吧。

「蹂躪吧！蹂躪一切吧！大隊！蹂躪吧！」

爆裂術式加上對陣地用的貫通術式，經由大隊規模的魔導師打向陣地一隅，為地面提供小規模的仿造煉獄。

這是足以將陣地外圍吞噬一角的一擊。

堅定著就算裡頭是神話時代的勇者們，也一樣要讓他們恐懼的毅然決心，第二〇三航空魔導大隊，況且還是能冠上游擊之名的真正的航空魔導大隊衝進陣地。

從屬於義魯朵雅軍的善良人們，儘管渾身顫抖，依舊鼓起勇氣舉起步槍的前方，是纏繞著應該拿大砲出來的厚重防禦殼，該稱為身經百戰的百鬼夜行的 Named 大群。

有膽開槍之人，簡直就是現代的勇者吧。

努力將砲口對向他們之人，是富有智慧的賢者吧。

然而，這群善良人們的努力，卻在只有戰爭藝術卓越的帝國軍人當中，格外經驗豐富的傢伙們條件反射的反擊之下，一如字面意思地被擊潰了。

解說

【裝甲楔形陣】 戰車以楔形陣形衝鋒的戰術。另外，假想敵是防守得固若金湯的反戰車陣地。戰車兵表示：陣地很討厭。順道一提，待在反戰車陣地裡的反戰車砲的砲手表示：戰車很討厭。這就叫相親相愛。

好啦，面對可怕的怪異，鼓起勇氣挺身而出的戰士們慘遭「擊潰」的衝擊，究竟會有多麼強大啊？

更何況，要是連深信「堅固」的陣地都遭到輕易蹂躪呢？

結果很單純。

即使是複線化的防禦陣地第一線，也會在譚雅的一擊之下非常輕易地陷落。

「才不過遭到三十人不到的航空魔導師衝鋒，就變成這副德行啊。」

哼──譚雅嘆了口氣後，副官隨即擺出一張苦笑表情。

「……那個，其他部隊也就算了。看嘛，畢竟來的是我們，是精銳部隊衝進來了。」

「不過是被精銳衝鋒就潰不成軍，我也覺得很有問題啊。」

無視謝列布里亞科夫中尉欲言又止的表情，譚雅握住她遞來似乎是繳獲品的無線電，聽著義魯朵雅軍的通訊。

「該說是混亂、混沌，還有動搖吧。唔──敵人果然是留下敗北印象的樣子。這還真是愉快。」

譚雅咧嘴竊笑。

所謂的堅固防衛，得要有在防衛戰中掌握主導權的積極性，才算是真正的堅固防衛。就連教條主義兼死板的初期聯邦軍，都沒有追求「防衛線的靜謐」，而是緊咬著「防衛線的主導權」不放。

「敵人似乎是將防衛戰誤解成守住防衛線了。看來是遺忘了防衛的本質呢。」

早在到現在都還沒有派出反擊部隊奪回或破壞第一防衛線時，就能大致看出敵人的戰意了。防衛戰是要反擊、要遲滯，或是讓時間與空間進行交換，當中任何一項都是不可缺少的。儘管如此，卻是這副模樣。

「看樣子，似乎是我的最愛唷，維夏。」

「那麼，我和部隊的大夥似乎也會愛上呢。」

「沒錯！看來我們意外地能有著共同的常識呢！」

擁有共同的常識還真是相當愉快。職場的人際關係良好，也是會讓人非常開心的一句話吧。

一切都很順利。

得把後續部隊叫來——想著這件事的譚雅，聯絡起裝甲部隊。

「阿倫斯上尉，聽得到嗎？」

「武裝偵察的結果如何？」

「突破敵戰線了。抱歉，沒貴官的份。」

「……居然。」

隔著無線電也能聽到轟隆隆的戰車引擎聲。就連在這種噪音之中，都能聽到微微倒抽一口氣的聲音。不過，也只是能聽到罷了。從沒有發出「怎麼可能」這種多餘的疑問來看，阿倫斯上尉似乎也充分適應了這個部隊。

「那麼……是追擊的好機會嗎？」

實際上，阿倫斯上尉說出了在理解狀況之後的發言，是能提出追加建議的理想將校吧。會積極地創造附加價值！

還真是優秀的人才啊。

儘管有點高興地享受著身為上司的幸福，譚雅依舊嚴厲修正著部下的誤解。

「阿倫斯上尉，這話不太對。我們無法期待追擊。」

「敵人果然有殿軍嗎？」

「不不不，不是的，不是這樣的，上尉。」

我也未免太興奮了——譚雅帶著苦笑，淺顯易懂地向阿倫斯上尉分享著在眼前展開的意外景象。

「敵司令部似乎不打算撤離這裡。要是敵人繼續龜縮在被攻破的陣地裡，我們的工作便不是追擊，而是掃蕩吧。」

「咦？難道沒有撤退、重新編制部隊嗎？」

「照我們的常識是這樣。但義魯朵雅人的常識好像不太一樣，他們打算死守陣地喔。」

對於譚雅告知的好消息，裝甲家回以滿腹疑慮。

「中校，這不可能吧？」

「為什麼啊，上尉？」

「他們背後便是市區了！只要堅守在大規模的街道區域裡，就連外行人也能爭取時間。儘管如此，他們卻將野戰軍整個留在市外，無視可能會被包圍殲滅的風險？」

敵人完全沒有要選擇城鎮戰的跡象。

這對經驗豐富的軍人來說，確實是超出理解的範圍也說不定。實際上，由阿倫斯上尉的驚愕語氣來看，能清楚知道他就跟自己說的一樣難以置信。

因此，作為文明人的譚雅，自覺到有義務指點他一個極為高尚的事實。

「上尉，你在氣什麼啊？城鎮戰本來就不是應該選擇的方式喔。」

「咦？當然，下官也不是想用現有裝備跟可能熟知地形的義魯朵雅軍打城鎮戰……」

不是的——譚雅儘管隔著無線電，依舊搖了搖手。

阿倫斯上尉作為「大戰當事人來說是正確的」吧，但作為文明人，他似乎遺忘了非常基本的事。

「別把總體戰的感覺帶進來。」

「中校？這話的意思是……」

「義魯朵雅人很正常，他們是害怕著要在人們生活的市內，讓戰車、大砲、魔導師還有機槍東奔西跑，進行戰爭的選擇。」

大戰中的理所當然，是正常世界的非常識。回想起卡蘭德羅上校作為軍事觀察官前來時的懷念表情。

在東部，那位先生被戰爭的現狀嚇得發抖。

對譚雅等人來說，這是早在很久以前便看開地認為「就是這樣」的現實，然而以平穩世界的感覺來看，則會認為這是煉獄深淵。一旦客觀看待這個事實，就還能基於相對的價值觀差異，得到些許的利益。

「也就是說，他們是文明人。」

所以——譚雅嗤笑起來。

「就用暴力裝置的威力，徹底招待這群文明人吧。」

已經看穿敵人的底細了。

這樣還要客氣什麼啊？

「Salamander・leader 呼叫第八裝甲師團。請在隨意的地點，突破並進行包圍。」

以督戰名目來到最前線的傑圖亞上將，踏著自然的腳步前往熟悉的第八裝甲師團。

這對代理指揮官雷魯根上校來說，是試煉的時間。

光是與敵人開戰就夠讓人胃痛了，還得與疑似期待著突破報告的上將閣下同席，簡直就是要人胃痙攣。不知是幸還是不幸，作為軍務官僚練就一身鐵臉皮的雷魯根上校的表情肌，能讓他在長官面前佯裝平靜，演出注視地圖的模樣。即使如此，這依舊毫無疑問是痛苦的時間。

所以，雷魯根上校祈禱著。

請讓我從這份苦差事中解脫吧。然後該說是因為人品，或是超常存在的同情？他的願望就經由衝進帳篷裡的通訊主管軍官之手實現了。

傳令軍官一臉興奮遞出的字條上，傳達著他們所盼望的前線好消息。

雷魯根上校在看過一遍後點頭，然後興高采烈地將字條交給傑圖亞上將。

「請在隨意的地點，突破並進行包圍？」

看完雷魯根上校遞來的字條，傑圖亞上將有些愉快地撫著臉頰。

「先遣隊是這樣判斷的啊。」

提古雷查夫中校可以說是做出了非常強硬的見解。

實際上，帝國軍處於優勢，而且敵魔導部隊這種強力的快速反應部隊也已大致殲滅。至於空中優勢，經由不惜讓部隊調離西方與東方達成的戰力集中，直到現時點為止都還保有著優勢……

整體狀況就像是這樣。

手牌並不壞。即使如此，暗示能自由進行突破的前線態度，仍然只能說是強硬了。

為了斟酌狀況，傑圖亞上將重新盤著手臂。

「唔。」

已經打破了許多缺口。

針對可以突破的報告倒是沒有異議。但居然還勸我們包圍，這就連對傑圖亞上將來說都是出乎意料。

理所當然般，傑圖亞上將自己也是假定城鎮戰，有點慎重地面對王都攻略。得看守備的義魯朵雅方會怎麼出招，甚至判斷在最壞的情況下，要是結果不划算，就算無視王都也沒問題。

然而，要是有在都市外包圍敵野戰軍的可能性？就能一如字面意思地為所欲為吧。這樣即使要像電話預約的一樣，前往義魯朵雅王都用晚餐也沒問題。

「雷魯根上校，你覺得如何？如果這是提古雷查夫中校有如獵犬般的嗅覺所聞到，我覺得會是值得信賴的好機會。」

「閣下，我也有同感。」

對於點著頭簡短回話的雷魯根上校，傑圖亞滿意微笑起來。

「那麼，上校，也得請貴官跑一趟了。」

「下官願盡微薄之力！那麼，下官等人就先告辭了。」

一個敬禮。

然後，颯爽衝出指揮所的雷魯根上校一宣告出發，率領起部隊後，第八裝甲師團便拋開停止狀態，以宛如要立刻衝鋒似的速度開始行動。

雖是看起來也像是陷入恐慌的驟變，然而在那裡的，是明白自己該做什麼的將兵們所演奏出來的爽快合奏曲。眾人帶著歡呼揮舞軍帽，以敬禮目送出擊將兵們離去的一幕，甚至醞釀出前定和諧的感覺。

目送他們離去的傑圖亞上將，在不久後得知了結果。

一言以蔽之，就是完全勝利。

「還真是輕而易舉。崩潰時，就只要一瞬啊。」

敵人在帝國軍的凌厲攻勢之下毫無招架之力。對於敵人的表現，傑圖亞自己也不由得說出彷彿有哪裡很失望的感想。

「義魯朵雅與合州國的聯合防衛軍的防衛線看起來是很堅固。但即使是再周全的陣地，也得看防守的人啊。」

回想起年輕時，擔任軍事觀察官那時候的事。還記得當時曾和盧提魯德夫討論過戰意在「陣地戰」時的意義啊。

「我主張著防守方的優勢，那傢伙則是述說著戰意的優越性呢。」

就結果來看，雙方都是對的。

沒有戰意的士兵所防守的陣地，無法在攻擊方的決心之前守住。

然而，堅定覺悟要奮戰到底的士兵所防守的陣地卻是固若金湯。

這要說的話，也能說是理所當然的結論。

只不過，就算戰意再怎麼高、陣地防備再怎麼堅固，結果還是看火力與國力來決定一切。在無論怎樣的防備，都能靠暴力剷除的事實之前，究極的結論便會是以讚揚國家戰略的偉大作結吧。

「真受不了。」

聳了聳肩，作為犯下「與世界為敵」這種蠢行的帝國高級將官，傑圖亞也只能發牢騷了。

無論再怎麼努力，都無法取得能打死世界的國力。沒有力量，還真是寂寞呢。

「帝國是——帝國軍是經過鍛鍊的。」

如果只有義魯朵雅軍，以及先遣的合州國軍，帝國軍有著能將他們打飛的拳頭。

他們以裝甲師團為主力的一擊，是有如教科書般的武力行使吧。

實際上，提古雷查夫中校與雷魯根上校做得非常漂亮。

將在首都郊外拘泥於固守陣地的義魯朵雅軍團團包圍。

待包圍完成後，一受到趕來增援的合州國軍部隊攻擊，就特意解開一部分包圍，讓救援部隊在包圍下會合後，立刻重新展開圍攻。

用拳擊來比喻的話，這會是一記精彩的反擊拳。就這樣，在被譽為世紀對決的擂台上擊倒敵人，贏得勝利。

至於義魯朵雅市民所屏息期待的守備隊？則是倒在擂台底下。而這也意味著失去守護者的都市，以毫無防備的形式交到帝國軍眼前。

於是，等到茫然看著防備部隊在眼前潰散的市民回過神來時，帝國軍第八裝甲師團的先遣隊，早已以軍靴在義魯朵雅王都的心臟部位昂首闊步了。

只不過，過快的展開也讓帝國軍不得不忙得暈頭轉向。

首都市區的占領，而且還是有著大量市民與外國人的城市……如此一來，指揮官也會沒空休息吧。

雷魯根上校臉色大變地連同指揮所一起前進，要去掌握占領狀況與整理諸多問題……當收到這則報告時，就連像傑圖亞上將這等的人物，都被很有禮貌地丟著不管。

在乘用車與護衛部隊環繞下，孤獨一人。

更嚴格來講，他並非被丟著不管……只是作為督戰者前去視察的當地部隊大舉進擊而已。他會像是「責任已盡」似的撤離，在後方擬定計畫吧……也跟帝國軍的將校們全都在無意間這樣認為有很大的關係。

傑圖亞自己則是不覺得有理由要配合這種刻板印象。伴隨著煩人傢伙離開的感想，他抽著軍菸思考起來。

狀況很順利。

敵人出乎意料地瓦解了。

儘管有可能會被敵方殘兵盯上……但這次也借了可靠的盾牌。

考慮著風險與利益，傑圖亞做出結論——只要有提古雷查夫中校訓練的魔導部隊，就有去做的價值吧。

總歸來講，就是要去賣名。

在歷史書上，讓傑圖亞這三個字躍於紙面，將世界的目光吸引在自己身上。既然如此，如今在這個王都開城的歷史性瞬間，躊躇便是不合理的行為。

因為軍事合理性，有時也得依附在政治與國家的要求之下。

「格蘭茲中尉，你現在有空嗎？」

連忙衝來的年輕魔導中尉自認為有掩飾好表情吧，然而表情有點僵硬。

直覺還真好。只不過傑圖亞可沒有體諒、顧慮他的餘裕。

所以，他十分認真地用軍人所能理解的話語拉攏著他。

「要前往義魯朵雅王都了。得立刻過去。一旦遲疑就會錯失戰機。」

「遵命，下官立刻準備！」

在點頭後著手準備的魔導中校是個誠實的人。

沒有拖拖拉拉，也沒有緩兵之計。

帶著護衛，一路前往義魯朵雅王都的旅途。

而這趟奔馳在平整幹道上的旅程十分順利。

若姑且不論有為了以防萬一，讓魔導部隊擔任直接掩護的事，就是個兜風的好日子了。

「護衛也很安靜啊。能做自己想做的事嗎？」

還不錯——傑圖亞上將甚至有餘裕在後座享用著雪茄。

只不過，作為認真善良的護衛指揮官，格蘭茲中尉也開始想知道「目的地」了。

「話說回來，閣下，請問是要前往何處？」

「等到王都，你就會知道了。」

即使像這樣糊弄著他，但是等抵達市區後，終究沒辦法再拖延回答，縱使試圖敷衍也達到極限了。

「閣下，請問是要前往王宮還是政府設施，或是要與雷魯根上校的司令部會合？」

「嗯？啊，你聽好，這趟不是為了公事來的唷。」

不得要領地歪頭困惑的年輕中尉，看來是誤以為自己是為了「占領都市的事務手續」來這一趟的吧……雖說是由於讓他誤解，耳根子會比較清靜，所以才故意不說的。

「開到這裡就好了吧。」

只要吟吟微笑起來就夠了。

是感到不祥的預兆吧。對於嚇到僵住的中尉，作為上將閣下的傑圖亞非常親切地向他問道。

「怎樣啊，格蘭茲中尉。要陪我散步一下嗎？」

「您、您要下車嗎？」

就他看向車外、回頭，以懇求般的眼神拜託回心轉意的表現來看，格蘭茲這名中尉相當努力。

沒有直接頂撞長官，同時也提出自己的擔憂。

哎呀哎呀，是個優秀的年輕人。

不過，這又怎麼樣？

「這麼美好的街道，會想下車散散步是不近人情嗎？」

我們下車吧——傑圖亞說道。

當然，是在理解格蘭茲中尉的擔憂之後。

所謂的市區，對警衛人員來說是個惡夢。水泥叢林存在著無數的死角，高聳建築提供了無數適合狙擊的地點，而且當房屋裡的居民大都對自軍不懷好意時，市區就會變成一如字面意思的可怕敵地。

即使是航空魔導部隊的精銳，也無法斷言能提供完美防禦的空間。

偏偏是在這裡。

在這種地方

「傑圖亞閣下，那個，您真的要在這裡散步嗎？」

對提出懇求的格蘭茲來說，是一如字面意思地不得不拜託他回心轉意。

一介中尉。

這是讓這樣的他，即使要做出向上將閣下提出意見的沒常識行為，也不得不做的事。

「你有聽到我說什麼吧？義魯朵雅王都陷落，是個非常具有歷史性的機會。要是錯過這個機會，能作為勝利凱旋者昂首闊步的機會可是少之又少喔？」

「您、您是說凱旋嗎？那個……基於警備上的因素……」

「說什麼警備不警備的。軍人害怕危險是想怎樣？是想讓我成為膽小鬼在世界留名嗎？」

被一臉不悅的傑圖亞上將雙眼一瞪，格蘭茲就嚇得渾身顫抖。冷汗彷彿瀑布般濡濕軍服，甚至感到輕微暈眩。

儘管如此，依舊得善盡護衛負責人的義務。

「閣下，請恕下官直言，這裡是敵地！而且還是占領的義魯朵雅王都！還請您慎重地……待在車內！」

「喂，你搞反了。」

「我搞反了？」

「要帝國軍的副參謀長，在外人面前擺出提心吊膽的害怕模樣？這是有百害而無一利啊。」

用鼻子哼了一聲的「將官」模樣，對尉官來說是個惡夢。

「……下官明白了。那麼，還請讓我們待在閣下身旁。」

「你在說什麼蠢話啊，中尉？要是有把提古雷查夫中校說貴官不適合擔任護衛聽進去就好了。算了，就這樣吧。我不想表現得像個膽小鬼，請護衛的各位給我滾得遠遠的。」

隨意地。

真的就像若無其事一樣，傑圖亞上將離開小型乘用車，讓雙腳踏在義魯朵雅的街道上。就這樣，沒有特別裝模作樣的上將閣下，很自然地伸了個懶腰。

真是受不了──他轉了轉肩膀，從口袋中拿出雪茄抽起，朝著義魯朵雅的蒼穹吐出煙霧。

真美味──宛如這麼說似的微笑起來後，傑圖亞上將動起雙腿。

挺直的背部。

呼地吐出的煙霧。

看來勤務兵似乎相當貼心，磨亮的軍靴在石板地面上闊步，熨過的褲子就像閱兵典禮的照片一樣筆挺。

悠然自得地散步著。

自然的腳步，明確述說著這世上沒有事物能讓他畏懼的模樣。

偶爾，或許是被古蹟吸引了吧。他停下腳步，悠哉注視著義魯朵雅文告示牌的模樣，是文化人的表現呢。

這裡是敵地，老人同時也是位老將軍。

明明光是傑圖亞「上將」在領口閃閃發光的階級章就很醒目了，在昂首闊步的將軍身後，還有一輛掛著將官旗的乘用車尾隨在後。

這對擔任警衛的格蘭茲來說，是足以讓他恐懼得想吐的景象。

要是有狙擊兵埋伏？不對，面對這麼沒有防備的主將。敵人甚至不需要專門的狙擊家。

「至少，要是走快一點……」

不懂得喃喃說出這句話來的格蘭茲心情，傑圖亞上將的雙腳完全不肯向前移動。豈止如此，他還滿意地眺望著史蹟，要勤務兵把照相機從車上拿來。

就像在拍紀念照一樣，甚至還把周圍的將兵叫來，大家一起擺起姿勢。完全不在意格蘭茲焦慮不安的心情，非常冷靜地抽起菸來。

混雜在士兵之中的，是一個好軍官的身影。然而……卻讓身為軍官，同時也是護衛的格蘭茲恐懼著。

帶著滿面笑容向周遭勸抽雪茄的那道身影，完全就是個靜止目標吧。

即使是剛學會怎麼開槍的第一年兵，只要在這種市區裡，保持一個好射擊位置的話，就能夠輕易命中。

考慮到狀況，這可說是膽大包天的行為。

具體來講，甚至是一種挑釁。

「無論何時，發生什麼事……嗎？」

這讓在一旁遠望的護衛坐立不安。

對於深受焦躁感煎熬的格蘭茲來說，就算把周圍一帶通通看成敵影，也是無可厚非。儘管如此，要說到周圍慢條斯理的氣氛啊！

除了負責貼身護衛的自己等人之外，看看這是怎樣了！

周圍是被傑圖亞閣下的放鬆氛圍給傳染了吧，嚴重缺乏著緊張感。

不知是幸還是不幸，附近義魯朵雅人所望來的視線不像帶有殺意……但就算沒有殺意，人依舊殺得了人的。

在萊茵，在亞雷努，在東部，就算不想也會學到這一點。

即使身處義魯朵雅的藍天之下，依舊沒有例外。

在危機感的驅使之下，格蘭茲終於還是為了提出諫言，衝到上司的上司身旁。

「喔，中尉，你也要來一根嗎？」

「下、下官心領了。畢竟航空魔導師是會過度使用心肺功能的職務。一旦是會在空中溺水之人，就有必要克制抽菸。」

連忙說出婉拒後，格蘭茲在此時回過神來。

說到底，這是婉拒之前的問題。

「傑圖亞閣下，要是久待下去，很可能會引來心懷不軌之人。還請您趕快離開。」

「貴官雖然認真，但很不知趣呢。看吧，格蘭茲中尉。」

把手輕輕放在肩膀上，傑圖亞上將以落落大方的態度誇口說道。

「到底是在哪裡啊？會威脅到我的敵人。在這附近怎樣也看不見蹤跡不是嗎？」

「我們確實擊破了敵野戰軍。」

「既然如此，就算不安也無濟於事。」

「請恕下官冒犯，但實際上還遠遠不到完全殲滅的程度。以閣下的安危來講，現狀難以說是非常理想。」

一面說出警告，格蘭茲一面心想。

未免也太沒防備了。

帝國軍的主將，而且還是一如字面意思的上將閣下！這要是有意圖復仇、打算狩獵大人物的殘兵，或是熱心的游擊隊突然冒出來的話？

「真愛操心呢。只要跟貴官們同行，就連聯邦軍的最前線我們都照去不誤不是嗎？期待像貴官們這樣值得信賴的部隊，有什麼好不妙的？」

「是的，只要閣下下令，下官便有達成的決心。」

「既然如此，只要我下令的話，這件事就到此為止了。難道不是嗎？」

有衝進敵陣的覺悟。

在子彈之前，即使捨棄生命也會達成使命。然而，要是破綻這麼多，也會有太多防備缺口了。

「請恕下官直言，即使是我們，就算是魔導師，也絕非萬能。」

魔導師確實能靠防禦膜與防禦殼成為守護他們的盾牌……但也無法飛得比子彈還快。況且，對於警衛任務就只有臨陣磨槍的程度。雖說是精兵，但要是做起不熟悉的工作，依舊會有很大的不安。而最重要的是，只有一個中隊規模的魔導師這種人手不足的影響。

如果要搜索周邊建築，確保安全，這點人手是怎樣都不夠用。即使糾集周邊的步兵部隊進行，也是杯水車薪。勉強讓部分人員先行，進行周邊的警戒與偵察就是極限了吧。

說到底，格蘭茲自己可沒有這麼大的權限。

如果是傑圖亞上將，就有權限下達這種命令吧。

但要說到那個當事人，卻是不懂這邊心情地在義魯朵雅大街上散步！沒有驅逐行人，沒有清掃街道，一派自然地在逛街！

拜託饒了我吧——儘管格蘭茲都快哭出來了，但就像是要追究他的苦瓜臉一樣，傑圖亞上將十分刻意地嘆了口氣。

「格蘭茲中尉，你還年輕，今天就好好慶祝勝利如何？」

「中校常說，勝利後也要繫緊頭盔。」

「真是一句優秀的箴言呢。只不過，這句話的要求很不近人情吧。」

長官的長官想說什麼就說什麼。然而，無論是要應和還是反駁，格蘭茲都難以做到。

儘管如此——格蘭茲心想。

沉默是金，雄辯是銀。古人這句話說得還真好。

「貴官的上司可是個認為自己做得到的事，其他人也同樣能做到，並對此深信不疑的怪物吧。我有說錯嗎？怎樣啊，中尉？」

「那個，因為中校是位非常優秀的人物。」

「雖說帝國軍很大，但那傢伙也是特別的呢。」

傑圖亞上將宛如認同似的輕撫著下巴，就這樣重新叼起軍菸後，一副非常美味的樣子抽了一口。

「話雖如此，但應該高興的時候就要高興。因為偽裝自己的感情，會累積相當大的精神疲勞呢。」

「是要大肆慶祝一切順利嗎？」

「看吧，這座都市，獲得的軍需品不計其數，擊破的敵軍也數量龐大。然後，這座美麗的義魯朵雅都市已在我們的掌心之中。」

有點裝模作樣的長官話語是其中一面的真理吧。他甚至覺得，要是能陶醉其中會非常舒服吧。

然而，格蘭茲一直面對著汙泥般的現實。

他是被這樣教育的。

因此，即使對方是上將閣下，他也不會作夢。

「可是，敵野戰軍只是喪失了一翼。」

現實就是現實。

世界就是世界。

格蘭茲切身體會到了。

「但願如此」的世界絕不可能存在於這個世上——體會到這個不可動搖的殘酷真實。

正因如此，格蘭茲才能毫不畏懼地向上將斷言。

「這頂多只是微小的勝利。」

「貴官說得沒錯。」

將叼著的香菸踏熄，收斂起微笑的表情後，傑圖亞上將就以十分嚴肅的表情瞪著格蘭茲中尉的眼睛。

「非常正確的理論。我就感謝你的忠告吧。」

伴隨著這句話，他的胸口被一把抓住。

猛然將他扯過去的力道意外強大。

「所以，你給我閉嘴。」

在耳邊微微低語的聲音，既冰冷又凶狠。

「咦？」

「正確的理論是絕對不能說出來的。」

所低喃的語調，帶著嚴峻且毅然的決心。

「所以要笑啊，中尉。」

方才的輕鬆語調蕩然無存，這句話說得非常沉重。

「笑吧，假笑就好。愚蠢地笑吧，就笑給周遭人看吧。這是命令。」

「是、是要我笑嗎……？」

「沒錯，不准露出弱點。我不管你是要虛張聲勢，還是打腫臉充胖子。我方情勢緊迫的事實都絕對不准表現出來。」

這是——相對於把衝到嘴邊的話語勉強吞回去的格蘭茲，傑圖亞上將以絕對零度的語調喃喃低語。

「拋開你的知識。即使是三流演員，也要把戲演到最後。」

嚇得凝視起上將表情的格蘭茲，當場就後悔了。

「你的職務是征服者。給我說服自己是個壓倒性的強者吧。或是要自己騙自己也無所謂。但是，不准怠慢讓別人如此相信的努力。」

注視過來的，是讓人聯想到虛無深淵的眼睛。

某種執著的存在。

「這是要欺騙世界啊。你自己的臉，給我自己掩飾過去。」

說出的話語，耳語的這些，是什麼？

「士兵、周遭，還有人們，會仔細看著你的階級章與表情啊。這是在軍官學校最先教導的事吧。」

「下、下官會注意的。」

「不准再忘了。笑也是軍官的份內工作。你就連向長官學習都辦不到嗎？提古雷查夫中校到底是怎麼教你的啊？」

說到這裡，傑圖亞上將冷不防地停止動作。他撫著下巴，然後苦笑起來。就格蘭茲所見，這是他第一次露出沒有不祥感的微微苦笑。

「她或許一直都是真心在笑。如果是那傢伙，確實是連在這種狀況下，都能發自內心地笑出來也說不定。」

「……因為是那個中校呢。」

是有這種可能──格蘭茲點頭同意。

回想起來，提古雷查夫中校臉上一直都是帶著笑臉。

是有如壞掉的嘲笑吧。儘管有時也會愉快地哼著戰歌，但從沒看過她陷入恐慌的樣子。不可思議地，愈是在達到極限，感到痛苦時看向長官，就愈是會看到她露出殘虐的笑容。她在沒有餘裕時的緊迫表情，就算翻遍記憶也沒有印象。

或許，如果是擔任副官的維夏……儘管也不是不這麼覺得，但就連這種想法也都只是臆測。

「中尉，無論如何都要面帶笑容。給我重視笑容。」

然後──傑圖亞上將嗤笑著。

「帝國軍可是將敵人一腳踹開了喔。這會上報紙呢。肯定會將我們的強大，刻劃在歷史上頭吧。」

在報紙上，在諷刺漫畫上，肯定會述說吧。

述說著帝國的雄偉，帝國的強大，還有帝國的「威脅」。

[chapter]

IV

第肆章

中途停留者

Temporary Visitor

在敵前實施實彈演習，由於彈藥不足，
所以前往合州國的彈藥庫掠奪。

譚雅．馮．提古雷查夫中校深信，廣泛的訓練，反覆的動作灌輸，不斷的努力與鑽研的價值。

訓練是有益的。

儘管不符實戰的訓練是無益的，但只依靠實戰經驗運用部隊也同樣太過危險。

實戰毫無疑問是有益的。

但是，就僅限於「有過經驗的領域」。

如果拘泥在壕溝戰的實戰經驗上，會有辦法理解裝甲戰、機動戰，甚至是縱深作戰嗎？

說到底，訓練是能擴張「經驗幅度」的。

儘管實戰經驗是很貴重，但要是拘泥在實戰經驗上，「經驗偏頗」之類的害處也會非常嚴重吧。

必須有進取精神與自由豁達的批判性思考——譚雅連在戰場上也對此深信不疑。

而且——譚雅也重視著性價比。

「經驗確實是偉大的。但無論如何，學費都太貴了。」

高昂到足以拒絕的程度。

儘管如此，經驗能教導的就只有「經驗知識」。

一旦拘泥在偉大的經驗上，就會呈現出懷著確信，把在機關槍面前派戰列步兵衝鋒的大屠殺視為兵法信奉，並加以實踐的模樣。或是說，反之也一樣吧。要是害怕攻擊，太過信奉防守……就是學習過第一次世界大戰的法軍，在第二次世界大戰時所呈現的混亂。

實戰經驗是該受到尊重。這是無需爭論的。但是，既然會因為過去經驗染上有如停止思考般的惡習，就不該懈怠隨時以批判性思考進行改善的努力。

正因如此，能靠訓練找出問題所在，是非常幸運的一件事。

因為這比在實戰中付出血的束脩要來得好太多了。

無論如何，趁著與義魯朵雅、合州國軍，保持著奇妙穩定狀態的時期，譚雅為了研究戰鬥群對於針對半島戰役的陣地戰的適應程度，規劃了訓練。

就從結論來講吧。

慘不忍睹。

真的是，慘不忍睹。

讓譚雅久違地因為部隊的醜態抱頭苦惱。

「這是怎麼回事啊！」

是有某種程度的不安。

所以才會進行訓練確認——腦袋是能理解這一點。儘管如此……就算能理解，終究有個限度在。

「這算什麼精銳啊！在萊茵死去的戰友們的犧牲，你們是全都忘光了嗎！」

懷有期待的將兵所暴露的醜態，即使是她也不得不勃然大怒。

此外，如果是不擅長偽裝成弱兵，還只要苦笑就好。想說即使是義魯朵雅王都攻略的領頭，應該就連王都南方都確保下來的精悍戰鬥群也是有弱點的啊。

不過，這要是本來的軍事本領衰退，問題可就大了。自己率領的，是閃電戰、機動戰，突擊的最先鋒。各個都是非常擅長運動戰的部下們。應該是在東部就連陣地防衛都有過經驗的部下們。

儘管如此，關於萊茵式的壕溝戰是怎麼了？就連可悲二字都是太過寬鬆的評價吧。

「這可是陣地防衛啊！只要挖洞就好的話，就連鼴鼠都辦得到！你們是人類吧！給我動動腦！是陣地，你們是要構築陣地啊！」

帶著副官謝列布里亞科夫中尉，譚雅一臉傻眼地在部隊裡闊步。

觀察著部下們的動作，到目前為止勉強能接受的，只有拜斯少校的魔導部隊指揮。對譚雅來說，就只能向副官發著小牢騷了。

「太慘了。因為偏頗的實戰經驗，把過去的戰鬥教訓幾乎忘光了。」

「東部的經驗太強烈了……而且，戰鬥群士兵大都沒有經歷過萊茵戰線。姑且不論我們，壕溝戰對他們來說是未知的吧？」

我知道——譚雅壓抑著不愉快的想法，甩了甩頭。

「戰鬥教訓有彙整起來吧。如果是士官、軍官，應該都有看過才對。」

「跟戰前相比，基準已經調低很久了。況且他們也有以自己的方式，盡最大的努力完成每日職務……」

譚雅再度嘆了口氣。

即使如此，義魯朵雅人可是理解了戰鬥教訓，沒有「經驗」就建造出適當的防禦陣地。就算戰意與積極性有問題，但光是表面的話，明明就連義魯朵雅軍都有辦法模仿啊！

啊——譚雅忍住嘆息，儘管只有表面上，卻也仍勉勉強強同意副官的勸說。

「這點我知道，也理解要求他們做到能力以上的行為，會變成是在發牢騷。但是，指揮官的不長進，是得用屍袋抵償的。」

這——副官垂下頭，譚雅向她擺了擺手。

「戰鬥群的兵力有限。也無法期待有兵源可以補充。所以對帝國來說，沒有餘裕讓他們白白喪命。無論好壞，帝國都很貧窮。」

唉——譚雅眺望著義魯朵雅的藍天，搖了搖頭。

由於對部下教育充滿自信，才無法接受這副德性。沒想到，偏偏是整個組織遺忘了貴重的經驗知識。

「我說不定是太過信賴戰鬥群了。」

「是因為我們有持續做出實績吧……」

嗯——譚雅點頭同意著副官的意見。

有實際拿出成果的表現，是不該受到輕視吧。但是，公司與組織也不該只用「成果」來進行評價。

潛在的風險因素，一直都是必須徹底確認的。

正因如此，譚雅才會像這樣到處檢閱。

尤其是——幾乎要讓她邊走邊發牢騷的是「戰壕」的構築。就連挖坑的方式，都帶有強烈的「臨時湊合」傾向。

完全沒有永久陣地的想法，這可不行。

由於譚雅等人蹂躪著敵方陣地，所以讓部下們過度低估「防禦陣地」的價值，確實不是不可能的事。這如果只是少數士兵的誤解，要修正也很簡單。然而，要是放眼望去全是一成不變的景象……譚雅向在附近進行作業的士兵提出疑問。

「是誰指示要挖東部式壕溝的？是托斯潘中尉命令你們構築這種陣地的嗎？」

「是的，中校。全是依照托斯潘中尉的指示！」

要說的話，是一如預期。

但要是就連理當經驗豐富的士兵與士官，都毫無疑問地實行東部式，這果然是會讓人頭痛的來源。

儘管如此，譚雅還是甩了甩頭，形式性地點頭回應士兵的答覆。

「辛苦了，打擾你作業了。」

她放走部下，為了把直屬軍官叫來，大聲吼叫。

「托斯潘！托斯潘中尉在哪！人是到哪裡去了！」

是聽到譚雅就連在戰場上都能響徹開來的吼叫聲吧。步兵中尉就像飛也似的衝到譚雅面前。

對於這樣的他，譚雅以宛如實戰般的凶惡氣勢提出要求。

「給我重做。現在立刻，不容拒絕！」

「中校？那個，請問有什麼問題……」

「中尉，就只有問題。這點正是問題啊！」

本來的話，擔任步兵直接掩護的格蘭茲中尉會毫無遺漏地協助他吧。他的中隊被傑圖亞閣下整盤端走，實在是太傷了。瞬間，譚雅朝副官的方向看了一眼。

「中校？那個，有必要的話……我可以幫忙輔助托斯潘中尉。」

「駁回，副官。光是現在，戰鬥群的指揮機能就沒有餘裕了。」

是戰鬥群編成的害處吧。

負擔全都集中在指揮官身上，作為手腳運用的司令部人員也不足。就根本上來講，相對於部隊規模，能分配在指揮系統上的人手太少了。

這如果是本來假定的臨時編成，倒還可以容許吧。

但是，沙羅曼達戰鬥群已接近是「恆久性」運用，這種過度工作狀態，對譚雅來說甚至是頭痛的來源。

至少，要是格蘭茲中尉在手邊，就能把托斯潘中尉與維斯特曼中尉交給他指導，還能順便把一部分的文書工作丟給他處理了。

然而，就算感嘆著不在手邊的兵力也無濟於事。

比起不在手邊的百萬大軍，手邊的百人更加重要。

譚雅拚命克制著幾乎要因為傻眼與失望扭曲的表情，朝著看似無法理解問題所在的托斯潘中尉，盡可能注意讓語氣保持溫柔地指出問題。

「聽好，打算死守這裡的心態是很好。下官也不想貶低貴官的覺悟。但也正因如此，你要是白白送死，可就傷腦筋了。」

儘管認同他的幹勁，承認他的優點，不過該說的話還是得說。即使是視死如歸的意圖，白白送死就單純是在浪費生命。

在戰時狀況下，這種奢侈的行為是絕對無法容許的。

「所以要塞方式絕對不行。」

「可是，在東部實際上就是這樣……」

「托斯潘中尉，要理解前提的不同。東部很遼闊。而在這個狹小戰區，想要集中火力是易如反掌。瞬間就會被敵砲兵的集中射擊宰掉喔。」

就連聯邦軍可怕的摧毀火力，都是因為遼闊的戰區，多少遭到分散後的威力。

一旦是要與有餘力向那個聯邦提供租借法案的美帝，在狹小的戰區交戰，究竟得覺悟到會有多強大的火力啊。光是想像就讓人非常害怕。

因此，譚雅斥責著部下的膚淺與偏頗的經驗。

「你太過低估敵人了。即使麻煩，也必須以複線方式構築有縱深的壕溝線。絕對要是連續線式喔？就算過時了，也必須徹底採用彈性防禦。」

也就是說——譚雅糾正著部下的想法。

「要意識到退路。」

「不會養成逃跑習慣嗎？」

「托斯潘中尉，你把部下當成什麼了啊？」

「那個，可是……」

面對似乎有所誤解的部下，譚雅深深嘆了口氣。

「死守陣地的心態本身值得嘉許。」

但是——譚雅接著說道。

「不要確信捨身就能達成義務。不要停止思考。我是絕對不會允許白白送死的。唯有作為鼴鼠掙扎到最後一刻，死守才會具有意義。」

留下就像明白似的點頭的托斯潘中尉，譚雅重新開始視察，但可悲的是，這並不是最後的問題。

接著是阿倫斯上尉。對於裝甲家，則是得要他徹底假定無法迂迴繞過敵野戰陣地的狀況。

「這邊和東部不同喔？這裡很狹小。讓人束手無策的狹小啊。」

「可是，正面攻擊會導致犧牲。」

「反了，你反了。是必須去考慮，假如難以避免正面攻擊，應該要怎麼做才能避免犧牲啊。」

「了、了解。」

「很好，總之就跟攻入義魯朵雅王都的時候一樣。給我在進攻方式上多用點腦袋。要無時無刻保持著思考。」

放走點頭回應的阿倫斯上尉，譚雅接著前往砲兵部隊檢閱。

瞥了一眼，把負責人的梅貝特上尉叫來，在確認過幾點後，譚雅稍微鬆了口氣。

「在合格標準以上呢，上尉。」

儘管士兵層級的技能有些偏頗，不過軍官與士官有確實保持著核心要素，能在他們目前為止的動作上看出這一點。

作為專業人員的砲兵，有確實維持著專業性。

「不愧是砲兵，把壕溝戰記得很清楚。」

「恕下官直言，中校。砲擊教範有大半都來自於壕溝戰。要讓我們忘掉還比較困難。」

「真想讓其他人也聽聽你這句話呢，梅貝特上尉。做得漂亮。」

雖然是不需要感到高興的小事，但這可是專家有作為專家完成工作。這要是不感到高興，是要對什麼感到高興啊。

「謝中校的讚賞。不過，課題也堆積如山。儘管精神可以鍛鍊，但要是沒有物資，程度也會有限吧。」

「是砲兵的思考模式呢。」

「畢竟是重視數學與物理法則的兵科。」

一面對梅貝特上尉的淡然回答苦笑起來，譚雅一面為了傾聽部下的不滿，開口問道。

「你缺什麼？」

「什麼都缺。」

從上尉口中得到的答覆，全都一如預期。以該乾脆說是前定和諧的語氣，譚雅也說出約定俗成的答覆。

「這是槍頭的宿命呢。」

「難道中校習慣了嗎？」

怎麼可能──譚雅聳了聳肩。

「任務過大，支援過小。無論是名譽與榮耀，還是要笑說這是老樣子不當一回事，都有個限度在。這實在不是能讓士兵聽到的話。」

儘管不是在訴苦，但也是滿腹牢騷……只要上司擺出親近的態度，底下的人也容易說出對現狀的不滿吧。是不枉費譚雅發揮出這種高超的溝通技巧吧，梅貝特上尉非常直接地坦承他所背負的問題點。

「下官就直說了，砲彈不足。」

「有到這種程度？大致上，應該是有確保最低限度的基數吧。」

「這裡跟東部不同，沒有補充的頭緒。無法期待從敵軍那邊繳獲。」

……「砲彈不足」這種不滿，就算跟譚雅抱怨她也無能為力，還真是讓人難受。

話雖如此，譚雅依舊有著作為長官的自覺。

對於現場感到為難的呈報，她也必須提供一、兩個辦法解決。也很清楚，只有無能才會對問題置之不理。

唔——譚雅在盤著雙手，尋思了一會後說道。

「運用從義魯朵雅軍那邊繳獲到的大砲如何？如果是他們的大砲，應該也能確保相當數量的砲彈吧。」

「其實，我也曾這麼打算過。」

「既然如此，那就趕快……不對，等等，打算過？你是用過去式嗎？」

是有什麼問題嗎？

在譚雅用眼神詢問後，梅貝特上尉就回以一張疲憊表情。

「是義魯朵雅軍的裝備體系。」

「裝備體系？啊，原來如此。」

譚雅拍了一下大腿，梅貝特上尉彷彿配合般地嘆了口氣。

「是的，他們大量裝備了各式各樣的大砲。」

「……具體來說是？」

「非常難以統一運用，大砲亂七八糟地混雜著『各國』的規格。光是砲彈，就讓人有種在參觀軍事博物館的心情。」

「感謝你的說明，上尉。我瞬間就理解問題了。」

如果種類齊全到有博物館水準，對於想要鑑賞的收藏家來說是很棒吧。然而，光靠博物館的備品可打不了仗。認為有辦法的人才有毛病吧。

繳獲品的運用會格外困難吧。

「乾脆鎖定合州國軍如何？」

「是的，我覺得可行。只不過，最近好久沒看到他們的砲兵了。」

「遲早會來的吧。」

「這是當然。」

「總之，就是這一瞬間不在這裡。不對……我也不是希望他們過來。」

唔——譚雅盤著雙手，考慮著砲彈不足的問題。

也就是義魯朵雅半島慢性地無法滿足砲彈需求，導致價格飆漲。只要市場有發揮機能，就會有大量的砲彈湧入了……

「要是有砲彈市場就好了。哎呀，這不是戰時狀況下能考慮的事呢。」

物資不足。

供給不穩。

完全沒有增產、穩定供給的頭緒。

既然如此，就只能活用手邊的砲彈了——譚雅決定放棄。

「上尉，就換個想法吧。以現有的砲彈，能做到何種程度？」

「老實說，壓制是絕望性的吧。乾脆將砲兵的損耗置之度外，在前線進行直接射擊嗎？」

「不，砲兵是貴重的人力資本。浪費他們的性命也很糟糕。」

他們是受過訓練的技術者集團。

總歸來講，就是擁有貴重的熟練技能。

「我想讓砲兵專注在砲擊上……乾脆考慮利用魔導師的魔導觀測，進行精密觀測砲擊如何？」

譚雅近乎是臨時想到的這句話，卻引起梅貝特上尉戲劇性的反應。猛然抬起的臉上充滿喜色。

「如果是這樣，就行得通！」

帶著從未見過的活潑表情，砲兵家趁機將作為砲兵家的鬱憤宣洩出來。

「只要有眼睛！只要有眼睛的話！受過訓練的砲兵能做到什麼，我們會讓中校好好見識的！」

「那麼，就試著實踐看看。來進行對抗戰吧。」

演習是高度的學習行為。

實施、批評、持續反省，為了重新學習動作再來一次。

於是，帝國軍沙羅曼達戰鬥群就偏偏是計畫在前線附近，進行分成敵我兩陣營的對抗戰。如果是在平時，這會是讓任何人驚訝的沒常識行為。然而，在沙羅曼達戰鬥群徹底麻痺的感覺之下，沒有一個人對此感到疑問。

因此，堅信部隊裡只有自己是常識人的沙羅曼達戰鬥群的軍官們，沒有一個人提出反駁，全都依照命令將部隊重新編制成對抗戰形式。

臨時編成與即時變更，是唯有戰鬥群才能辦到的事。雖說有著些許餘裕，但是這種在敵前進行對抗演習的神話偉業，**就這樣**在無意識中進行了。

「演習重新開始！」

譚雅一發出號令，分成兩個部隊的沙羅曼達戰鬥群就開始模擬戰。

附帶一提，就像當然一樣的是實彈演習。

而且還採用對抗部隊直接以實彈互射的形式。雖然到底是不會直接瞄準。不過，是實彈會在步兵頭上不停交錯橫飛的方法。

當然，只要趴在戰壕裡，總之就不會被打中了。以萊茵戰線的基準來講，這是非常溫和的訓練。

「這可是壕溝戰！給我把頭低下去！」

正因如此，在上空聽到士官驚慌吶喊的譚雅，才會忍不住嘆了口氣。

瞥了演習一眼，在升空的譚雅下方，是以自負是最精銳的沙羅曼達戰鬥群來說可怕的粗糙表現。

「該死，是在東部變成暴露狂了嗎！」

「跑跑跑！是想跟戰壕一起被友軍炸爛嗎！」

「不對！要撤退了！撤退！回想起陣地戰的基本！」

只見各級指揮官大聲咆哮，資深士官們一如字面意思地把動作遲鈍的傢伙們踢飛，要他們動起來……對於在上空眺望的譚雅來說，這種表現不得不說是慘不忍睹。

太慢了。

甚至還能加上「實在是」三字吧。

唔——譚雅盤著雙手。

「太過習慣東部風格了。從遼闊戰線轉移到密集戰線的適應，讓人頭痛啊。」

梅貝特上尉的砲兵隊在魔導師的觀測支援下，讓砲彈以非常高的精度擊中目標是少數的慰藉……但是跟萊茵戰線相比，還真是貧弱。也由於是演習，所以砲彈不會實際落在步兵頭上，但即使如此，也不得不感到鐵量的缺乏。

因為，現況無法期待長達數日的砲擊戰。如果是在過去……萊茵戰線的輝煌時期，平時砲彈偶晴天可是日常啊。

很遺憾的，如今的帝國沒有這麼多的砲彈。

因為是在東部、西方與義魯朵雅的三方面上維持著戰線。

對於分散開來的戰線，各別所能投入的砲彈數量有限。以世界為敵進行火力戰競爭，完全是無謀之舉吧。更何況，勞動力與工業生產力也都在總體戰中相當疲弊。要從扭乾的抹布中擠出更多水滴？是要怎麼做？

儘管參與演習的自家部隊在訓練水準上是一流的，但即使是一流的部隊，要是手頭拮据，就得自行限制能做到的事了。如果是在平時的一流人力資本集團，倒還能選擇轉職，或是從市場籌措資源。

然而現在什麼都缺，市場崩壞，而且還是在戰爭。

隱藏不住對戰爭的厭惡，譚雅發出嘆息。

「……我已經受夠戰爭了。」

就在譚雅發出感嘆的瞬間，下方景象出現了變化。

事情就發生在由於對抗部隊雙方太過接近，所以發射複數宣告彈種變更，將實彈換成訓練彈的照明彈，並在各部隊發出代表了解意思的聲響之後。

似乎伺機已久的一個裝甲部隊猛然突擊。

「阿倫斯上尉衝了啊。真快。」

但是在感到佩服的譚雅眼前，遭到突擊的步兵部隊卻在托斯潘中尉的指揮之下，一面躲進複線陣地之中避開衝擊，一面試圖採取「反擊」行動。

就從纏繞著防禦殼的拜斯少校等人，作為裁判對複數的戰車下達擊破判定來看，這是非常理想的反裝甲戰鬥。

話雖如此，托斯潘中尉的步兵部隊人數太少。

終究是戰鬥群編成。

既然是臨時部隊，就沒辦法像師團那樣以強韌的準備擋下攻勢。就算想封住被打穿的突破口，也缺乏做出關鍵一擊的兵力。

然後，儘管分給各對抗部隊的砲兵有進行支援砲擊……但也漸漸變成一場爛泥巴戰。

再考慮到這裡是前線附近的事實，就足以認為再繼續下去也無濟於事，決定放棄演習了。

「演習結束！演習結束！」

在宣告對抗戰結束後，譚雅睥睨著部隊在空中徘徊。考慮到今後的局面，這是讓人非常不安的結果。

太可悲了——失望的情緒讓她幾乎抱頭。

繞來繞去的思考漸漸墜入混亂的迷宮。打斷這種不愉快思考的，是身旁副官不可思議地帶著捉弄語氣的詢問聲。

「中校檢閱的感想如何？」

「有需要特地問嗎？謝列布里亞科夫中尉，就跟妳看到的一樣。」

「單以一般論來說，我覺得具備了最低限度的本領。」

「妳要是搞錯前提可就傷腦筋了。是在我們指示修正之後，才有這種表現的。要是沒有指示，就連壕溝戰也無法對應……沒辦法選擇死守。」

譚雅就像頭很痛似的閉上眼睛。下方的景象，如果是一般的步兵師團，就勉強還在「容許」範圍內吧。

然而，要假定的戰場環境可不一樣。

他們是參謀本部直屬的王牌——沙羅曼達戰鬥群。所投入的戰場，一直都是最為激烈的煉獄。

倘若機動戰是一流的，壕溝戰也得是一流的才行。

「在東部的經驗太偏頗了。」

「……因為得跑起來、躲起來，然後再跑起來。要是沒做，就很容易忘記呢。」

「妳說得沒錯。謝列布里亞科夫中尉，我們在東部沒有機會經歷需要機敏進退的壕溝戰呢。」

譚雅忍著頭痛，回想起部下們的動作。

跑得起來，也能一直跑著，就算扣除這是演習，他們的動作也很機敏。

不會害怕前進，後退也能保持著組織性合作，就這點來講是還可以接受。

然而，這些是在重複東部也有做過的事。在關鍵的活用縱深戰壕陣地這點上，還存有許多課題。不會拘泥陣地防禦也是值得好評的一點吧，但托斯潘中尉缺乏用陣地阻擋裝甲部隊的想法，與砲兵的配合也有問題吧。

另一方面，阿倫斯上尉儘管有想到裝甲楔形陣之類的方法……但是對正面攻擊陣地的不習慣，還是很讓人在意。

「部隊的狀況沒有不佳。要是有時間，會想讓他們反覆進行小規模的演習，但這樣今後會很危險。得進行更高品質……」

的教育才行——譚雅將喃喃自語到一半的話語吞了回去，把注意力重新朝向奇妙的感覺上。微弱的感覺。

儘管差點忽略掉，但身經百戰的魔導師經驗確實捕捉到了那個存在。

「嗯？是魔導反應？」

「我沒感覺到耶。」

「在十點鐘到十一點鐘的方向。幾乎是在部隊的正後方。高度一〇〇〇英尺～二〇〇〇英尺程度。恐怕是單獨飛行吧。」

是將注意力集中在譚雅告知的領域上了吧。謝列布里亞科夫中尉就像捕捉到似的點頭。

「是格蘭茲中尉部隊的傳令嗎？不過，他們要會合還太早了吧？」

被傑圖亞閣下搶去充當護衛的一個中隊，距離預定歸來的時間還很早。應該還要一段時間才會歸還。最重要的是，譚雅很重視兩人小隊。即使是格蘭茲中尉，應該也不會單獨派出傳令。

「需要警戒。為了以防萬一，派拜斯少校的中隊……」

「放心吧，中校。那個是友軍魔導師。」

「等等，妳怎麼知道的？」

「是我在幼年學校時代的同期。我記得她的反應。」

這樣啊──譚雅向謝列布里亞科夫中尉點了點頭。

「知己還活著是件好事。非常好。不過，為何會單獨飛行？」

「我記得她應該是在司令部工作。可能是司令部派出的傳令軍官吧。」

聽到副官這麼說，譚雅當場沉思起來。

司令部。傳令軍官。為何會在前線單獨飛行？

「是利用魔導師的急件嗎！只不過，為什麼會在這種時候？」

人手本來就嚴重不足的魔導師。在甚至會因為傑圖亞閣下需要護衛，所以從最前線調走一個中隊的狀況下，派出魔導師擔任傳令的意義重大。

無論如何，都不會是件好事。

雖是常有的事，不過是會讓人頭痛的案件吧──甚至有著這種預感。

受到自己的直覺驅使，譚雅喊出警報。

「全員，立刻就戰鬥位置！返回崗位！」

從演習中止到返回崗位的轉換，一言以蔽之就是漂亮。戰鬥群將兵在這件事上充分發揮了臨機應變，在眨眼間就重新做好準備，從演習體制轉換回實戰體制。

實際上，他們瞬間就變了模樣。

戰車蓋上偽裝網，步兵竄進各個壕溝之中，至於砲兵則是連躲在哪裡都看不出來的完成隱蔽。該說拜這所賜吧。

飛來的帝國軍魔導師，似乎就只有看到譚雅與副官獨自飛在空中的身影。

表情有點困惑，但是有著凜然面容的女性魔導軍官，在敬禮後向答禮的譚雅遞出一個信封。

「下官是參謀本部派來的公務使，還請中校簽收。」

年輕的女性魔導軍官遞出的是文件袋。是依照規定密封，沒有收件人簽名就不能交出的嚴密搬運手續。

順道一提，還附有會在萬一時自動點火的保密用小型打火機。

「辛苦妳了，中尉。我確認過了。」

在收下文件袋，簽名，拿掉打火機後，譚雅就在這時注意到自己的副官正心神不定地看著來訪的魔導軍官。

「對了，是妳的同期吧。副官，我就回地上了。也不知道會看到什麼時候吧。妳不用在意我，就去陪同期稍微講講話吧。」

「那麼……下官就恭敬不如從命了喔？」

妳想的話，就算要喝茶聊天也無所謂……在做出非常體貼的長官表現後，譚雅就立刻飛回設置在野戰陣地的個人空間。

從水瓶中倒水，一口氣喝完。

看向信封，是非常眼熟的參謀本部信封。

「也就是說，是傑圖亞閣下送來的吧？」

唉──自然地嘆了口氣。

因為，是那個傑圖亞閣下。如果是他特地派軍官，而且還是航空魔導軍官運送的信件，就必須有不只一點的心理準備了吧。

「會是什麼事啊？」

低喃，開封，跑出來的是一張薄薄的命令文件。

做了一次深呼吸。

在看完後，譚雅就當場在野戰陣地的一隅抱起頭來。

即使是只要安靜下來就很美麗的長相，甚至是會讓某些人覺得可愛的小女孩容貌，要是露出中間管理職苦惱的悲哀表情也是枉然。

「啊，該死。為什麼、為什麼……會是這種命令？」

才剛喝過水，喉嚨卻渴的不得了。

要是拿起水瓶一口飲盡，真不知道會有多痛快。甚至想乾脆倒在頭上。

「確保王都周邊的安全……？什麼不好說，偏偏是確保，要我確保？」

命令就是命令。

無論是怎樣的命令，都沒有例外。

然而——譚雅到底是抱頭呻吟起來。

「總是要求我去做些不可能的任務……儘管還以為習慣了，但看來傑圖亞閣下是最為難人的那個……」

以帝國軍的內情來看，光是能占領王都就是相當的偉業了吧。製造出占領契機的沙羅曼達戰鬥群，應該是做得非常好了。

「居然要求在這之上的成果……」

不對——譚雅就在這裡改變想法。

王都應該只是「一時性的占領目標」，打從一開始就沒有考慮過要「永久性的確保」。

然而，因為占領成功了。而且乍看之下還綽綽有餘。這樣一來，就算讓本國產生打腫臉充胖子的必要也不意外。

或許是為了虛張我軍占有優勢的聲勢，所以基於軍事性的判斷，想至少對外展現出意圖確保王都的態度吧。

「這、這跟說好的不同啊……」

王都攻略就只要稍微碰一下。

明明是這種預定。

「明明應該是要趕快後退的，為什麼，事情……會變成這樣啊？」

慶幸不會被部下看到的譚雅，就這樣抱著腦袋煩悶起來。

畢竟，收到的命令是「確保王都周邊的安全」。傑圖亞上將似乎是強烈希望確保王都周邊的安全與構築前進陣地。

明明兵力、火力、裝甲戰力都處於劣勢啊！

「乾脆要求美妙的增援作為耶誕節禮物嗎？」

不可能——一面對這個想法嗤之以鼻，譚雅一面研究起現狀。陣地戰在方才進行的對抗演習中得知是絕望性的。這樣是要怎樣確保王都周邊的安全啊。即使命令就是命令，但能做到的事情也有極限……為了冷靜思考善後對策，譚雅微微起身。

就算在房間裡來回踱步，不時盤著雙手，或是甩著手臂，但也已經機關用盡。畢竟被過度使喚的魔導大隊早就疲憊不堪了！

「儘管如此，卻下令『去做』。還好敵軍正在緩慢後退，光是要前進的話是『辦得到』。」

配合後退的敵軍緩慢前進。儘管只能確保些許的地盤，但這種程度的話就十足有可能辦到吧。然而，妥協的代價很大。

「要在哪裡展開部隊，不太可能是由我方來選。也不知道能不能選擇撤退的時機。也就是說，這樣會把主導權交到敵人手中吧。這會是非常難以容許的風險啊。」

戰力劣勢的一方要是讓敵人為所欲為地進攻，就只有死路一條。所謂的戰鬥，總之就是喪失主導權的一方會輸。

想被敵人的反攻痛打一頓嗎？

自問後，譚雅瞬間一笑置之。

絕對不要。

「對敵軍施展芝麻開門是很好，但我可不想被芝麻開門。」

只要回想起旋轉門，這就只會讓人恐懼。

沒有主導權的軍隊，無論有多麼巨大、無論有多麼強大，喪失主導權的代價都得要用血與淚來償還。

這只要看被包圍殲滅的共和國軍就好。

他們是在萊茵戰線與帝國軍交鋒的精悍軍隊。儘管如此，但不過只是一度在傑圖亞、盧提魯德夫兩位閣下的手中喪失主導權，就徹底瓦解了。

我可不想重蹈這些傢伙的覆轍。

「主導權，沒錯，是主導權。」

要如何用有限的兵力，取得積極的主導權？這是個非常困難的謎題，籌碼則是自己的生命、名譽與財產。

這工作未免也太黑心了吧！

我是不會輸的，總有一天絕對要轉職。

一面堅定必然的決心，譚雅一面重新面對現實。

「就來整理狀況吧。我們對敵情的掌握，並沒有明瞭到能以外科性的一擊，毅然進行斬首戰術。外加上攻勢會伴隨著風險。」

戰爭迷霧很深，假定的風險極大。

「但是，就算將精力傾注在構築防禦陣地群上，也很難算是確保安全……」

總而言之，就是本錢不足。

沒有發動攻擊的餘力，但就算防禦也是每況愈下。

討厭的立場啊——譚雅苦惱著。

現狀下只能確保友軍的數量優勢……但是在義魯朵雅方面展開的帝國軍主力，大半都是勉強調來的部隊。強力的裝甲部隊，很可能明天就會調到東部運用。

倒不如說。

搞不好就連在這裡精疲力盡的我們，未來都很可能會被丟到東部去，讓人恐懼不已。

「得避免損耗，可是也無法期待增援……」

要確保義魯朵雅王都是不可能的吧？

在陷入絕境，一籌莫展的狀況之前，譚雅即使讓腦袋煩惱到極限，也完全想不到解決對策，思考不斷地鬼打牆。

確保。

確保。

確保。

一面對在腦海中跳動的命令感到煩悶，譚雅一面思考著。

就沒辦法將怎樣都束手無策的事情，設法勉強地處理掉嗎？

呻吟到最後，腦袋甚至戲謔地考慮起有點逃避現實的可能性，就在這時，譚雅想到了一個可能性。

「……不對，等等唷？」

說到底，有必要老老實實地一直確保義魯朵雅王都嗎？

首先，傑圖亞閣下應該打從最初就表明了「不拘泥於王都」的想法。

那麼——譚雅再度說出自己收到的命令。

「確保王都周邊的安全。」

僅僅如此。就只有這一句話。

譚雅所收到的命令如果要正確解讀，終究只是要確保「周邊的安全」。

當然，就結果來說，這能理解成是要間接性地確保王都的安全……卻完全沒有直接性地提到王都的安全。

換個角度解讀，這就跟要人無視王都一樣。

「無論是要確保前進陣地，還是要確保王都周邊的安全，指示都具體到令人討厭……儘管都說得這麼明確了，可是關鍵的王都呢？」

或許，單純只是過度解讀了命令文件。

倘若發令者不是傑圖亞閣下，這就會是要為了老實確保王都安全，採取行動的局面。

假如的話。

「傑圖亞閣下沒有提及王都。也就是說，這要是意味著他打從最初就不把王都放在眼裡……」

這說不定是某種佯動。

要是這本來就是要對國外目光的虛張聲勢？而且也能認為是一種欺敵行為。無論是誰，都會這麼想吧。要是開始確保王都周邊的安全，構築陣地……就表示帝國軍進入「防衛」體制了。

如果這是「偽裝」呢？

「佯動後，進行主要目標……不對，等等。主要目標是什麼？」

自己也有著多少能看出長官真正想法的自負。

對於這樣的譚雅來說，怎樣也不覺得傑圖亞上將會以完全占領義魯朵雅半島為目標猛衝。是在隱藏著什麼目的吧？

他打算怎麼做……煩惱起來的譚雅，就在這時注意到一個事實。

「以前，他也曾讓我做過類似的事……」

而且，還是在萊茵戰線。

更進一步來說，是跟旋轉門有關。

為了偽裝「後退中」的友軍動向，要他們盛大地衝向敵陣的那一瞬間，是就算想忘也忘不了的。

狀況異常地相似。

「也就是說，傑圖亞閣下打算放棄王都？」

怎麼會——要自己否定自己的話是很簡單。

「這可是剛取得的要衝。一般來講，會傾向確保是理所當然。因為，要是占領的是王都，政治效果也會非常大不是嗎？」

雖說是臨陣磨槍，但確保周邊安全的命令，應該也是以「確保王都」為前提發出的。非常簡單易懂吧。要捨棄要衝？就連譚雅都半信半疑了。

如果沒有察覺到傑圖亞閣下的意圖、如果命令的發令者不是傑圖亞上將那個人，就算明知辦不到，她依舊會為了確保王都採取行動。

所以無論如何，肯定所有人都會對此深信不疑。

帝國軍是打算鞏固防衛吧。

這樣一來？一想到這裡，譚雅回想起來，露出笑容。就跟萊茵戰線一樣。

「後退也會變得很容易嗎？」

偽裝意圖。

而且還是戰略層面的戰線整理。

「……但是，這需要爭取好幾天的時間？」

在萊茵戰線時，也曾勉強他們去做的事。

唉——她嘆了口氣。

坐在椅子上，有氣無力地仰望著帳篷。

在占領義魯朵雅的王都後，只堅持幾天就後退的理由是什麼，她不知道。會是政治性的因素嗎？還是軍事性的因素嗎？

無論是什麼，都會是意識到國外目光的因素吧。

是我軍精悍到能占領首都的自我宣傳嗎？

要是這樣，答案就很簡單了。

自己該做的事，應該是要以「他人能夠理解」的行動，而且還是要以能輕易明白是為了防衛王都的形式，盡可能地搞得愈誇張愈好。

必要條件是要露骨地、強行地，無論看在誰眼中都沒有誤解的餘地。

要說這是表演、是在作戲，也確實如此。

不過，只要有響徹開來就好。

讓戰鬥音樂與爆炸聲響徹開來。

「方針決定了。再來就是該怎麼做了。」

盛大地鬧事。

與其說是騷動，不如說是混亂與衝擊。也就是要無事生非。然後可以的話，希望「本錢」愈低愈好。

「這是要做公關呢。」

目的是要在公眾心中刻劃下帝國軍的可怕印象。這樣的話，就得考驗在媒體間的宣傳能力了吧。不用說，能盡可能以世界規模幫忙宣傳的媒體是最為理想的。

「這樣一來，果然就是新大陸的客人了。」

如果作戰的主要目的，是要讓合州國的新聞媒體騷動起來，就該以合州國軍為主要目標。問題只有一個。就是譚雅要用手邊的戰力「嚇到他們」，其實非常困難這一點。

「這下該怎麼做好呢。」

把水瓶的水倒進杯中，喝了一口。

雖然冰涼涼的水稍微冷卻了發燙的腦袋，但所謂的好主意可沒辦法這麼快就想出來。要是能從某處借到戰力……最起碼，只要有火力，或者，要是有兵力掉在哪裡的話。

「不夠的東西，就只能去借了啊。儘管想跟雷魯根上校，或是傑圖亞閣下商量看看……」

不行啊——譚雅甩甩頭。

「預備兵力稀少，第二〇三被過度使喚也是常有的事。附近也沒有能借兵的對象嗎？」

嗯？——譚雅就在這裡踩下思考的煞車。

「只要有火力就好了吧？……借用……不對，是只要能籌措到火力的話……」

火力，籌措。

「繳獲品的運用？不對。繳獲……啊啊啊！對了！就是這個！」

啪地拍了下手。

譚雅的火力不夠。

不夠的東西，只要去借就好。

而借用的對象，也沒有必要只限於帝國軍不是嗎？自己居然偏偏忘了借用的對象！就跟往常一樣，找敵人要就好啦。

「在市場上，是以信用為貨幣。在戰場上，則是以暴力作為結帳方式。」

而帝國軍的暴力，定價可是非常高昂的。要說到繳獲品運用的技術，還能跟聯邦軍爭奪第一吧。

啊——譚雅想起被她忘掉的單純的解決對策。

「既然如此，我們就搶走合州國的砲兵陣地，用敵人的砲、合州國的血汗稅金，盡情地砲擊合州國與義魯朵雅就好了不是嗎！」

沒有必要讓敵軍全滅。

也不需要花工夫完成自軍的壕溝線。

就只要一招。

只要進行一次找敵人麻煩的擾亂攻擊就夠了。

「只是要搶走一個陣地的話，就有可能辦到吧。砲兵……就讓魔導師扛著空運，或是用阿倫斯上尉的戰車運過去就好。」

要連同裝備一起運送砲兵是很辛苦，但如果只要運送砲兵職的士兵，就怎樣都有辦法。

砲彈的搬運與陣地的防衛，如果是魔導師也能多少幫上忙吧。而且必要的是，將「被奪取的大砲轟炸」這種震撼體驗，提供給合州國與義魯朵雅的士兵們，可能的話，就在媒體上向世界傳播。

嗯——在打定主意後，譚雅就為了把想法化為具體行動，開始注視起地圖。

在思考片刻後，與同期聊完天的副官歸來，譚雅趁機向她要了咖啡。一杯咖啡，有時會是天啟的提供者。在享用完一杯後，計畫概略就大致成形了。

要作為目標的，是敵方的中規模砲兵陣地。

老實說，哪邊都行。不過，只要關在自己的指揮所裡不停思考的話，也能鎖定似乎還不錯的候補。

「唔，這裡的話……」

行得通——就在決定好目標時，部下的報告讓譚雅抬起頭來。

「魔導反應。是一個中隊規模的友軍。格蘭茲中尉的部隊回來了。」

報告的是負責警戒的謝列布里亞科夫中尉。看樣子，是部下在她沉思的時候回來了。

「嗯，回來得正好。」

「要投入所構想的作戰嗎？恕下官失禮……」

他應該很累了吧——副官的聲音就像在這樣擔心。但是，就算明知這樣很無情，譚雅依舊只能將他投入作戰。

「才剛回來就要出任務，總覺得很抱歉。但我需要人手。既然是必要的請求，就只能讓他們也參一腳了。人手不足啊。」

只要是能用的人，就得通通派上場。完全沒有餘裕讓身經百戰的一個航空魔導中隊閒置，所以這也是沒辦法的事。

誰也沒有例外。

就上司的立場來講，這是當然的決定。唉——譚雅就在這時深深感到人生還真是為難。因為就連自己，也是在上司的無理要求之下工作的。

話雖如此，管理職也要做到最大限度的必要照顧。為了不讓名為部下的貴重裝備損耗，這是最低限度的當然作為。對了——譚雅就在這時像個慈悲為懷的貼心上司，向副官說出滿懷體貼的話語。

「讓他們進行最低限度的休養。對於歸還的中隊，也要提供特別加給餐點。對了，格蘭茲中尉要特別給他容易消化的食物唷？」

「為什麼啊？」

「他可是傑圖亞閣下的隨員喔？我也是經常被閣下使喚的人。多少能夠體會格蘭茲中尉的辛勞。」

「中校也會感到壓力？」

「妳這是什麼意思啊，謝列布里亞科夫中尉？」

譚雅盤著雙手質問部下。

「要是有意見，如果能以文書正式提出，我會很高興喔？」

「沒有，下官毫無意見！」

在狠狠地瞪過去後，只見一張故意裝傻的臉。維夏這傢伙，臉皮變得還真厚啊。譚雅冷笑地聳聳肩。

「慰勞部下的腸胃，也是上司的職責吧。」

「那麼，我會幫他準備好消化的食物。」

「順道一提。除非是緊急報告，不然歸還報告就跟值班軍官口頭報告就好。省略一切形式。讓他趕快吃飽，趕快睡覺吧。」

遵命——謝列布里亞科夫中尉在敬禮後打算離去。

朝著她的背影，譚雅補上殘酷的一句話。

「對了，中尉。還有一件事。格蘭茲的文書工作就由妳幫他做吧。」

「咦？那個……要我去做嗎？」

沒錯——譚雅點了點頭。

「方才妳說了多餘的話不是嗎？就我看來，妳是太有精神了吧？」

「那個，這是……」

「妳該不會是想拒絕幫助戰友吧？」

「下、下官願盡微薄之力。」

很好——譚雅高興地點了點頭。

在目送謝列布里亞科夫中尉跑出帳篷後，譚雅就將腦袋再度分配在任務的方針——該怎麼執行的思考上。

打擊敵人。

這是個說易行難的難題。

儘管給予了自主權，上司卻期待著符合自由裁量權的強人所難的成果。嚴格來說，是能勉強辦到。

可悲的是，部下的經驗偏頗，在視為必要的領域上沒有經驗的人也很多。

譚雅的立場，是同時兼任選手的經紀人。

一人分飾二角，主管津貼也少得可憐。

果然是必須轉職吧。

只是，要是沒取得自我宣傳的材料，就什麼事也做不了。

於是。

譚雅作為目標的小規模擾亂作戰開幕了。

在集結的沙羅曼達戰鬥群的軍官面前，譚雅直接了當地告知目的。

「各位，就痛快地來一場簡單的遠足吧。」

這是愉快旅行的邀約。

至於理解到譚雅主旨的軍官們全都露出苦笑，可就不關她的事了。

「重點很簡單。前往露營會場，生火烤肉，把滴著鮮血的肉塊撒落一地，要是有能吃的罐頭，就心存感激地收下。食材能在現場取得，很愉快喔。」

形容成烤肉的比喻，軍官們似乎是沒有誤解地理解了。

要說到拜斯少校，甚至還有餘裕說著「想帶上啤酒呢」的玩笑話。

而實際上，這是份簡單的工作。

因為這可是根據手法，就連師團也有辦法一戰的沙羅曼達戰鬥群，要舉全力攻打僅僅一座的敵砲兵陣地。

朝著事前以空中偵察發現到的一座砲兵陣地全力襲擊。

站在第一線的是譚雅自己。一發現到目標的砲兵陣地，就以航空魔導大隊的全力毅然襲擊。

當然，途中有著好幾道防衛線……但只要飛過去就沒關係了。

充分發揮著飛行步兵的特性，第二〇三航空魔導大隊瞬間就逼近了砲兵陣地。就這點來講，合州國軍的砲兵陣地似乎沒假定過「逼近攻擊」……該怎麼說好，還真是零散的抵抗。

「壓制！壓制！」

高呼勝利凱歌的魔導師們，在以魔導刀與手槍排除少數勇敢的敵砲兵後，就經由飛越敵防衛線的空路，開始由魔導師搬運砲兵的穿梭輸送。

即使是砲兵，讓魔導師空運的經驗也到底是第一次的樣子，顯得有些不知所措……但合州國軍的砲兵陣地，如今已落到帝國軍砲兵隊的手中。

因為是遭到遺棄的陣地，所以非常凌亂。

不過對譚雅來說，這也是零成本的砲彈與大砲滿地都是，不勞而獲的環境。

譚雅朝著空運來的砲兵家微微一笑。

「怎樣啊，梅貝特上尉。是你所希望的大砲喔。」

「……但這是沒試射過的大砲。」

「我不要求百發百中。只要百發一中就非常充分了。因為零成本呢。」

是搭便車呢——譚雅邊笑邊繼續說道。

「無論打偏再多發，都不用擔心帝國的納稅者們會生氣喔。」

「是這樣沒錯……但是，就連轉換配置都有困難的砲兵陣地，會是個很好的靶子。」

是啊——譚雅點頭同意。

「要是阿倫斯上尉無法成功突破，各位的退路就——」

很危險喔——這是自不待言的事。

似乎是在大規模互射的阿倫斯上尉等戰鬥群大多數部隊，要不了多久就前進到陣地近郊。

重點是，他們也曾假定過萬一的情況想好對策。

「老實說，必要時你們也能跑到『迎接』地點吧？」

「因為我們也曾學過步兵操典呢。所以雖說是砲兵，卻也被教導得能模仿步兵的工作。」

嗯——譚雅點頭回應著梅貝特上尉。

「那就讓我們開始吧。總之，給我盡情砲轟所有發現到的目標。」

「隨我自由嗎？」

「不需要吝嗇喔，上尉。」

這是在花別人的錢呢——譚雅愉快笑道。同時，這句話對平時老是被迫省吃儉用的砲兵家來說，就有如福音吧。

笑咪咪的。

在回應無比漂亮的敬禮後，梅貝特上尉旗下的砲兵們，就開始非常生氣勃勃的活躍表現。

首先，是確認有無詭雷。確認過沒問題後，隨即開始兼作試射的砲擊。當然，支援觀測的是第二〇三航空魔導大隊的老手們。

具體來說，就是由格蘭茲中尉他們的中隊提供緊密的觀測支援。

最初是一次一門。

就像在掌握性能似的，稍微開砲，修正，然後再度開砲。

在響起好幾次這種單發砲聲後，接著就切換成連續轟響的猛烈砲聲。從觀測射擊轉換成具有效力的全力射擊，演奏出節奏輕快的砲聲旋律。還真是豪邁的音樂。

一個勁地發射的砲彈，是用合州國的血汗稅金買來的。花別人的錢戰爭，可說是相當愉快的經驗吧。

分派到觀測任務的格蘭茲中尉高呼警報，正好是譚雅開始把這種愉快的零成本砲擊聲，當成戰鬥音樂享受的時候。

「是敵魔導部隊！」

偵測到多數的魔導反應。

然而在仔細感應後，頂多是跟大隊人數相當啊。

「人數相當啊。不需要慌張吧。」

大致上是快速反應起飛的部隊。考慮到是陌生的魔導反應，想必是新來的部隊吧。就從敵軍的狀況來看，很可能會是經驗不足的新兵。

「儘管不知道是合州國，還是義魯朵雅的部隊……但是個好獵物。」

譚雅舔著嘴唇，考慮起來。

要是在奪取砲兵陣地之後，還擊墜派來的快速反應魔導大隊，敵人受到的「衝擊」會愈來愈強吧。是就從宣傳目的來看，絕對想在這裡擊墜的敵人。

「就去稍微料理一下吧！」

發出號令，連同部隊一起升空攔截。

然而，在砲兵陣地上空意氣揚揚排好隊列的譚雅，在注意到接近的敵人後發出嘆息。

「這也太過分了。」

該怎麼說才好──讓她整個人鬆懈下來。

「雖然敵人也很有幹勁的樣子……但幾乎是外行人啊。」

對於譚雅這句直接了當的評語，同樣看到傻眼的拜斯少校回道。

「七零八落的隊列。光看就知道了，那個不足為懼。以前交手過的合州國魔導部隊，動作要來得好多了呢。」

「拜斯少校，別太小看敵人唷？希望你能考慮到那是偽裝的可能性。」

「恕我失禮，中校。會害怕那種敵人才有問題吧？」

唉，說得也是──譚雅也同意。

確實是沒必要太過高估敵人吧。儘管如此，敵人也有著要注意潛在威脅的價值。

「義魯朵雅人和合州國人，現在還是純真的小孩子吧。只要有時間與經驗，再配合萬全的訓練，他們就會脫胎換骨喔。」

「感謝神明，他們還沒脫胎換骨。」

伴隨著這句話，拜斯少校的魔導中隊開始衝鋒機動。

雙發的九十七式帶給帝國軍魔導師一如往常的輕快運動性與相當於重戰車的防禦力進行衝鋒。

就連距離之牆也在其快速性之下被輕易突破。

但即使如此，也沒有任由敵人攻擊部下的道理。

為了掩護衝鋒的部下，譚雅選擇了光學狙擊術式。朝向敵魔導部隊，以牽制程度的打算顯現出幾發術式打過去。

本來認為，要是能稍微削弱防禦膜就算不錯的牽制攻擊，要說是意外吧，比預期的還要出乎敵人的意料之外。

要說到被輕易擊墜的敵魔導師，完全就是雛鳥。

只靠衝進敵陣的拜斯少校的魔導中隊就足以了事。幾乎收拾乾淨了呢——微笑起來的譚雅耳邊，卻響起不愉快的發言打斷她這句話。

「多虧了神的保佑呢，中校。我想能照這個樣子，將敵人收拾乾淨吧。」

以中隊單位展現著出色機動，將敵魔導部隊玩弄於股掌之間的拜斯少校，無論有怎樣的想法，她都打算尊重內心的自由。

但是對譚雅來說，政教分離可是不能太過動搖的原則。

最重要的是，居然說是神的保佑！

「拜斯少校，這你就錯了喔。不是我們受到惡魔感嘆，就是他們向他們的神發出咒罵吧。」

只要看存在X就好。

要是神存在，世界為什麼會這麼不講理啊？這對只是凡人的譚雅來說，就只能作為有良知的人，感慨著世界的模樣了。

「要用意圖取代神的氣魄進行戰爭。」

「下官會銘記在心的。」

很好——譚雅一面回應，一面為了稍微改變狀況，想起對於敵人的慈悲之心。

並沒有一定要全滅敵人的義務。

要是能抑制雙方無謂的流血，就再好也不過了吧。

「謝列布里亞科夫中尉，喂，稍微過來一下。」

「是的，有何吩咐？」

「發出投降勸告。要盡可能以像是『後方軍隊雇員』的平穩語氣。有必要的話，要表現得像是在用聯合王國官方語言說話的打字員也行。」

朝著一臉明白的副官，譚雅努力向她傳達著感覺很有說服力的文章。

「起草，內文：帝國軍參謀本部旗下雷魯根戰鬥群致合州國指揮官。勝負已決。下官基於騎士道精神，以及不想再讓貴官浪費有為年輕人的性命，故希望貴官能立刻投降，以上！」

「我立刻通知對方。」

然後，對於謝列布里亞科夫中尉的呼叫，合州國軍魔導部隊的回答，還真是一團彬彬有禮的紳士性狗屎。

「發，合州國指揮官。致，帝國軍指揮官。去吃屎吧。重複一次，去吃屎吧。結束！」

得到的回應就只有這個。

硬要說的話，就是敵人的火力還稍微增強了一點。

還真是戰意旺盛的樣子。

「……嘖，意外地頑強。」

儘管受到戰鬥衝擊，卻還是意氣軒昂。

譚雅立刻思考起敵人的狀況。在狠狠打擊敵人的途中，這不得不說是最差勁的反應。儘管期待能讓敵人狼狽，但就從答覆來看是事與願違，敵人尚未死心。即使是在打腫臉充胖子，依舊能立刻回覆這麼強硬的內容，表示自指揮官以下的人員都很健全。

指揮官沒有認輸的部隊會很頑強。

因為指揮官能以領導能力喚起部下的抵抗心。

「還真是優秀的隊長不是嗎？」

要讓他投降是不可能的吧。

「讓戰果最大化就是極限了啊。頂多就是對敵兵植入我們不好對付的意識吧。」

儘管小規模，卻很盛大的偶發戰鬥。

直接了當地說，是可稱為武裝偵察的那一種。

於是，譚雅的戰鬥群就搶走敵砲兵陣地，稍微痛扁一頓敵魔導師，然後意氣揚揚地用雙手捧著繳獲到的伴手禮，返回原本的陣地。

這在戰術上的影響並不大吧。

因為這只是在盛大地浪費用血汗稅金製造的砲彈，對敵人進行擾亂攻擊而已。只要俯瞰局面，就會知道這是連示威都不算的擾亂程度吧。

戰局沒有任何改變。

然而，這場無聊的騷動，讓帝國方得到一樣夢寐以求的東西也是事實。

時間。

只是在爭取時間。

極端來講，是因為有必要，帝國軍參謀本部才會想要這種展開吧。

正因如此，結束小規模遠足，返回自己陣地的譚雅才會發自內心地呻吟起來。

今天是成功了。正確來講，前面還得加上「這次也勉強地」這句話。早晚會迎來走鋼索的極限吧。可以的話，真想改變做法。然而，處於負債經營狀態的帝國，會接連不斷地要求自己做到相同的事吧。

能輕易預見到這種未來。

當一封電文交到譚雅．馮．提古雷查夫中校手上時，就在她懷著這種苦惱的時候。

所謂，做好前往東部重新部署的準備，這種令人感激的命令。

譚雅一面顫抖，一面心想著。

「我……到底還要再努力多久啊！」

統一曆一九二七年十二月十三日　同盟司令部　聯合王國區域

當理解這則通知時，德瑞克上校陷入苦惱的漩渦之中。

為什麼會變成這樣啊？

德瑞克仰望的天空很藍。

清澈透明，就像會把人吸進去似的，陽光普照的義魯朵雅天空。

彷彿戰時下的緊張與自己無關的悠閒，讓人夢想著只要伸手就好像能抓住天空的那種景色。

「會被人畫成畫，是有著相應的理由啊。」

德瑞克仰望著天空，喃喃說出這句話來。

要是肩膀沒有莫名沉重的話。

要是沒有肩負這種重責的話，肯定會為這片美麗的天空所感動吧。

不幸的是，德瑞克的心並沒有這種餘裕。

「啊，為什麼我會是主力啊。」

這是身為紳士，不該在這種地方吐露出來的那種話。

他很清楚。

即使是德瑞克上校本人，不需要他人指摘，也知道什麼是作為指揮官應有的言行。

儘管如此，他還是只能壓抑著滿腔怒火，發出怨言。

事情的開端，一直都很突然。

重新部署的命令。

收到命令的當時，也由於是要從預計會是激戰的正面調走……讓德瑞克中校相當難以接受。

話雖如此，但他也十分清楚政治宣傳部隊的性質。

作為投入多國義勇軍的戰線，要說投入義魯朵雅是很自然的發展，也確實如此。

唯一的問題，就在於能否帶著聯邦軍的同僚們一起前往義魯朵雅。儘管上頭保證萬無一失，但這種話能信嗎？像這樣提高警覺，警戒著來自各處的干涉。然而就結論來講，全都是杞人憂天。在聯邦領內，「內務人民委員部」的保證實在是非常靈驗，就算要補上這一句話也行。

一切都非常順利。

在義魯朵雅半島輕鬆地展開部署，而且在來到什麼臨時司令部後，一臉明白的收容負責人就帶領他們前往漂亮的床舖，安排得十分周到。

令人高興的是，居然還給他們一人一間房的好待遇。

至於食物，大概是合州國供應的吧，能將奢侈的航空魔導師專用高卡路里食物，盡情地吃到飽。

儘管這種無微不至的待遇在聯邦是司空見慣，但沒想到就連在合州國軍設施都會受到這種厚待，把他嚇了一跳。

所以，德瑞克中校很不巧地把情況誤認為是一帆風順。

當聯合王國的外交官把自己叫來時，甚至還對事情安排得這麼周到心存感激。

明確來講，就是他大意了吧。

他察覺到自己認知錯誤，是在被帶到的房間裡，注意到坐在自己眼前的外交官真實身分時。
將挺直的身體挺得更直，德瑞克中校提出疑問。
「可以請教您一件事嗎？」
「什麼事啊，中校。」
「是的，大使閣下。為何下官會從大使閣下口中聽到作戰說明？」
面對德瑞克的詢問，大使若無其事地回答著。
「這是個好問題呢。是為了不讓貴官誤解重要任務。」
「根據本國的軍令，應該是要作為『多國義勇軍』，支援義魯朵雅合州國聯合軍……」
「啊，這道軍令你就忘掉吧。」
大使閣下帶著微笑的表情、平穩的語調，還有平易近人的動作，把德瑞克的疑問一笑置之。
「狀況稍微改變了呢。貴官在多國義勇軍的立場也跟著變了。」
「原來如此，是政治因素嗎？」
看到大使閣下點頭的德瑞克苦笑起來。
又是這樣。
「只不過，既然如此……為何只有我被叫過來？」
「雖說是多國義勇軍，但你們是聯合王國的部隊。在義魯朵雅這裡，可以的話希望你們能分頭行動。」

喔——德瑞克倒抽一口氣。

「可以請教您，要與聯邦軍分頭行動的理由嗎？」

大使面對德瑞克投來的質疑眼神，想是在表示自己毫無隱瞞般地輕易給予答覆。

「是對合州國輿論工作的一環。」

「我不太能理解。」

「是對共產過敏的顧慮。說是共產主義者與合州國軍並肩作戰的照片……會導致一些問題。所以想請聯邦軍去支援義魯朵雅軍。」

「……原來如此。怎樣都覺得很沒道理。」

「沒錯。是很愚蠢吧。」

不過呢——大使閣下一面說著開場白，一面若無其事地用像是要解釋來龍去脈的語調把話說下去。

「我們不得不去警戒可能導致對方的輿論出現莫須有陰謀論的要素。」

「陰謀論？一旦到了戰時，就算各種謠言百花齊放也是沒辦法的事吧。」

「我承認這是程度的問題，但大人物們是很謹慎的。當然，是會關注輿論的動向……打算在之後讓民眾慢慢習慣吧。」

大大嘆了口氣，大使閣下發牢騷似的感慨著。

「Mr. 德瑞克，你也有一、兩個頭緒吧？所謂的必要，有時會一方面讓我們認識到新朋友，另一方面強迫我們進行悲傷的離別。」

「是要一面戰爭，一面玩著好朋友遊戲嗎？」

「這是在白費功夫的意見，我也呈報過了。不過要讓本國的諸位紳士與殖民地人改變主意，看來還需要一點時間的樣子呢。別擔心，現實是殘酷的。要讓後方的傢伙們清醒過來，也只是時間上的問題。」

你就安心吧——德瑞克理解到自己是被這樣訓誡了吧。

在掌握到對方的言外之意後，他在心中「又是空頭支票啊」嘆了口氣。

一直都是這種空頭支票。

又是這種遲早、很快、近期內的大放送！時間會解決問題這種話，就跟問題到自己死去為止都不會解決只會是同義詞。

無論是被塞進什麼多國義勇軍，還是得在聯邦對付共產主義者，全是政治的要求。

最後被派遣到義魯朵雅，被迫與友軍分開也是政治的要求。

「大使閣下，所以我該去理解什麼政治上的事嗎？」

光說漂亮話是無法戰爭的。即使是德瑞克，也早在很久以前就對一、兩件麻煩事做好覺悟了。

在注視之下，大使閣下揚起溫柔微笑。

「放輕鬆吧。我又不會吃了你。」

坐吧——既然被他勸坐的話，就別無選擇了。就在順從他的好意，坐在椅子上時……大使閣下的話讓德瑞克大幅動搖。

「就先說好消息吧。首先，就讓我說聲恭喜。是提早的耶誕節禮物唷，德瑞克上校。」

「大使閣下，下官是國王陛下的海陸魔導中校。」

「別裝傻了。這是你的新階級。」

德瑞克倒抽一口氣，壓抑著動搖的心，提出詢問。

「想請教我晉升的理由。」

「首先。我們不希望多國義勇軍的最高階級只有聯邦人。我們得要是對等的。因此，你就在這一刻晉升了。」

德瑞克飼養在心中的諷刺家突然鬧了起來。

只是為了平衡的晉升？

一切都是因為政治啊。

「由於政治因素的晉升啊……還真是讓人高興不起來。認真打仗就像個蠢蛋一樣。」

「戰功也是一部分的理由喔。」

「如果能是全部的理由，心情不知道會有多輕鬆啊。」

「哎，因為是本國政治家的想法呢。畢竟聯邦軍是上校，我方卻是中校的話，感覺會遜對方一節吧？」

是政治。

而且是醜陋的政治。

然而，這就是社會的運作方式，這個可悲的事實，德瑞克早清楚到不能再清楚了。

「……對我來說，這會是不甘願的晉升呢。」

「不不不，這可是個愉快的話題。接下來，就來說一件無聊的事吧。」

這個話題到底哪裡愉快啦，德瑞克是一點頭緒也沒有。然而，在眼前述說的大使閣下卻是十分認真的表情。

「會說是無聊的事，表示這又跟政治有關，或者又是什麼麻煩事吧。」

「沒錯。會讓貴官很辛苦吧。」

「也就是說……跟我們的配屬有關吧？」

「貴官的直覺很好。」

也就是會特別需要與「米克爾上校」同階級的「德瑞克上校」的事情。會是國家之間的無聊較勁吧。

而且還將聯邦軍與聯合王國分開了。

能輕易想像到會是相當過分的要求吧。恐怕，也有受到義魯朵雅軍大敗的影響。

本國的意圖，大都不是什麼好事吧。

大致上，會是那個吧。不想在義魯朵雅人挫敗的戰場上，保留讓聯邦人大成功的餘地，肯定是在打著這種狡猾的主意。

「儘管這大概是形式上的處置，不過貴官被認可了更加廣範的裁量權。獲得了作為部隊的獨立行動權。」

「那麼配屬地點要怎麼辦。難道不是聯合魔導軍司令部嗎？」

對於德瑞克困惑的確認，稍微歪頭不解，看似在想該怎麼說才好的大使，在沉默了一會後再度開口。

「嚴格來說，一樣但是不同。」

「不同？」

「貴官在義魯朵雅方面所屬的單位，不再是當初告知的合州國義魯朵雅聯合魔導軍司令部。」

這話還真是意外——德瑞克臉上浮現困惑。他有聽說義魯朵雅方面的魔導部隊是受到統一運用的。居然改變做法了嗎？

「是改變編制了嗎？」

「在形式上呢。由於聯合王國與聯邦也加入陣營，形成一個大同盟。所以起名為同盟聯合魔導軍司令部，設立了新單位。」

原來如此──德瑞克理解情況了。

敗北帶來的衝擊似乎比想像的還要嚴重。

考慮到聯合王國軍與聯邦軍的地面戰力恐怕是名義上的存在，這實質上是合州國與義魯朵雅的統一運用。而且，姑且不論同盟聯合魔導軍司令部這個招牌，一旦是四國軍隊的聯合司令部，義魯朵雅的主導權也會相當受限吧。

實際上，這就等同是主辦國的義魯朵雅同意放棄主導權，也是對主權的讓步。義魯朵雅已經被逼到不得不做出這種選擇了啊。

德瑞克的腦袋即使不想，依舊理解到狀況的急迫度。竟讓重視面子的主權國家做出這麼大的讓步。

「情況相當緊迫吧。就說是沸騰得恰到好處吧。我理解到狀況有多麼危急了。」

「你能做好覺悟，還真是太好了吧。」

是的──德瑞克曖昧地點頭。

「看來是要從現在開始發抖了。到底會是怎樣的難題落到下官身上啊？真擔心能不能跟長官好好相處。」

「不用擔心。你就是你自己的主人。恭喜，這可是一種特權。」

「不好意思，這是？」

「向貴官下達的新任命書，是要擔任同盟聯合魔導軍司令部具備獨立行動權的指揮官，率領的是第一戰鬥群。要努力幹啊，總指揮官。」

誇張的頭銜與誇大的組織名稱。總之，會是官僚主義嗎？然而，居然還有獨立行動權！

這樣的話，同盟聯合魔導軍司令部就會是畫在紙上的大餅。有時是也有先從形式上著手的價值吧。但是，德瑞克一眼就看出這個組織並沒有伴隨著內容。

順道一提——他插話說道。

「儘管非常榮幸，但我所掌控的戰力只有一個大隊程度。即使獲得獨立行動權，也難以單獨進行作戰行動吧。到頭來，只是在讓文書工作增加不是嗎？」

「哎，你先聽我說完……只要與聯邦軍『合作』的話，就能增加戰力了吧？如果是以貴官提出請求，將他們置於指揮之下的形式，政治也會容許的喔？」

儘管才將他們分開，然而一旦情勢不對，卻又立刻要他們「合作」。雖說在外交上是有著許多方便、表現，以及場面話吧……德瑞克帶著苦笑重新盤算起來。

只不過，即使再怎麼用心良苦，沒有的東西就是沒有。

「就兩個大隊的程度吧。而且損耗嚴重，沒辦法滿足帳面戰力。」

東方戰線的激戰，有限的人員補充。而最主要的，還是在這場該死戰爭的進展之下，讓擁有魔導資質的新兵早就動員光了。

現狀是低於員額數，總計就只有六十人吧。

「唔，這就傷腦筋了。本國可是打著以你們多國義勇軍為基幹，將各個部隊改變編制的話，就能籌出兩個連隊的打算。」

騙人的吧——德瑞克差點大叫起來。

「這樣就算一人分飾三角也忙不完啊。」

自私的計算。

這別說是獵物還沒到手就在打如意算盤，甚至是將還沒到手的獵物拿去賣空吧。就算義魯朵雅軍蒙受打擊，但是誰受得了被強制抽出戰力啊。

士兵可不是數字。

至於部隊的力量，更是怎樣都不能缺少有機性的結合。面對這種只拘泥於帳面員額數的計算，德瑞克不得不提出忠告。

「部隊不是能一朝一夕就能增量的。」

「我們需要人手唷，上校。你懂吧？」

「即使加上聯邦與聯合王國，還有外部支援的兵力，灌水到最大極限……能編成一個連隊就算很好了。即使再怎麼勉強，這都是極限了吧。」

考慮到參加多國義勇軍的魔導師們的狀況，德瑞克所說的就是很現實的估算。是誠實且嚴密的估算。

只不過，德瑞克的數字毫無疑問是沒有讓大使閣下感動。

「是嗎？怎樣都沒辦法啊。」

唉聲嘆氣，凝視起天花板的外交官態度，明顯述說著不愉快。

這就連德瑞克也察覺到了。因為明明是要主張與義魯朵雅軍、合州國軍地位相等，但能派遣的卻只有一個大隊的聯合王國軍部隊。

能輕易想像得到，這樣無論如何都會影響到面子吧。雖是無聊的國家面子，但只要有必要，也會需要打腫臉充胖子吧。

不能輸給其他國家。

如果是這樣，德瑞克自認也有辦法應付。

「大使閣下，請您放心。我們雖然只是一個大隊，但也一樣能善盡友軍的支援。就算是在聯合魔導軍司令部，也不會成為其他軍隊的累贅。」

「抱歉，上校。你誤會了。你的任務不是支援主軍。」

「那麼，是名目上的所屬嗎？獨立游擊就真的是獨立游擊的意思？老實說，像這樣讓指揮權分散是……」

一想到主權國家各自主張著獨立性的可能性，德瑞克就立刻說出不知是忠告還是警告的話語。

「兵力的分散是禁忌。要是不統一運用，會過於危險吧。我們要是在戰爭時各自為政，將會被帝國趁虛而入……」

德瑞克的發言，被大使閣下舉手打斷。

「上校，不是的。」

「不是？」

「確實是沒有讓指揮權與兵力分散的餘裕。這是因為，上校。你就是主軍指揮官啊。」

「要擴大我的指揮權？可是，我不太懂您的意思。讓區區一個大隊來擔任統一部隊的指揮官嗎？這樣是不夠資格的。還是說，聯合王國本國要給我增援部隊？」

對於困惑的德瑞克，大使閣下寂寞地笑了。

「不，手頭上就是全部了，而你是指揮官唷，上校。」

「這玩笑開得太過分了。就連幕僚的人數也根本不夠不是嗎？首先，只能派出少數部隊的我們聯合王國，是不可能指揮得了主軍……」

「不是的，上校。貴官們直到數日之前，在數量上確實不是主軍。不過現在，就只剩下你們是主軍了。」

「……只剩下我們，是主軍？」

壯烈的警報聲。

彷彿被萊茵的惡魔挑戰近身戰的惡寒。猛烈的不祥預感襲向德瑞克。

「合州國義魯朵雅聯合魔導軍已經不在了。」

聽起來就像是方才就聽過的內容。

然而，德瑞克上校的腦袋開始反芻著一字一句的意思。

「已經不在了」？

編制應該是改變了。不過，這要是「形式上」的話……

「請等一下。友軍魔導部隊『不是』在組織改編後，配屬到同盟軍司令部，而是不在了……？」

「合州國先遣隊的魔導部隊已經全滅了。」

無法理解。

一時之間難以理解，德瑞克彷彿呻吟似的問道。

「航空魔導連隊 Corinth 呢？他們有著優良裝備與優良的兵員。縱使受到全滅的打擊，只要重新編制的話，也能輕易組出一個大隊吧。」

「上校，不是軍事上的，而是字面上的『全滅』。」

「這種事，怎麼可能啊？」

就是有可能啊——大使閣下以真的是精疲力盡的表情點頭。

「即使重新編制，也不知道能不能組出一個中隊。」

「可是，合州國的海軍陸戰隊與海軍的魔導師，應該是分屬不同單位。就事前資料來看，最少也送了相當一個魔導師團的兵力到義魯朵雅……」

「Corinth脫落了。而海軍陸戰隊則是忙著海上護衛忙得不可開交。最後是軍隊的預備部隊被萊茵的惡魔吃掉了。那傢伙，還真是會亂吃東西。」

一理解到事態的嚴重性，德瑞克就嘆了口氣。

「能從艦隊抽出魔導師嗎？」

「你忘記在內海方面發生了什麼事嗎？我方的航母與主力艦，遭到莫名其妙的魚雷與魔導師的組合襲擊的那件事。」

「……要是讓魔導師離開艦隊，就有可能再度發生啊。」

正因為是親眼所見，所以德瑞克是知道的。海軍是絕對不會再重蹈覆轍吧。所以，海軍的魔導師，直接掩護艦隊的魔導師，是絕對動不了的。

在幾乎絕望的心情驅使下，德瑞克依舊提出詢問。

「但是，義魯朵雅軍的魔導師們呢？這對他們來說可是本土防衛。難道沒有不顧一切地動員嗎？」

「大半的魔導裝備都連同北部的軍需儲備一起喪失了。大半的實戰部隊，也都在首戰中損耗了。儘管正在動員擁有魔導師資質的人員，寶珠卻不夠用。」

「寶珠這種東西，只要運送過來就好了吧！」

「這種事，我們也想過。」

一句、一句地，宛如忍受著什麼似的大使回道。

「但是，要從哪裡準備？就連本國都因為魔導部隊的顯著損耗，在對寶珠的大量補充感到頭痛了喔。最後就只能向他國採購了。」

「既然如此，就從那個他國運過來就好了吧。」

「德瑞克上校，正視現實吧。就算要從合州國載運過來也是來不及的。最重要的是，殖民地人也開始大量確保要提供給自軍的寶珠。暫時會一直缺貨吧。」

「……這也太蠢了。讓老練的義魯朵雅人持有寶珠，會比讓合州國的新兵持有，來得有意義吧。」

「在軍事上呢。」

外交官話中有話的回應，讓德瑞克蹙起眉頭。

「大使閣下，也就是說……政治不允許嗎？」

「合州國軍受到的打擊太大了。所以在這種對外援助計畫可能會被重新審視的時期，沒辦法增加要分配給義魯朵雅的寶珠分額。」

伴隨著這句話，外交官向被強塞上校階級章的男人，發出更進一步的懇求。

「上校，就拜託你了。」

「……這世上有分辦得到，與辦不到的事。」

「你們，你，是我們同盟聯合軍事司令部唯一的西方戰力。不能向聯邦軍求援。請救救我們吧。」

「……要我用一個大隊，跟帝國軍魔導部隊戰爭？」

「抱歉。」

泫然欲泣的謝罪。

這肯定是大使的誠意吧。

然而，德瑞克上校也一樣想哭。

「數字的問題很嚴重。希望您能照字面意思理解這件事……人數是不夠的。」

「上校，這是政治的要求。」

「凡事都有個限度在。」

即使他再三拜託，德瑞克也有著只能再三回絕的現實。

「我是為了支援總數近四百名的強力友軍，作為強力分隊派來的。要是與聯邦體系分離，單獨也不曉得有沒有滿三十人。」

無論怎麼想，兵力都不足。

「大使閣下，這要是本國命令，就不容我拒絕。身為國王陛下的紳士，我就去遂行國家視為必要的任務吧。」

「……我知道是在強人所難，但就拜託你了。」

只是——德瑞克上校唾罵出一句不得不說的話。

「下官確實是同意了這則非常有意思的命令。但希望從下次起，能受領到紳士起草的命令。」

統一曆一九二七年十二月九日　帝國軍遣義魯朵雅視察司令部

只要是長年吃著軍隊飯的軍官，可以說都很習慣突如其來的命令。

無論是誰，第一次都會驚訝。然而，除了最初的一次之外，就沒什麼意外感與新奇感。只要有過一而再、再而三的經驗，這就早已只是組織文化的一環了。

只要累積經驗，就會伴隨著死心接受。

以「命令是命令，軍隊是軍隊」這種感覺接受這一切。

然而，一旦到烏卡中校這種層級，就完全不同了。對於在本次大戰中被使喚得最為嚴重的一名鐵道家來說，這已接近是家常便飯。

話雖如此，即使是他，也到底不是完全不會驚訝。

「辛苦了，中校。抱歉把你找來，但之前對貴官下達的命令要全部取消。」

「……咦？那個，如果是命令，下官立刻照辦。請下達新的命令。」

朝著立正站好的烏卡中校，長官揚起微笑，遞出一張紙片交給他。

「恭喜你，中校。是榮調。」

傑圖亞上將親手遞來的是轉調任命書。雖是薄紙一張，但他卻沒時間確認內容。

因為將任命書遞來的長官，親自為他說明了。

「中校，你應該也差不多是要擔任連隊長勤務的時期了。以適當的地位在前線累積經驗，是當然的義務吧。」

只看形式的話，傑圖亞上將的發言是正確的理論。

連隊長勤務是晉升將官的必須經歷，後方的參謀將校要是不瞭解前線實情，也會產生非常不適當的偏頗。

「要讓貴官離開參謀本部是個苦澀的決定，但人事必須以公正、適當為重。儘管非常遺憾，不過在義魯朵雅方面的緊急展開作戰到一段落的現在，我認為要給予貴官新的任務。」

「……既然閣下期待我作為參謀將校的能力……」

面對一連串空泛的花言巧語，烏卡中校讓思考一時性的提高。重點只有一個。

該確認的事情早就決定好了。

「這是非常光榮的人事，請問是閣下的安排嗎？」

「這是當然，烏卡中校。讓貴官這樣的有為人才停留在中校階級，是對國家的反叛。對副戰務參謀長來說，這是個苦澀的決定呢。但是貴官的功績與忠勤讓我非常滿意，所以打算以此酬謝。」

抽著雪茄的長官，面帶微笑告知的結論無可動搖。

「我會安排你在擔任連隊長勤務的同時晉升上校。」

既然都說到這裡了，所代表的意思也很清楚了。

自己無利用之處了啊。這就是掠過他腦海的一切。因此，烏卡中校沒有提出異議，而是以敬禮回應傑圖亞上將的宣告。

「感謝您這些年來的照顧，閣下。」

「你還真是小題大作呢，中校。」

「不，看來作為鐵道家的下官，已經派不上用場的樣子。」

正因為長年作為部下侍奉著他，所以即使不願意，烏卡中校依舊理解到，作為作戰家的自己並不受到期待。儘管不是自卑，但實際上就連他也不覺得自己擅長在前線作戰。

被從中央調到不擅長的職務上。具體來講，就是左遷吧。

雖然寂寞，但烏卡中校還是伴隨著決意，向一直侍奉的長官深深低頭，向他告別。

「這樣啊。才不過分開幾天就這麼遺憾，看來我也很受到仰慕呢。」

「咦？」

「哈、哈、哈，貴官還是一樣太認真了。」

傑圖亞上將的笑容，就像個和藹、親切，喜歡惡作劇的善良老爺爺。但是在這張溫和的笑容面前，烏卡中校確實是看到了野獸的獠牙。

「我或許確實是個詐欺師，但是不會拋棄部下的。沒錯吧？」

「作為侍奉閣下有一段不短日子的部下，下官自認為很清楚這一點。」

「自認為嗎？」

是的──烏卡曖昧地點頭。

「如果是中將時代的傑圖亞閣下，下官自認為是很清楚您的為人。」

「盧提魯德夫死後的我，看起來判若兩人？」

是的──烏卡這次是毫不遲疑地點下頭。儘管特意不提，但他甚至感到「可怕」。

「我作為參謀將校，有著接近是缺陷品的自覺，但要說閣下是參謀將校，也太過於……」

「偏離常軌嗎？」

呵呵呵地愉快撫著下巴，傑圖亞上將向他聳了聳肩。

「你能理解就好。烏卡中校，我甚至是相信，帝國必須再多一點有著這種智慧的人唷。」

只不過——傑圖亞上將就在這時忿忿然地發起牢騷。

「不幸的是，近來也沒有人了啊。」

「戰爭打太久了。」

「正因如此，只要是能用的部下，我都會拚命使喚、拚命使喚，直到身心交瘁的任意指使。既然貴官是優秀的鐵道家，就會被投入最前線的泥濘之中。」

輕輕嘆了口氣，烏卡中校接受長官的讚辭。

「烏卡中校，貴官就從即刻起晉升為上校，同時成為第一〇三鐵路運輸連隊的連隊長。等到來年，就晉升到下一個職位。是在參謀本部擔任戰務的課長唷。恭喜啊。」

隨口說出的賀詞。

但要是他同時提出下一個職位與下下一個職位，就算再不願意，也絕對不會搞錯這所代表的意思。

「恕下官失禮，這是……」

「儘管傳出去不太好聽，但你的連隊長職，真的就一如字面意思是過渡職位。」

只要是參謀將校，無論是誰都曾期待過的連隊長職。畢竟，那可是連隊啊。只要坐上這個位置，甚至能開啟通往將官的光榮仕途。

把這種職位當成過渡。

烏卡是敬重軍方傳統的老派軍人，於是他忍不住開口說道。

「閣下，恕下官直言，連隊長職可是軍隊的根本。居然……這麼輕易地。要不是連隊長職的基準，因為太過漫長的大戰放寬的話，震怒的連隊學長們將會發起決鬥吧。」

「是認為我侮辱了神聖不可侵犯的連隊長職嗎？」

宛如在說這是無聊的感傷一樣，傑圖亞上將嗤之以鼻。

「提古雷查夫中校可是以一句『不要』拒絕了喔。」

「……她拒絕了嗎？」

「由於盧提魯德夫那個笨蛋覺得人事很麻煩，所以就推薦她擔任連隊長職。不過面對上將閣下的親自推薦，她卻頑固地斷言，自己絕對不會離開部隊呢。」

儘管很不可思議，但烏卡莫名地能清楚想像得到那個畫面。

如果是在軍大學一起學習的她，確實是會這麼回答吧。

「提古雷查夫中校是能理解實戰感覺的將校，想必是看出了何者為重吧。比起晉升的機會，更加重視義務的覺悟，讓下官肅然起敬。」

「沒錯。實際上，這是一種見識。在必要之處，發揮必要的機能。帝國軍人就該當如此。」

是這樣吧。

即使是烏卡上校，就以一般論來說，也對這段發言沒有異議。

無條件的貢獻。

無限制的侍奉。

這些全都是高尚軍官該作為模範的正確性……但烏卡本身卻不可思議地，或許是鬼迷心竅吧，忽然這麼覺得。

只有正確性的存在，難道不是太過非人類了嗎？

「雖然閣下這麼說，但人可以這麼正確地活著嗎？儘管下官也知道這是無聊的戲言……」

對於烏卡語帶嘆息的感想，傑圖亞上將若無其事地回答著。

「無論是階級、職位，到頭來都是以職務為前提。如果是對戰爭達到最佳化的軍官，就會變成那樣吧。」

不對——烏卡想這樣反駁。

然而，他同時也不容拒絕地察覺到，這在戰時狀況下會是一方面的事實。

對於語塞的烏卡，傑圖亞上將帶著滿面笑容，唾棄地說道。

「貴官要怎麼想是你的自由，但不管怎麼樣我都期待著部下。期待他們能完美達成我視為必要的職務。你理解了嗎？」

面對注視過來的視線，烏卡端正姿勢。傑圖亞上將微微點頭，以完全淡然的語調問道。

「你能明白這個道理嗎？」

烏卡的回答，是早就決定好了。

他立刻點頭說道。

「……善盡義務是當然的作為。即便是連隊長職，只要是基於義務的要求，下官就會認為這是重大命令，做好覺悟。」

「正確的認知。貴官的工作實際上也很重大。」

是啊——烏卡心想。

「那麼，上校。」

「下官還是中校。」

「先習慣新稱呼也不是件壞事。」

這句話比什麼都還要充分述說著，這是已經決定好的事。

烏卡中校已成為烏卡上校。連隊長烏卡上校這個非常出色的頭銜，如果是在戰前，肯定會讓他感到自豪吧。

「在意外占領義魯朵雅王都的現在，這個瞬間正是關鍵。」

「下官該怎麼做？」

「……要通通搬走喔。」

當場明白他的言外之意。

他是有關物資動員的人，烏卡自己也是。所以，才會基於不想承認的糾葛抱怨起來。

「居然說通通。」

「喂喂喂，上校。給我振作一點。要說到占領古老聖都的邪惡軍隊會怎麼做，那當然是打家劫舍了。」

傑圖亞閣下露骨說出的答覆，正是烏卡打從心底所害怕的事。

「只不過，我們是文明人。要文明地進行組織性掠奪。」

「那麼，下官就是實行者……」

懷著悲壯的覺悟，烏卡上校為了接受自己被賦予的義務，把頭低下。

直至今日，自己都不曾在最前線戰鬥過。如果弄髒自己的雙手，是軍方的命令，是祖國的要求……

「別說蠢話了。貴官的話，會在對方的懇求之下讓步，幾乎放跑一切吧。」

咦——把頭抬起的烏卡本人也有這種自覺。

他無法否認。烏卡……儘管不願意，依舊痛感到自己以冷酷的軍事官僚來說，是個太過有血有肉的人類。

「……閣下很了解下官呢。」

「希望你別生氣，烏卡上校。貴官就以組織人來說有著一流的能力與適合性，但要作為暴力裝置的槍頭，就完全無法期待了。」

是啊——烏卡上校就在這時回想起往事。

在過去建議他「就算是為了家人，也應該留在後方」的人是她。就連看似正確性怪物的提古雷查夫中校，也會稍微關心軍大學的同學吧。

「……那麼，下官就至少要作為組織人竭盡所能。」

「那麼，就請你規劃毫不留情的搬運時刻表與物流動線。徵用計畫本身會由我來安排，你不用擔心。只不過，要搬運的數量很龐大喔？」

「這就交給下官了。」

「很好，我對鐵路運輸有著很大的期待。就把我的獵物運往北部吧。」

統一曆一九二七年十二月十六日　義魯朵雅王都

遷入義魯朵雅王都的帝國軍這些傢伙，實在是很不要臉，居然一下子就徵收了最佳地段的飯店與政府設施充當占領軍司令部。

也就是說，官僚主義探出頭來了。

結果讓奉傑圖亞上將的命令出面的譚雅，在經過三次盤查與兩次傻眼的官僚性交流之後，才總算有辦法踏進作為「司令部」的飯店一隅。

就像要速戰速決似的向值班軍官詢問會面手續的譚雅，就在這時碰上意想不到的展開。

「閣下呢？」

「就在方才完成視察回去了。」

「沒能趕上啊。」

察覺雙方擦身而過的譚雅，微微嘆了口氣。

關於送往東部的可能性，譚雅是無論如何都想詢問長官的意圖。只不過，對於垂頭喪氣的譚雅，傑圖亞上將有好好留下伴手禮給她。

「閣下有留下這個。」

將遞來的信封在飯店角落開封，確認內容，是一張命令文件。

「……歸還命令？原來如此，果然是依序撤退啊。」

帝國背負著東方戰線。相對地，逐漸穩定的義魯朵雅方面，是以轉移到防禦態勢為緊要的課題。無論如何，都沐浴過義魯朵雅的陽光。也就是要重新投入東部泥濘的時期，差不多要來了。

東部的激戰區。

而且一旦是聯邦的正面戰線，也會難以找到轉職門路，是為難之處。

就譚雅個人來說，西方的駐紮任務會是第一希望，第二希望是義魯朵雅方面，絕對不想被投入東部方面的激戰之中。

話雖如此，但就算哭訴，事態也不會改善。

東部派遣是所給予的前提。

事到如今，也只能盡自己所能了——做好覺悟的譚雅站起身，想說至少去喝杯咖啡吧，前往飯店的咖啡廳。

因為在義魯朵雅，最起碼還有許多真正的咖啡豆。

只不過，是有太多帝國軍將校想到同一件事吧。

在徵收作為司令部的飯店裡，無論是休息室還是咖啡廳，全都被大量的帝國軍人占據，擁擠到幾乎不可能平心靜氣地喝一杯咖啡。

可以的話，想要個能放鬆的空間……正打算轉身離去的譚雅，就在這時注意到面熟的臉孔。

看似就跟自己一樣，放棄大排長龍的咖啡廳的那道身影……

「喔，這不是提古雷查夫中校嗎？」

「烏卡中……抱歉，烏卡上校。恭喜晉升。」

「啊，這個啊。」

用手指輕撫著肩膀上的新階級章，烏卡上校苦笑起來。

「是虛有其表的連隊長啊。」

「不是光榮高升嗎？」

晉升、騰達，總歸來講就是出人頭地。

就算帝國是艘傾斜的巨船，要是知己出人頭地，會感到羨慕是人之常情。只不過，這次也是譚雅的有力門路出人頭地。這一直都是值得高興的事。

「能稍微陪我一下嗎？」

當然，她怎麼可能會放過社交的機會啊。

「就請容下官陪同。」

「正好，傑圖亞閣下有留一輛車子下來。我們就去兜風吧。」

樂意答應邀約的譚雅，就在烏卡的帶領下來到飯店停車場，搭上像是義魯朵雅民用車的車輛。

被勸坐在助手席上，儘管有點意外，卻還是坐上去後……居然是由烏卡上校親自駕駛的樣子。

就連駕駛都不願意帶上啊。

稍微期待著之後的對話發展，譚雅就在烏卡上校的駕駛下，隔著車窗暫時眺望著義魯朵雅王都的街景。

就這樣開車在市區內逛了一會後，烏卡上校才總算是開口說道。

「美麗的大都市……占領方說這種話也很奇怪，但要是看到這種日常，就怎樣都會回想起戰前啊。」

伴隨著這句話，烏卡上校朝譚雅輕輕微笑。

「也會讓人想占為己有，貴官覺得呢？」

「恕下官失禮，烏卡上校。這是在對專家班門弄斧吧……但是義魯朵雅王都，就算能占領，也沒辦法維持下去吧？」

嗯——若無其事地點頭的烏卡上校，表情讓人難以捉摸。儘管握著方向盤，面向前方，卻仍將視線微微瞥來，催促她把話說下去。

「所以？」

「要是將王都這種巨大消費地編入軍政體系之下，將會是補給上的惡夢。」

一面隔著車窗眺望義魯朵雅街景，譚雅一面指摘。

「請看。就像途中所看到的，在進行大量的供食、配給、難民支援一樣……我軍投入義魯朵雅方面的兵力，還不知道有沒有超過五十萬。都市人口隨便就有這個數字的數倍之多吧。」

而且，都市的人口是消費者。

「我可以理解帝國軍當局為了安定人心，向義魯朵雅國民供給糧食的做法，但這種事要是一直下去，我軍在開戰之前就會組織瓦解了。」

補給乍看之下是平凡無奇吧。

但是，要是沒飯吃，人就會餓死。

要是沒飯死，人就會為了生存而戰。

所以必須供養都市，沒辦法供養的都市，就只會是後勤上的惡夢。

基於這個事實，譚雅低聲唾罵。

「這種後勤上的惡夢，我們怎樣也承受不了。儘管義魯朵雅的大地非常豐饒，但在物流已死的狀況下，作物也沒辦法充分流通吧。」

「哈哈哈，貴官還是老樣子啊。」

微微點頭，烏卡上校聳了聳肩。

「雖是前線指揮官，卻能夠重視後勤，還真是讓人感激。老實說，要是貴官這樣的人能增加，我的工作也會落得輕鬆呢。」

「人不吃就會死。這並不是什麼困難的道理。」

「是真理呢，中校。因為無論是再勇敢的軍人，都還是個人。是贏不了胃袋的。」

調整鐵路，而且還是帝國的鐵路，從事物資動員工作的烏卡上校，露出咬牙切齒的表情說道。

回應著他，譚雅也再度說道。

「考慮到周邊全是戰地，民間的自給自足就沒得討論了。關於都市，軍當局是不得不進行供養，這讓本來就受到限制的後勤，很可能會面臨到絕望性的難題不是嗎？」

「我還以為身為前線指揮官的貴官，會不想放棄到手的要地呢。」

「王都防衛所需要的兵力龐大。在東方戰線緊迫的現在，下官認為要在此部署大量兵力會有困難。」

「還是老樣子呢。還真是羨慕貴官的知性啊。」

說出這種不知是感慨還是讚賞的話語，烏卡上校默默轉動著方向盤。

目的地是義魯朵雅中央車站。

車站雖然警備森嚴，但盤查士兵一認出烏卡的長相，就直接放行讓車子通過。豈止如此，在停車處待命的憲兵還以最高級敬禮代為接管乘用車。

就這樣，烏卡上校在無人制止的情況下，在車站內自由闊步。

走到車站月台後，烏卡上校就突然指向貨物列車。

「看看那個，貴官有何感想？」

被問到的譚雅，依她所看到的樣子回答。

「滿載呢。」

貨物列車上滿載著貨物。

要說的話，就只有這樣。

然而，烏卡上校就像很滿意這個回答似的開始說道。

「是將義魯朵雅的動產通通搬走了。金銀財寶自不待言，資源、機械、零件，總之是將總體戰的道具，全都優雅地徵用了。費用要說的話，就是些許的食糧吧。」

「可是街景非常乾淨。」

貴官說得沒錯——烏卡上校帶著苦笑點頭。

「不會破壞建築物。但有價值的東西要通通搬走。就像趁火打劫的搶匪一樣，為了徵用出動部隊。」

喔——譚雅點了點頭。

「是組織性的掠奪啊。」

古今中外，這種最有效率的「掠奪手法」都是國家機關的拿手好戲。

一旦是帝國的話，經驗可是出類拔萃。

在占領地區徵用「我方」所需物資的本領，已漸漸達到熟練的領域。只要幾天時間，大致上就能將大半有價值的場所洗劫一空。

「彷彿蝗蟲過境。」

「貴官說得沒錯。中央銀行與王宮自不待言，就連美術館與博物館也全都是徵收對象。」

「也就是文化的破壞者啊。會遭到痛恨呢。」

烏卡上校輕輕擺手，稍微否定譚雅的感想。

「我沒有要讓貴官誤解的意思。唯獨文化資產沒有列為對象。要是出手的話，就會在軍事法庭之後，毫無例外地引渡給義魯朵雅方的官警。」

忍不住，沒錯，忍不住地。

目瞪口呆的譚雅，忍不住向烏卡上校問道。

「這是……為什麼？當然，下官也不覺得保存文化是件壞事。」

「聽說是閣下的考量。」

「傑圖亞閣下？」

對於烏卡上校的說明，譚雅立刻表現出疑惑。

如果是帝國顧忌輿論，表現出對文化資產的敬意，要從「軟實力」的角度理解並非難事。

然而，這如果是傑圖亞上將的意思，就另當別論了。

層級完全不同。

因為譚雅是知道的。

「閣下確實是位富有雅量的人物。然而就根本上來講，卻往往會以戰爭作為基準。那位大人會出自單純的善意，留下文化資產嗎？」

唔——烏卡上校就像有同感似的苦笑起來。

大致上，只要是侍奉過傑圖亞這名高級將官的軍人，都會無法否定譚雅的意見，所以這也是當然的吧。

他們是知道的。侍奉「必要」的軍人，會是頭道理的野獸。

「唉，只要留下文化資產，『敵人』就會對攻擊感到遲疑吧。」

「的確。可是，下官覺得不只是這樣。」

在想了一下後，譚雅說出忽然想到的答案。

「既然如此，這就會是毒餌吧。」

「很有趣的可能性，但怎麼會想到這種結論？」

「光鮮亮麗，但空蕩蕩的城市。就算遭到破壞，帝國也毫無損失。目的難道不是要乾脆在城鎮戰中，讓敵人親手破壞掉嗎？」

對於譚雅的推測，烏卡上校愉快微笑起來。

「提古雷查夫中校，貴官也是會錯的啊。」

這種展開還是第一次呢——烏卡上校露出滿面的微笑。

以他的這種態度來看，恐怕是真心感到有趣吧。只是在他的微笑背後，也能看出些許黯然的氣息。

「一如貴官的理解，這是個毒餌。不過關於文化資產，似乎單純只是優先順序的問題。傑圖亞閣下判斷這些東西能協助戰爭遂行的價值太低了。」

「……咦？」

「不是沒辦法變賣吧。但反正能貿易的對象幾乎完全沒有，所以就以原物料、食糧、鋼鐵、機械類的掠奪優先了。文化資產單純是因為沒有價值才留下來的。」

唉——譚雅嘆了口氣。總之就是孤立的帝國，已經沒有餘裕去關心資源與食糧以外的事物了。

只能嗤笑了。

「還真是過分呢。」

「不不不，接下來的才叫過分。這話可別傳出去……但閣下似乎打算讓王都成為光鮮亮麗的廢墟，藉此攻擊敵人的『船舶』。」

「咦？」

出乎意料的詞彙。

船舶？攻擊？

「恕下官失禮，是指通商破壞作戰嗎？」

「哈哈哈，貴官今天相當有常識呢。」

烏卡上校這話讓譚雅蹙起眉頭。

烏卡上校到底是怎樣看待自己的啊？或許有必要向他確認也說不定。不對，這終究是為了小心起見。

「上校，下官是……」

「哎呀，不好意思。我並不是在侮辱貴官的知性。實際上，我在聽到閣下的意圖時，也很困惑呢。不過想了一想，就覺得非常合理。因為物流網遭到截斷的王都，就只會是餓著肚子的一大消費地。」

是這樣沒錯──譚雅無條件同意這個說法。

「我想這是上校的專門，但一大消費地的維持，會是需要龐大勞力的繁重後勤業務。」

沒錯──烏卡上校搔抓著頭。

伴隨著有哪裡很難受的態度，他就在這時喃喃低語。

「現在，帝國正加開著少數的臨時列車。」

「臨時列車？是運輸用的嗎？」

「就某種意思上沒錯。是從北部開往王都的列車唷。我們安排了引導義魯朵雅難民過來的專門列車。」

「避難列車？加開？……我們帝國？」

不僅是消費地，同時還不適合防衛，在物流上存有重大問題的王都。

讓「義魯朵雅人」從「北部」到這裡「避難」？

「恕下官失禮，上校。這是，強制性的……」

「不，完全是自發性的避難。只不過，我們在北部的軍政府很惹人厭呢。預期會有大量民眾興高采烈地疏散過來。」

「喔！」

龐大的消費人口。

截斷的補給線。

以及特意誘導的難民。

只要經過說明，眼前就能浮現畫面。

在這種情況下，原來如此，會跑出「船舶」這個詞彙，確實是極為正常的結論。

「會有大量的難民抵達王都吧。然後我們就將這些難民——是叫做同盟嗎？連同王都一起還給敵人。義魯朵雅南部雖是農業地帶，不過在少了北部的肥料與一大穀倉地帶後，他們還支撐得住嗎？」

將北部的多餘人口推給南部。

而且，帝國還能維持著「人道性的一面」。

從軍政府地區，誘導人民到王都這樣的地方避難。既然是自發性的避難，也就是說，這肯定也能間接削減潛在性的游擊隊人數。

順便還可以將些許的負擔丟給敵人……想到這裡，譚雅委婉地指出這一切全是畫在紙上的大餅。

「只要走錯一步，就會是戰爭罪了。」

特別是敵人大概會供養難民的前提，要是弄錯會很棘手。

「要相信合州國呢。」

「是要期待載運軍需物資的船舶，會被他們的食糧壓迫到載運量嗎？」

烏卡上校就像承認似的，微微但確實地把頭點下。

原來如此——譚雅盤起雙手。

不錯的計畫。算是一種後勤攻擊。

也能說是戰略性攻擊，在戰爭中假借人道與正義之名的戰術並不罕見。

所幸，敵人會做出理性對應的大前提是可以期待的。

……就常識來看，他們是不會對市民的苦惱視而不見。進一步來說，無論是義魯朵雅還是合州國，都是正常的國家吧。他們的良知還健在吧。至少，沒有像帝國這樣受到戰火灼燒，也還沒刷掉焦垢。總歸來講，就是面對帝國卑劣的人道攻勢，敵人沒辦法遂行完全無視的軍事作戰。

但願如此。

只不過——譚雅最後還是說出這個值得唾棄的事實。

「是要『期待』啊。偏偏是要期待敵人。期待敵人的理性與良知……上校，這還真讓人討厭呢。」

「是啊，還真是不愉快。」

啊，沒錯——譚雅就像抱怨似的在心中反覆說道。

但最讓人可恨的是，對方可能會這麼做的預期。山姆大叔（註：美國的綽號和擬人化形象）的國力還真是讓人羨慕！

他們肯定能憑著一國之力，就連義魯朵雅的主食都有辦法完全供應。

甚至不用事前計畫，即興地、當場地、暴力地。靠著那過剩的國力！

「感覺還真是悽慘。」

「貴官也是嗎？……這是個善人難為的時代呢。」

「是啊，上校說得沒錯。這對像我這種只能在現場掙扎的人來說，不覺得太殘酷了嗎？」

不足的物資。

不足已久的餘裕。

帝國在打著貧窮的戰爭，那些叫什麼同盟的敵人，卻有富裕的贊助商直接介入。

還真是不公平的競爭環境啊。

帶著些許的憤怒，譚雅不得不朝著烏卡上校唾棄地說道。

「儘管希望能一直當個公正的人，但要是置身在戰火之中，就讓人深深感到這個世界有多麼不講理。」

「很出色的正義感呢。」

令人欽佩——儘管這麼說，烏卡上校卻聳了聳肩。

「畢竟是這種戰爭。作為早已習慣同僚逐漸憔悴之人，我想由衷向貴官表示敬意。」

「這種心態，根本算不上什麼正義。」

自不待言，就是忌妒與自我憐憫——譚雅是知道的。儘管她怎樣也說不出口。而且在這個階級社會裡，要完全否定烏卡上校的意見也讓她有所顧忌。

思考著妥善的表現方式，譚雅在最後低聲說道。

「下官只是作為一個人，不想放棄上進心而已。」

就像在說「我明白」一樣，烏卡上校瞇起雙眼。

「也是呢。沒錯，我們是該作為一個人。」

「是的，人是不該放棄努力的。」

更加聰明。

更加正確。

更加能幹。

我們應該讚揚終身學習啊──譚雅對此確信不已。我們之所以能站在巨人的肩膀上，往往是因為巨人先被建造出來了。而建造巨人的，正是由好奇心與努力所支撐的文明且理智的人類社會！

「貴官說得沒錯。感謝妳，提古雷查夫中校。貴官總是作為一個人，讓我學到許多事情呢。」

「不會，下官只是說出當然的事。」

這樣啊──烏卡上校就像對譚雅的發言感到佩服似的微笑起來。

「抱歉讓貴官陪我這一趟了，中校。我派人開車送妳，要好好保重啊。」

「是的，有勞上校關照了。再會。」

一如教科書的標準敬禮。

就這樣，該稱為小小巨人的提古雷查夫中校，快步離開義魯朵雅中央車站，搭上烏卡親自安排的乘用車，返回自己的部隊。

目送她的背影離去後，烏卡上校也回到臨時分配給自己作為職場的車站大樓事務室，重新開始獨自對付數字的艱苦搏鬥。

「真受不了，工作做不完啊。」

實際上，這是烏卡自己招來的辛勞。因為傑圖亞上將並沒有說謊，他現在的位置是個過渡職位。

義魯朵雅的貨車、機關車的徵用計畫早已制定完畢。

由於掌握了鐵路網，所以在事前就制定好了數個假定計畫。實際擔任徵用的人員，也有好好從鐵路部派遣過來。

儘管義魯朵雅王都的占領，以及隨之而來的「徵用」程序表是即興創作，但只要乾脆認為這些只是額外收入，就幾乎是例行公事了。硬要說的話，只要烏卡上校有這個意願，他實際上甚至能選擇悠哉度過好幾天，為了能以上校身分被傑圖亞上將派遣到下一個任務，在這裡養精蓄銳。

然而，烏卡卻嚴拒著這些特權。

無論是不是過渡職位，工作就是工作。

而為了讓鐵路順利運行的現場指揮官所能做到的作業，他別說數日份，甚至還不惜全部承攬下來。

這是他身為鐵路家的自尊。

然而——烏卡帶著微微苦笑，自嘲起來。

「我們是在戰爭……但正因如此，才不能忘了人心。」

注視著自己的手掌，是一雙純白的手套。

不僅沾著墨水，還有點破損……是擔任後方勤務才會有的乾淨雙手。

然而，上頭究竟沾有多少看不見的髒汙啊。

用作為父親、作為丈夫擁抱家人的這雙手，親自收下命令文件，打算將義魯朵雅人的「數量」作為武器，砸向同國的那些傢伙。

就軍事上，這是正確的吧。

只要考慮到帝國現狀，也能知道這是必要之舉。

他是知道的。

然而，這是錯誤的行為。

而且自己，是因為義務才晉升的。

「可是……傑圖亞閣下。下官……即使是下官……也不想用這種形式晉升啊。」

忽然地，他再度說出最近急遽增加的怨言。

成為上校的自己還真是醜陋啊。

當提古雷查夫中校謝絕上校職時，自己還胡亂猜想有著戰爭家性格的她，大概是拘泥著最前線才拒絕的……

「是倫理觀嗎？」

她確實是個戰爭家。

然而——烏卡心想。

符合道理，能斷言自己心中的正義感，是作為一個人的常識的提古雷查夫中校，要比只是隨波逐流的自己還要高尚不是嗎？這或許是對能具體呈現這種正確性的她感到羨慕也說不定。

「命令就是命令。然而，唯有心，唯有良心……是屬於自己的。」

戴正軍帽，烏卡發自內心懷著敬意，朝著蔚藍的天空敬禮。

不覺得離去的她能看得到。

全都是自我滿足。

即使如此，他，烏卡這名軍人，依舊相信著善良之人。

[chapter]

V

第伍章

勞動

Hard Work

遠足充滿著世界的真理。

——譚雅・馮・提古雷查夫中校

統一曆一九二七年十二月十七日　義魯朵雅王都

就算完美地完成工作，在到家之前都算是工作。

譚雅忽然伴隨著懷念回想起來。

過去學過的教訓。

在學校度過的平凡、怠惰，但是「和平」的生活之中，當憔悴的教師喃喃說著「在到家之前都算是遠足。請直接回家。」時，自己是嗤之以鼻。

然而，譚雅如今卻很樂意發自內心地對恩師表示敬意。

她帶著苦笑承認了。自己在年幼時有所誤解的知性，是無可救藥地愚蠢。

而會無法認為回程是遠足的一部分也是無可奈何。因為小時候的自己，肯定就只認為遠足是在指「去程」吧。

這是有如單程遠足的失態。

在和平的時代，偉大的恩師教導了我重要的真理。

再加上，只要考慮到在通勤與返家途中受傷也算是職業災害，不要「繞遠路」，趕快前往目的地，就會是社會人士的重要知識。

居然是在義魯朵雅的土地上，直到這把年紀了，才回想起這個事實。

「……在人生之中，該學習的事情太多了。」

正因如此，有系統的教育系統有著極大的價值。而前世的義務教育儘管有著很大的缺陷……但也有在努力教導人們度過社會生活所必要的知識吧。這是唯有富裕的和平、進步的文明社會，才能擁有的優點。讓譚雅再度深深感到和平的重要性。

要是對小孩子來說，到家之前都算是遠足……那麼對社會人士來說，到家之前就都算是工作了。

通勤災害這個項目不是好好地成立了嗎？然後，只要再搭配上「小孩子的工作就是學習」這句教師的教誨，就能清楚得到合理性的結論。

遠足是學習的一環。既然如此，那就是工作了。儘管如此，學校生活卻不適用勞動基準法。這是多麼可怕的事啊。讓人毛骨悚然。

被逐出法律保障的個人，還真是毫無防備啊。

然而，就連置身在這種可怕狀態下的前世的學校生活，如今的譚雅都懷念不已。

因為她作為軍人、作為參謀本部直屬的魔導師、作為奉命一頭栽進怒濤的黑心業務之中的譚雅希冀著——想過著有如學校般的文化生活。

明知這是無法實現的願望。

啊，和平。還真是美好啊。還真是偉大啊。

肯定就是因為這樣，有如存在X的不合理，才會意圖破壞並顛覆和平。因為那傢伙，肯定是在忌妒著和平！

然而，沒道理要屈服在這種惡魔的姻親之下。

正因為確信著道理與市場的優越，所以譚雅清楚理解了自己的義務。

絕對要奪回和平。

然後將市場經濟的勝利傳遍世界。

就算是為了這個理由，也絕對要生存下去。如果是為了生存下去，只要傑圖亞閣下發出歸還命令，就很樂意歸國。

就算前提是要前往東部重新部署，姑且也是歸還不是嗎？

想期待至少新年能在帝都度過。認為至少能在帝都喘口氣時，聞到文化生活的餘香吧。

胸懷著這種吝嗇的希望，譚雅開始做著回家的準備。

所以在為了討論戰鬥群的鐵路分配，在前往占領司令部途中遇到雷魯根上校時，還心想著「事情還真是順利呢」。

譚雅打從心底後悔著這件事。

互相敬禮，聊著近況，討論關於歸還程序的實務。

要說的話，應該只是這樣。

所以，譚雅就像遭遇到無法理解的不講理，以疑問正面回應著雷魯根上校的發言。

「咦？……上校，你方才是說？」

「取消歸還。任務延長了。」

那是深感抱歉的表情。只是這樣，但是雷魯根上校卻帶著堅決的態度，說出對譚雅來說的殘酷事實。

「派遣延長了，提古雷查夫中校。」

「沒搞錯嗎？」

「沒有。儘管很抱歉，但魔導部隊要再去執行一、兩道任務。」

「我、我的大隊嗎……？可、可是我的戰鬥群，有收到傑圖亞閣下發出的撤收命令……」

「這我知道。儘管臨時變更也讓我感到很抱歉，但妳就放棄吧。提古雷查夫中校，這是作戰的要求。根據最新的軍令，對貴官們發出的撤收指示取消了。」

命令有時是一張紙。

但是這一張紙能輕易左右人的命運。

「貴官的魔導部隊有點太引人注目了。想請你們再稍微到前線大鬧一下。期間就到友軍重新部署完成為止。」

「這、這是命令嗎?」

「沒錯。」

雷魯根上校的話語明瞭到殘酷。

「這是掩護本隊撤退的大任。只不過,留下來的只要魔導部隊就好。其他戰鬥群旗下部隊就照原定計畫撤離。我這邊會負起責任讓他們後退的。」

啪嗒——手中的行李掉到地上;喀嚓——有什麼開啟的聲響,如果是平時的譚雅就會聽到吧。肯定還能擺出一副自嘲這樣很不像話的模樣。

不過,這全是「假如的話」。

即使是譚雅的大腦,在受到期盼已久的休假取消、任務延長的殘酷咒文後,也被逼迫到超過極限的領域。

在腦中反芻的,是方才所被告知的話語。

取消。

延長

而且戰力就只有魔導大隊。

「中校,抱歉。但這是必要的。想請貴官擾亂敵人,幫後退中的友軍爭取必要的時間。」

連公事包掉了都沒注意到，譚雅當場僵住。

腦海中閃過的是「加班」這該死的兩個字。

還以為能回家了。

是以回家作為一切的前提，努力過來了！

「提古雷查夫中校？妳還好嗎？」

「那個，是的，這個，下官太失禮了。」

啊——總算是重新啟動完畢的大腦得出結論。這是被命令了。即使是在連續上班後，感到精疲力盡時的加班命令也一樣。

當下為了掩飾失態，譚雅幾乎是條件反射的回答問題。

「雖然有點受到衝擊，但只要有必要，下官就願盡微薄之力。只不過，要是只有魔導大隊，就只能貫徹游擊，所以下官可以認為是被授予了獨自裁量權嗎？」

「當然。相信貴官有察覺到吧，是擬定了一齊後退的計畫。儘管要看鐵路狀況，但只要命令下達，我軍就會放棄這塊土地吧。」

不拘泥於王都的方針似乎沒有改變。

也就是義魯朵雅王都會在不到一個月之內，接連更換著支配者。這說起來是很簡單，但既然要放棄都市，後退的時機就會非常困難。

「上校，後退的時機是？」

「這沒辦法事前通知。正因如此，在命令下達後，像貴官們這樣能全速反轉的魔導部隊正是計畫的關鍵。」

「……要是友軍的後退遲了，殿軍的負擔就很可能會超出容許極限。」

譚雅說出發自內心的擔憂，對此，雷魯根上校想是在說「交給我吧」似的點頭。

「這要感謝烏卡上校他們吧。多虧了各位鐵路家，就目前來說是一帆風順。只不過，難以防諜是無可奈何的事。」

「有被察覺到後退的可能性？」

沒錯——雷魯根上校用力點頭，壓低聲量。

「所以才需要佯動。想盡可能長期間地對敵人隱瞞我方的意圖。我們可不想遭到敵人追擊。」

「是要積極進攻，不讓敵人察覺到我方的意圖啊。」

「沒錯。要排除萬難，讓敵人感到威脅。」

面對雷魯根上校的這句話，譚雅很勉強地忍住了呻吟。多出來的突發工作，是非常不容易的無理要求。

為了偽裝意圖，擔任偽裝攻勢的執行人。

能理解他的言外之意。

然而，譚雅早已在前陣子的野戰之中，殲滅敵方的強力魔導部隊，接著也與疑似殘骸的敵方預備部隊接戰過了。

這些全都是作為佯攻作戰的一環進行的。

「為了隱瞞我方的意圖，前陣子才剛進行過佯攻。居然要區區的戰鬥群，讓敵人受到在這之上的威脅……」

「要是貴官不能，就沒有任何人能夠達成了吧。」

雷魯根上校的話中充滿著期待，但這是命令方不負責任的要求啊──譚雅在內心小小抱怨著。無論如何，這都是有著巨大風險的工作。

居然要讓早已給過一次重擊，殺意旺盛的對手「感到威脅」。

譚雅的腦袋就基於緊急迴避協定，開始在腦中構築起為了反駁的理論。

「上校。只要是命令，下官就不容拒絕。只不過，還請顧慮我的部下。他們可是普通的人類。」

「也是呢。就以我的權限，在作戰結束後安排特別配給與特別休假吧。我保證會直接去向傑圖亞閣下要求。」

雷魯根上校的這番話毫無虛假之意。

誠實、公正，會在他的職權範圍內幫忙安排到最好，這毫無疑問是事實吧。然而，譚雅是知道的。傑圖亞閣下是即使雷魯根上校再怎麼據理力爭，只要有必要，就會任意使喚自己的那種將官。

也就是說，雷魯根上校的保證是徹徹底底的空頭支票。

就算保證會極力爭取，也無法保證一定會有休假。

這根本是詐欺吧。

啊——這時，譚雅的腦袋甚至想到一件無聊的事。傑圖亞閣下是位非常優秀的詐欺師。雷魯根上校也肯定是徹底受到他的美好薰陶了。

唉——一面嘆氣，譚雅一面思考起大概能以雷魯根上校的權限弄到什麼東西。作為奉命要實行無理要求的一方，譚雅感受不到要成為羔羊犧牲的必然性。

既然如此——下定決心的譚雅，毅然地向雷魯根提出要求。

「雷魯根上校，既然您這麼關照我們，就想請您務必要借予下官作戰所必要的機材與人員。」

「部隊幾乎都動不了。貴官是需要什麼？」

「航空艦隊的力量。想跟您借用所有的航空艦隊。」

「……貴官是打算做什麼啊，中校？」

譚雅咧起嘴角，特意露出自信滿滿的微笑。

「這是向烏卡上校學到的。只要造成阻塞，敵人就會無法動彈。」

「意思是？」

「下官打算毀掉合州國的海運航路。」

喔——雷魯根上校露出被勾起興趣的表情。

「不過，要怎麼做，中校。是打算進行通商破壞作戰嗎？我認為無法期待會有多大的阻止效果。」

不——譚雅向雷魯根上校微笑。

「要搜索船舶與船團可是很累人的。只不過……義魯朵雅的主要港灣設施可是跑不了的。」

「……這我是沒有想過。港口確實是個固定目標。」

「南方大陸的機動戰，記得也有受到港灣的裝載能力限制。所以只要以空降作戰毀掉港灣機能，就能讓敵人暫時安靜下來吧。」

很好——雷魯根上校這時就像下定決心似的點了點頭。

「我明白了，中校。說出妳需要的東西。」

「會是相當無理的要求喔？」

對於譚雅的確認，雷魯根上校露出可靠的笑容。

「我無論如何都會幫妳要到的。相對地，能讓我期待相對應的戰果嗎？」

就從結果來說，要求獲得了滿足。雷魯根上校從軍部拿回來的答覆，是一如字面意思的滿分回答。就連預期會很困難的大型運輸機的借用，都憑著雷魯根上校與參謀本部交涉的的強硬手腕與門路，立刻獲得批准。

調用預定歸還的一部分航空艦隊，讓帝國軍團結一致，盡全力推動著襲擊義魯朵雅南部港灣設施的計畫。

就譚雅所見，大概是打擊敵補給線的構想，受到傑圖亞閣下的認同吧。

因此，讓譚雅也能向部下誇下豪語。

「各位，帝國對各位有著很深的期待！」

在義魯朵雅王都郊外的前義魯朵雅軍基地。背對著在跑道上一字排開的航空機群，擔任襲擊部隊總指揮官的譚雅向部下宣告。

關於戰爭能予以全面信賴的航空魔導大隊的部下們。如果是跟他們一起，就能辦到吧。

目的是簡單明瞭的破壞敵港灣機能，造成物流的阻塞。只是這樣的單純手法。是以空降前往，意圖達到奇襲效果的計畫。就以帝國軍的魔導戰術來講，是比較偏向王道的吧。

「很好，是時候了。」

目送著接連起飛的軍用機離去，暫時估算著時間的譚雅一行人，搭上停在背後的巨大的大型運輸機。

途中的空路非常平穩。

也由於被託付著等同瀕臨絕種動物的稀有機體的機長，以及旗下組員們的本領高超，讓這趟航程平穩到該說是義魯朵雅遊覽飛行。是能眺望著下方的義魯朵雅半島，享用著組員送上的咖啡，順便還能像是要在襲擊前填飽肚子似的吃著火腿與麵包的簡餐，像這樣的愉快旅程。

「這要是沒有戰爭，就完美了啊。」

對於譚雅這句彷彿抱怨的牢騷，在一旁吃著巧克力的副官，就像感到有趣似的骨碌轉著眼睛。

「中校要是沒有戰爭，會在做什麼呢？」

「我嗎？當然是善良的市民生活了。」

一臉困惑的表情，謝列布里亞科夫中尉不可思議地歪著腦袋。

「善良的，市民，生活……？」

「怎麼啦，維夏。戰爭打太久，忘記市民生活是什麼了嗎？」

「不，那個……這要說是忘記嗎？就是中校偶爾，那個……」

什麼啊——正當譚雅打算仔細追問時，機內的蜂鳴器響起。咦？——把頭抬起的魔導師們，聽到機長沉穩的聲音。

「狀況報告。機長呼叫全員。根據空中管制官報告，先行的友軍轟炸機部隊遭到敵戰鬥機部隊的攔截。」

倏地。

在這瞬間，部隊繃緊了神經。一旦是航空魔導師，對於空戰情況也會有相當程度的理解。這個狀況，是「敵防空能力」健在的旁證。將兵即使不想，依舊不得不感到空降作戰的前景變得相當不明。

機內的氣氛愈來愈沉重，機長繼續淡淡述說著狀況的對應方針。

「管制官們協議的結果，包含本機的護衛部隊在內，決定會盡可能以航空戰力進行掩護、收容。除了本機的直接掩護外，幾乎所有的航空戰力都會進行佯動。」

說到這裡，機長就淡淡補上一句話。

「途中要是本機遭到擊墜，就請各位魔導師們辛苦一點，自行飛過去了。不用在意我們。以上是機長的報告。」

魔導師能自行飛行。

機長等組員們並非魔導師。

仔細想想，這樣風險是相當不對稱吧。

儘管如此，航空組員們忠於職務的職業精神，實在讓譚雅肅然起敬。最重要的是，他們不只是職業精神很高。直到目的地上空為止，都沒有發生任何事故、遭遇任何敵人。

聽到這些組員們告知即將抵達目標上空，在做好空降準備的隊員們前方，譚雅無畏地微笑起來。

「就跟往常一樣。就跟往常一樣地工作吧。」

上吧——跳出機外，就是蔚藍天空。

是在非魔導依存空降後，對地面進行奇襲攻擊的計畫。

然而，總覺得有哪裡不太對勁。

討厭的預感。

基於類似惡寒的戰場經驗，毫無根據的確信。

譚雅是不會輕視無法化為語言的經驗知識，瞧不起這頭名為戰爭迷霧的怪物。基於當下的直覺，譚雅立刻放棄事前計畫。

「放棄非魔導！全力以赴！」

就算會散發出魔導反應，也當機立斷要纏上防禦殼。而她毫不遲疑的判斷，就經由隨即傾注而下的鋼鐵豪雨證明是對的。

還來不及目送運輸機的機影離去。

譚雅一行人就被迫面對像是等候多時的多國籍朋友們，為他們舉辦的盛大歡迎會。

高射砲炸開的彈體碎片遮天蔽日。

要說到機關砲嘶吼射出的子彈，甚至讓天空變得狹窄。

最後，地面是還有著敵魔導師吧。飛來的攻擊當中，甚至還參雜著爆裂術式與光學狙擊術式。這個防空砲火構築得還真是惡毒啊。強烈的鋼鐵暴力與壓倒性的規模，就幾乎宛如美帝的機動部隊。就連在萊茵戰線見識過煉獄的資深老兵們，都是首次目睹到的異次元火力。

「這是什麼啊？」「天空好窄！」「哇，這火力也太瘋狂了吧！」「被埋伏了！」

就連部下們參雜在無線電裡的困惑感想，也不同以往。

緊密到讓人傻眼的獵殺區。

就只有譚雅曾在歷史書上看過。然而，只要看就知道了，這是相當於美國機動部隊，更甚至在那之上的防空砲火。

「該死，基準已經達到這種程度了嗎！」

對譚雅來說，這是想認為要等到「遙遠的未來」才會出現的層級。

該稱為鋼鐵之雨的可怕區域聯防。將所有的砲彈，用所有的砲管發射到空中引爆的暴力。

不做瞄準射擊這種窮酸行為。

只是將一切射向天空。

該說正因為是合州國，正因為是世界性的超級強國，才有可能達成的防空砲火。而且還從義魯朵雅軍的所有陣地，接連不斷地發射砲彈。

「真是夠了，義魯朵雅的港灣設施，防空砲火老是這麼強烈！而且居然連合州國的那些傢伙都在這裡！」

儘管驚嘆著難以置信，但同時，譚雅的腦袋也注意到在低語著「這是當然」的自己。港灣設施阻塞的情況，就連譚雅這種門外漢都預測得到。

如果是特別重視組織後勤的合州國，將會不惜付出無比的努力，讓後勤機能堅若磐石，並且徹底防護吧。

就連義魯朵雅海軍風格的防空砲火，也在北部體驗到不想再體驗了。兩國合力，封鎖天空。手法很簡單，就是暴力。正因如此，這就連對第二〇三航空魔導大隊這樣的老練部隊來說，都非常棘手。

砲彈的爆炸聲響起，化為震波拍打肌膚，同時灼燒著防禦膜。然而這種程度，只不過是戰鬥音樂釀成的愛撫。

真正可怕的是，交錯橫飛的鋼鐵碎片。

打從方才，就襲來令人傻眼的量，煩都煩死了。

有時還會飛來甚至能削掉防禦殼的鋼鐵物體。是塞滿銳利凶器的高射砲彈。光是待在砲彈的有效範圍內就夠惱人了。萬一不幸遭到敵砲彈直擊的話，很可能就連防禦殼都會被打穿。

盛大地咂嘴，譚雅持續更新著狀況認知。

敵人對空中威脅的警戒，比假定中的還要嚴厲太多了吧。

「這群該死的新大陸人！該死的義魯朵雅人！」

照這樣下去，在降落地面之前，就會在被當成活靶轟炸之下，疲弊到無法容許的程度。為了避免狀況愈來愈糟，現在就只能採取行動了。

「大隊，是總體戰！不用客氣了！」

將魔力注入寶珠，打算用九十七式突擊演算寶珠顯現光學系欺敵術式的譚雅，就在這時注意到一件事。

敵人，沒有在瞄準射擊。只是一味地發射砲彈。

「真傻眼！居然做到這種程度！」

要是面臨到就連用光學系術式欺敵都毫無意義的壓倒性火力洗禮，譚雅也不得不目瞪口呆了。

聚在一起降落？

早已不可能了。

「散開！解開隊列！隨意組成小隊單位散開！」

與其聚在一起成為優良標靶，還不如放棄集中戰力。

不幸中的大幸，部下能自行思考並採取行動。

是擅長動腦，理解著目的，還能進行應用的自立個人的群體。

以個體形成群體，作為群體成為軍隊。既然如此，只要他們還記得破壞港口的任務內容，就會各別依照自己的自我裁量，回應譚雅的期待吧。

「各自組成小隊，以降落優先！」

譚雅發出指示，就像順便似的高聲喊道。

「各位！可別慌了手腳啊？會遭到砲擊，打從最初就在假定之內！航空魔導師是不可能會被這種程度驅逐的吧！」

第二〇三的速度快，防禦殼堅固。只要別勉強自己，就不會輕易遭到擊墜。只不過，作為襲擊者有必要對某處發動攻擊。

讓譚雅焦急的是，狀況只是漸漸變得愈來愈糟。

「該死，照這樣下去會被敵人的火力困住，陷入消耗戰喔？敵人究竟是有多少火力……」

咦？

正在空中鼓舞部下，朝著敵人盡可能地丟出術式的譚雅，在意起某件事情，讓速度稍微減緩了。

「中校！請別停下來！」

「呃！哇！」

被副官的叫聲推動，譚雅連忙再度加速。

邊對擦身而過的大量槍彈、砲彈的雨勢感到厭煩，譚雅邊像是要將肺裡的氧氣徹底耗盡似的持續飛行。

「這樣，到底是，笑不出來啊！」

宛如懷念氧氣似的吐氣，不讓自己太過焦急的深呼吸。

應該是以術式產生的無味乾燥的氧氣，還真是甜美啊。

儘管勉強撐過，但只要遲了一秒，就會在那瞬間被敵防空砲火打成蜂窩吧。

完全是千鈞一髮。

「多虧有妳！得道聲謝呢，謝列布里亞科夫中尉！」

「還、還好嗎！」

「沒、問題！」

一面調整呼吸，譚雅一面嗤笑。方才做了太過危險的分心飛行是事實。

不過，也正因為差點被火力之雨擊中，譚雅才能夠拿定主意。

善良的譚雅注意到了。自己的工作是破壞港灣機能，就算「破壞行為」不是自己親手執行的，也完全無所謂。

「全員，跟我前進！要衝向地面了！給我強化好防禦殼啊！」

「02呼叫01！中校在想什麼啊！」

對於拜斯少校宛如慘叫的詢問，譚雅懷著確信叫回去。

「給我衝進他們懷中！」

伴隨著這句話飛到部隊前方，以最大戰速將身體交給重力的譚雅，就以幾乎是墜落的機動飛向地面。

敵人的火砲當然是不客氣地朝向譚雅……就在這時，譚雅確信自己的策略奏功了。

對於描繪出突擊機動的譚雅等人，敵陣地毫不畏懼地擺出應戰姿勢。

本來會在空中飛舞的魔導師，就像滑行般地貼地飛行，到處發射術式的模樣，就宛如肆虐的猛獸。

意圖對抗的勇者是勇氣可嘉。

說穿了，對付逼近攻擊的模範解答之一，就是大口徑高射砲的水平射擊。就連戰車也能擊破的戰術巧思，即使是魔導師，要是遭到直擊也會非常危險。

但是、但是、但是。

「跟我想的一樣！他們只是烏合之眾的同盟軍！」

嘴角咧起，她在不知不覺中露出微笑。即使是正面挑戰會很強大的敵人，也意外有著弱點。

該針對的弱點，是敵人之間的配合。

如果只是不同的軍隊在勉強互相配合，只要將他們之間的摩擦最大化就好。既然如此——譚雅就像要引誘敵人砲擊似的，在低空貼著地面到處飛行。

這個時候，要說義魯朵雅軍有什麼不幸之處……那就是他們有仔細研究過戰鬥教訓吧。

「還真是果斷呢！」

不斷遭到高射砲與高射機關砲射擊，一面靠著防禦殼彈開敵彈，譚雅一面暗自嘲笑著義魯朵雅軍的決斷。

他們有理解到在低空貼地飛行的魔導師的威脅性。

甚至該稱讚他們學得很好吧。

最重要的是，在自開戰以來的短期間內，他們就遭到以在帝國軍中冠上游擊之名的第二〇三航空魔導大隊為首的「老練航空魔導師」們，襲擊到不想再被襲擊了。

正確理解到魔導師的威脅，他們毫不遲疑地朝著降落到低空的敵人發射防空砲。

縱使會波及旁人也完全不管，徹底的反魔導防護射擊。

極端來講，這是正確判斷。就軍事上來說。

因為就連比起白銀，鏽銀的別名正逐漸聲名遠播的帝國軍 Named 魔導師，都厭惡著防空砲火之雨，拚命描繪著迴避機動。

不過，要說有哪裡非常諷刺，就是政治感覺優秀的義魯朵雅軍卻注重著軍事合理性，最終落入譚雅所準備的陷阱之中這件事了。

「謝謝！義魯朵雅！你們的支援砲擊幫了非常大的忙喔！」

帶著由衷的感謝，譚雅大聲吼道。

沒錯——她也承認。

高射砲的「水平射擊」，是有效的反魔導師對抗手段。

不過，在義魯朵雅、合州國這兩批指揮系統不同的軍隊混在一起，準則與想法都還完全沒有時間磨合的情況下，要是義魯朵雅軍進行「水平射擊」的，大半砲彈都不會落在少數的帝國軍魔導師身上，而是傾注在展開部署的多數的同盟國軍頭上。

「哈哈哈哈！那些傢伙，也太不關心朋友了！」

合州國與義魯朵雅的防禦砲火，只要雙方能同心協力的話是很強大。

然而，要是出現誤射會怎樣？要是發生友軍互射呢？

結果，讓試圖阻止譚雅的火砲有大半減弱攻勢，而且流彈還為譚雅的目的「破壞港灣設施」做出了貢獻。

「這樣很好！」

要是將敵人的力量作為槓桿巧妙運用，獲得期待以上的成果，是要怎樣才會感到不愉快啊。

「得感謝同盟的各位呢！」

一面開心地朝部隊喊道，譚雅一面盡情揮著手臂。

「擾亂、擾亂，引誘他們胡亂開砲！讓軍港被波及破壞掉！目標是港灣機能，把港灣殺掉吧！」

纏繞著防禦殼，以攻擊直升機之上的機敏動作，在距離地面數英尺處到處飛行的魔導師具有絕大的衝擊力，要製造混亂是輕而易舉。

只要砲兵不顧一切砲擊的話，就有辦法對抗吧。

但是對儘管不想，依舊理解到砲彈會落在「同盟軍」或「友軍」頭上的砲兵來說，要解開理性的枷鎖是太過困難。

這以作為一個人來說是正確的，是在總體戰之下的善良靈魂。

正因如此，缺乏對抗手段的一方才會驚慌失措，並在努力做出的掙扎遭到粉碎之後，正式惡化成恐慌。只要能讓動搖擴大，只要能撼動敵全體的話，即使是少數的魔導部隊，也能夠料理大軍。

然而，以眼還眼，以牙還牙。

就如同人類的天敵是人類一樣，對魔導師來說，同行正是最為可怕的天敵。

正當譚雅一行人，少數的帝國軍魔導師打算盡情破壞港灣設施時，絕對不允許此事而逼近過來的黑影，出現在上空。

「魔導反應！」

某人高喊的警告，讓二〇三立刻重組隊列。但也由於是在貼地飛行，所以敵我的位置關係非常糟糕。

咂了聲嘴，譚雅將注意力朝向新來的敵人。

「敵魔導部隊嗎！這是……？」

有許多在東方戰線記住的波長。要是跟函式庫裡的資料完全一致，就是毋庸置疑了。

順道一提，那個疑似讓她印象深刻的變態波長也在其中。

「是那個變態！該死，太糟了！為什麼，我又得對上那種變態啊！」

在這瞬間，要是知道自己被稱為變態，德瑞克上校將會拋出聯合王國風格的挖苦，盡自己所能的一切表現力，嚴厲且堅決地努力抗議吧。

只不過，無從得知此事的德瑞克上校，只是一味地感慨。

「為什麼，我又得對上萊茵的惡魔啊……！」

嘖——這時咂嘴的人是譚雅？

還是展開部署升空的德瑞克？

就以感到處世艱難的中間管理職這點來說，雙方是平分秋色，苦惱的程度也很相似。

不過，這個戰場上也存在著沒有煩惱的存在。

「萊——茵——的，惡魔啊——————！妳，唯獨妳！」

這道怨恨之聲，宛如從地獄深處噴出一般。

纏繞著詛咒，為了消滅不共戴天的仇敵，這道憎惡的嘶吼在敵我雙方的無線電中響徹開來。

當然，譚雅也聽到了。

往上瞥了一眼，在注意到飄在義魯朵雅藍天之上的汙垢時，嘆了口氣。

「副官，我是不太喜歡把情緒帶到工作上來。不過……也想對讓我對上那傢伙的命運抱怨一句啊。不僅是受不了，還讓人嘆息連連。」

在一旁看著長官表情的謝列布里亞科夫中尉，實際上確實是看到了。打從心底露出受不了的表情，嘆了口氣的長官身影。

「那可是嘶吼聲加上不堪入耳的髒話呢，副官。」

「……我們也很受人怨恨呢。」

譚雅用鼻子哼了一聲。

「完全是在胡亂遷怒。他們的敵人可是帝國喔？為什麼會恨到我身上啊？」

「咦……那個，是……」

「我知道啦。只是在發牢騷。妳是想說就算要理解那種人，也只是在白費功夫吧？那種沒有邏輯性的傢伙，我可不期待有辦法理解。」

不過——譚雅一面發射術式，一面寂寞地笑了。

「這裡是戰場，無法選擇殺過來的敵人。就認命一點，讓我們來對付山豬武士和變態吧。」

深深覺得，今天似乎很不走運啊——譚雅一面發著牢騷，一面在顯現三連發爆裂術式時，嘆了口氣。組成術式，扭曲世界，干涉並顯現的程序是駕輕就熟。爆炸火焰焚燒世界，趁著燃燒的空檔喘一口氣。

還真是忙碌。同樣地用術式配合攻擊的謝列布里亞科夫中尉，卻像是不可思議地提出疑問。

「變態與山豬武士是？」

「沒錯喔。那個敵指揮官，確實是個變態。因為那可是個會自爆，還不忌諱拿部下當肉盾的約翰牛。很變態吧？」

「……這樣，確實是很變態呢。」

「然後是她。會筆直朝這裡衝過來的傢伙，可以說是山豬吧？」

很受不了吧——譚雅一臉苦澀的表情，看向以高速衝來的敵魔導師。

單騎衝鋒。

通常的話，不管怎樣都是頭背著大蔥的鴨子。

該死的是，這隻鴨子的裝甲太厚了。

第二〇三航空魔導大隊的精銳們顯現的光學狙擊術式是不用說，居然連對陣地用的貫通術式，都能若無其事地承受下來的強韌笨蛋。

不太聰明是唯一的救贖吧。

想到這裡，譚雅的嘴角就扭曲起來。

「我的天啊！竟然要在山豬與變態之中挑一個對付嗎！」

「中校也討厭那種傢伙嗎？」

「是啊，很不擅長。無法理解的傢伙，完全猜不到會做出什麼事來。」

想要驅逐襲來的威脅，讓世界變得更加美好。但是對常識人的譚雅來說，更加不擅長執著於自己的變態，沒辦法對付那種傢伙。

想到這裡，譚雅就做好覺悟。

「拜斯少校！變態交給你去對付！」

討厭的事，就要推給別人去做。

這是上司的特權。

「遵命！但是，中校呢？」

「我就去陪山豬武士跳舞。對了，你不用客氣。要是宰掉變態，就算要來偷吃山豬肉也無所謂喔。」

「得要中校有吃剩的話呢。」

「先搶先贏。世界一直都是這樣吧？」

在咧嘴笑起後，拜斯少校就傳來像是在說他知道的答覆。

「那麼，我就先走一步了！」

伴隨著這句話，在低空貼地飛行的拜斯少校的中隊，就開始加速升空。艾連穆姆九十七式突擊機動演算寶珠在加速度與爬升上，依然保持著相對優勢。試圖對敵魔導部隊展開游擊，開始爭奪位置的速度驚人。

速度、加速度，還有最重要的雙發寶珠核，是幹練的帝國軍魔導師的好朋友。

「Engage！不要拘泥在刻板印象與經驗上！」

配合著拜斯少校率領部隊，開始朝聯合王國部隊與周圍一帶發射術式的時機，譚雅也朝組成小隊的謝列布里亞科夫中尉看去。

「我們也上吧！今天一定要把山豬打落海裡！」

「遵命！」

是可靠維持著兩人小組，配合搭檔動作的戰鬥機動。

一面將港灣設施作為遮蔽物，一面以在超低空貼地飛行的航空魔導師特有的靈活機動，悄悄逼近敵人，譚雅鎖定著在自己視線前方的「敵人」。

就算是要從下方攻擊，只要習慣，就多得是方法。

「先發制人！統一射擊，三連發！」

顯現術式。

甚至用上引導式的光學系術式，進行以僅僅兩人來說，有著罕見的密度與精度的統一射擊。

經過精密計算的狡猾一擊，確實是直擊了目標。

迴避得這麼差勁的敵人，還真是好對付——本來的話，是能這樣竊笑的結果。然而——譚雅搖了搖頭。

眼前的目標，依然健在。

「嘖。要說一如預期是這樣沒錯，但太誇張了！她也太硬了吧！」

儘管譚雅等人發出呻吟，但山豬是受到刺激了吧，就像暴怒似的直衝過來。

在這瞬間，譚雅立刻把牢騷踢到遙遠的彼端，不依靠小手段，選擇竭盡所能的全力射擊。

「變更術式！打穿她！」

這是只有在被拉近距離的這一刻，才能做出的選擇。

而且還是把庫存的魔力與九五式拿出來的全力以赴。

就連侵蝕大腦的不快感，只要考慮到注入術式的魔力量與顯現出來的威力，這就是應該容許的風險。

「喔，此乃真理之光。永恆地受到讚揚吧，榮光的引導、久遠的旋律，來吧！主的偉大榮光啊！」

收起對人用的光學系長距離術式，考慮到聯邦風格的堅固防禦殼，選擇代替開罐器的貫通術式。配合呼吸，與謝列布里亞科夫中尉一齊發射。

就連戰艦裝甲都能削掉的一擊。

懷著這種自信與決意的耀眼閃光，漂亮地直擊了。就算是不正常的敵人，依舊被全力投射的術式確實貫穿了。

然而，戰果卻不太好。

「這、這樣都還健在嗎……？」

有哪裡目瞪口呆的謝列布里亞科夫中尉說出的這句話，完全道出了譚雅的心境。

是直擊了。毫無疑問，是以最適當的角度。

明明是就連譚雅自己被擊中的話，都無法全身而退的一擊。就算有著以九十五式全力製造的防禦殼，也一樣會被貫穿才對。

但眼前的敵人，卻依然健在。

遭受到別說是主力戰車，就連粗糙的主力艦裝甲都能確信打穿的術式直擊，防禦殼就只有稍微龜裂是在開什麼玩笑。

「別認為對方是人。接下來，是狩獵怪物的時間了。」

打倒怪物的，是勇者？別說蠢話了。怪物是孤獨的，討伐怪物的一直都是團結一致的組織。只要翻開人類史，這就是一目了然的事。

決意要靠數量壓制，譚雅立刻朝部下喊道。

「格蘭茲中尉！來幫忙！在交錯之際進行夾擊！」

「遵命！」

無須多言。

只要呼喚一聲上吧，就足矣。

以譚雅自己與謝列布里亞科夫中尉組成的小隊引誘衝過來的山豬，進行偽裝成在壓制不住後撤退的欺敵機動。

在上鉤的敵人追來後，活用港灣設施的建築物。

把人引誘到低空，費盡千辛萬苦把人引誘到有許多障礙物的地點，勉強形成交叉火網。

「捉到了，中校！」

「開火！」

簡短一句。然而，格蘭茲中尉毫無疑問是理解了譚雅的意圖，迅速實行。

由精悍的一個魔導中隊狩獵怪物。

中隊規模的魔導師一面描繪著空戰機動，一面以一絲不亂的鋼鐵默契，集中投射貫通術式在一點上。

一個魔導中隊懷著要打穿世界的決心進行的集中射擊，即便是戰艦的重要區域，也不可能毫髮無傷吧。

然而，該稱為山豬武士的敵魔導師，偏偏是用防禦殼擋下帝國軍最精銳人員所投射的術式。

那道防禦殼，確實是被打破了。

但是在散落的防禦殼底下，裡頭的人卻是毫髮無傷。

受到衝擊搖晃，只是稍微失去平衡的敵人，立刻再度形成防禦殼。

「騙人的吧！」

「格蘭茲中尉！廢話少說，繼續射擊！」

「遵、遵命！」

雖然大喝了面對意外狀況驚慌失措的部下一聲，但譚雅自己也不是對此沒有意見。

「嘖，這樣都還健在啊。愈來愈像頭怪物了。」

朝身旁看了一眼，副官也同意似的點頭。

「完全超出棘手的程度了。即使是聯邦的魔導師們，也沒有硬成這樣。」

就是說啊——譚雅也想打從心底的同意。然而譚雅的立場，是不允許她說出「贏不了」這種話的。

「格蘭茲中尉！能靠你的中隊壓制住嗎！」

「不可能！沒辦法一直壓制下去！」

這樣啊——譚雅隨即朝拜斯少校看去。

一個不行，就兩個。雖是單純的計算，但只要有兩個魔導中隊的集中射擊，這次就一定能擊墜山豬武士。

不巧的是，在譚雅的視線前方，副隊長正以變態為對手拚命飛行著。

放棄無法期待的增援，譚雅聳了聳肩。

「格蘭茲中尉！再一次！再來一次夾擊！」

「辦不到啦！完全是束手無策了。又硬、又快，而且還很勇敢耶！」

「喂喂喂，格蘭茲中尉。貴官太過高估目標了。那可是判斷力不如聯邦，狡猾度不如聯合王國，而且還是單獨的敵人喔？」

「那麼，有什麼能一擊幹掉敵人的必殺策略嗎？」

對於格蘭茲中尉充滿期待感的詢問，譚雅語帶苦澀的回答。

「中尉，小看敵人可不好喔。」

「……中校，妳果然有成為大人物的素質呢。」

「喔，是被我的英明神武打動了嗎？不枉費我總是作為指揮官，當著各位的楷模。」

就在她毫不客氣地朝山豬武士發射術彈，衝鋒鎗開始發出討厭熱度時，譚雅忽然感受到討厭的感覺。

「等等，有什麼來了。」

「咦？」

「從海上……那是什麼？」

就德瑞克上校所見，狀況只能說是慘不忍睹。

敵人視防空砲火為無物，悠哉地降落成功。

「居然要以能維持著那麼密集的陣形、保持著那麼緊密的配合，在敵前空降肆虐的魔導部隊為敵！」

而且自己等人光是對上敵方一個魔導中隊，拚命地展開迎擊戰，就忙得不可開交了。

半自棄地期待的蘇中尉的突擊力，也被敵魔導師小隊輕易擋下，遭到敵方一個中隊圍剿。

儘管還沒被擊墜，但就算是她，像這樣持續遭到射擊的話也很危險。

討厭起來了。

打從心底迫切地想要同伴。能幫助良莠不齊的混編魔導部隊，不會失控地衝向敵人，維持住管制的我方。

「要說到敵人的魔導中隊，各個都是這樣！」

宛如炫耀似的發揮著管制能力，讓人難以忍受。

「要是 Corinth 還健在就好了。」

只不過，他的這種感慨，卻被出乎意料地突然出現在海上的大量魔導反應給打斷了。

瞬間聚集起戰場眾人目光的前方，飄浮著複數有如米粒般的黑點。是穿著空戰規格的藍色軍服，形成機敏的突擊隊列，擁有秩序的暴力集團。

是援軍。

居然是援軍。

掐著臉頰，因為會痛而眨了眨眼，宛如全世界可喜可賀的節日全部聚集起來，奇蹟般的遭遇。

在明白這是現實的瞬間，德瑞克上校大聲吼叫。

「是援軍！各位！是援軍！援軍來了喔！」

高聲大喊，揮動手臂。

就像要讓所有人都理解一樣、就像要點燃我方內心的火焰一樣。

「是海軍陸戰隊！海軍陸戰隊來了喔！」

話語激起波紋。

小小的波紋，隨即就像波動似的掀起由歡呼組成的巨浪。

就連在戰場上被帝國軍魔導師的橫行霸道挫敗，幾乎喪失戰鬥意志的士兵們，臉上也露出希望，把頭抬起。

相對地，至今意氣揚揚地到處肆虐的帝國軍魔導師們，則是自地面升空飛翔，就像要攔截似的在空中組成隊列，擺出毅然的應戰態勢。

雖說是肆虐了一番，但也是數量劣勢的敵人。就戰術來講，他們也別無選擇了吧。

不過即使如此，德瑞克等人也沒有理由客氣。

從逼近的魔導師們手中解脫的地面將兵們，興高采烈地拿起防空砲，就像要作為至今回禮似的拚命開砲。

在空中掙扎，為了組成隊列艱苦搏鬥的帝國軍魔導師，儘管如此，依舊是頑強的敵人。

「啊，該死，動作真好。」

雖是敵人，但動作還真是漂亮啊——德瑞克上校苦笑起來，將自己的感激注入術式，投出作為粉絲的一點小心意。

帶著滿滿心意的術彈。

只要封入其中的術式顯現，就會在空中綻開盛大的爆炸火焰。然而，該說很可惜吧。滿懷誠意的殺意被拒絕收下，敵人輕盈躲開術式的有效範圍。

「喂喂喂，還能做出那種動作啊？真讓人難以置信。」

「上校，他們是不是嗑了藥啊？」

「戰鬥藥劑嗎？」

聽到部下這麼說，儘管讓他想到了這個可能性，但就從敵人的訓練水準與配合來看，看不出服用興奮劑之類藥物會出現的判斷力低下與蠻勇的徵兆。他們是以寡擊眾，到處飛竄。敵魔導部隊應該是激烈運動了很久，居然還這麼有精神。

順道一提，啊，剛剛衝過去的蘇中尉，再度被帝國軍一個魔導中隊的集中射擊打回來了。

「……蘇中尉也很有精神呢。還真是讓人羨慕。這邊可是就快喘不過氣來了。」

咂了一聲嘴，德瑞克上校換個想法。

敵人是能與蘇中尉正面交鋒的怪物們。既然如此，就像個人類，堂堂正正地用數量與配合圍剿他們吧。

「活用海軍陸戰隊的掩護！趁機把敵魔導師打回去！」

就集中火力吧。

防空砲火，魔導師的掩護，然後是……在最佳時機，合州國的友人們，海軍陸戰隊的魔導師為了給帝國軍部隊強烈的一擊，衝了過去。

「我的天啊！他媽的太棒了！」

德瑞克忍不住讚嘆。

在參戰後，海軍陸戰隊就立刻衝鋒展開近身戰！

勇氣與膽量，以及唯有真正的海上戰士才能做到的胸襟。

「掩護！掩護！不能對夥伴的勇氣視而不見！」

高聲喊道，德瑞克上校要求部下以掩護射擊，為合州國海軍陸戰隊的衝鋒路程排除萬難。為了掩護海軍陸戰隊不斷取得優勢位置，不時一面牽制帝國人，一面反覆做出要發動衝鋒的佯攻，這些努力的成果，就作為漂亮的一擊開花結果。

化為高速集團的海軍陸戰隊魔導師們，在近距離朝敵人投射大量火力。是新兵器吧，散彈槍規格的術彈，也由於是特別強化近距離槍戰的武器，以瞬間的投射火力壓制住帝國軍。

儘管如此，他們依舊不服輸地持續反擊。儘管如此，海軍陸戰隊的勇者們依舊竭盡所能地持續投射術式。

叫聲與火力的交鋒。他們就連帝國的 Named 們也能壓制。

就像支撐不住的樣子，帝國軍魔導師們開始撤退。

「即使是這樣，敵人的戰力也依然健在嗎？」

要是看到一面維持著管制，一面不留追擊餘地，以堂堂正正的步調，試著整齊劃一後退的敵人，就只能呻吟了。

是讓海軍陸戰隊的突擊部隊，儘管接二連三投射術式，依舊放棄再度衝鋒的組織性後退。帝國……這是何等的訓練水準與紀律啊。

「能擊退就算很好了吧。」

發著牢騷，感謝幸運，然後德瑞克上校沒有大意的凝視敵人。

義魯朵雅軍與合州國軍持續發射著防空砲火，以纖細微妙的機動一面躲避瞄準，一面後退的敵人姿態，難以說是殘兵敗將。

「嘖，就連撤退時機都選得這麼漂亮啊。還給我散發著要是鬆懈下來，就很可能會反轉突擊的恐怖感。」

居然一直散發著箭在弦上的緊張感。就像個令人戰慄的強敵，光是身影就讓人不寒而慄。

「德瑞克上校！敵人傳來緊急通訊！」

「什麼？帝國軍傳來的通訊？他們說了什麼？」

戰爭總是充滿著意外。所以，莫名其妙的事也並不罕見。這世上也有著難以理解的事，只要是經驗豐富的士兵，這就是任誰都知道的不可動搖的事實。

儘管如此，這道通訊卻仍將德瑞克推下混亂深淵。

「是的，那個……是緊急的舉報。」

「舉報？這是在說什麼啊？」

請聽——在把遞來的聽筒放到耳邊後，只是一般廣播。

沒有加密的明碼廣播。

或是說，是帝國軍的女性軍官吧？

某人以穩重的語調，以不斷重複的形式唸著什麼。

最初是帝國語，然後是聯合王國官方語。最後還很細心地用聯邦語唸著。要是加上義魯朵雅語，在這個戰場上就沒有人聽不懂了吧。

重複念著的內容，總而言之，讓人深深感到帝國方堅決要讓人理解自身意圖的打算。只不過。

「他們在說什麼啊！」

在空中，德瑞克上校一如字面地抱起頭來。

「使用散彈，違反了戰爭法？違、違反了人道？」

瞬間，德瑞克上校認真猶豫著該不該撤回前言。帝國軍那些傢伙，事到如今是在說什麼啊？無法理解。

「會認為敵人沒有出現判斷力低下的徵兆，該不會是我錯了嗎？帝國那些傢伙瘋了！一般來講！現在！會去在意這種事嗎！」

「上校，敵人要求答覆！」

對於部下的吶喊，德瑞克毫不遲疑地吼了回去。

「回覆誰知道啊！這我哪知道啊！」

交戰中上演的短劇，讓德瑞克上校難掩暈眩。

「……上校？那個，你還好嗎？」

「不，沒事。只是帝國那些傢伙，說不定是真的……？」

「什麼真的？」

「是真的嗑了什麼奇怪的藥物吧？」

忽然想到這種無聊的事呢——德瑞克邊一笑置之，邊朝著撤退的帝國軍魔導部隊，以最大限度的瞄準，發射術式代替答覆。

「帝國那些傢伙，惡毒的究竟是誰啊……」

難掩煩躁的德瑞克，他的耳朵卻難以置信地被像是慷慨激昂的帝國某人，用聯合王國官方語鎮壓了。

「告知！發：帝國軍指揮官。致：同盟現場指揮官！」

是有如小孩子般，略微高亢的吶喊聲。

儘管如此，內容卻一點也不可愛。

「我軍要在此強烈舉報貴軍違反了戰爭法！戰爭也有著最低限度的規則與尊嚴，彷彿在破壞這些一般，殘酷的戰時陸戰法規的違反行為，是基於人類之名所無法容許的！貴軍部隊明顯違反了規定！下官要基於人道與正義之名，抗議對人類進行散彈的軍事利用，並基於進步與名譽之名，強烈要求放棄這種有如狩獵人類的野蠻風俗！」

完全不知道是認真還是在說笑的戲言。向廝殺的對手發出這種廣播，實在是讓人不得不感到困惑。

德瑞克上校陷入嚴重的混亂。

「是認真的嗎？那些傢伙事到如今在說些什麼啊？這是需要在意的事嗎？」

目瞪口呆地甩甩頭，德瑞克上校垂頭喪氣起來。

具體來說，就是莫名其妙。

如果是未知的對手讓人搞不懂也就算了。然而，對方是帝國。一直以來交戰的對手。應該是沒有怠慢要以自己的方式去努力理解敵人。

儘管如此，卻是這樣啊。

「總覺得喪失自信了。」

語帶嘆息的自嘲，甚至參雜著苦澀的滋味。

唉──他的嘆息散落在義魯朵雅的天空之上。這個世界的天空，至今到底散落了多少嘆息啊？要是有時間沉浸於哲學之中的話，肯定光是這個疑問，就能讓德瑞克散漫地度過一整天也說不定。

而現實的他，面對的是有如怒濤一般蜂擁而來的大量善後工作。

要說這是擊退帝國軍襲擊部隊才有的煩惱的話，也確實如此，但要說這是救贖，現實也未免太過苦澀了。

一面為蘇中尉的失控感到胃痛，一面準備著辯解與悔過書，順便還要處理多國部隊特有的麻煩手續。

哎，義魯朵雅與合州國在地面上互相犯下誤射的事，是當作沒發生地置之不理。儘管如此。義魯朵雅、合州國、聯合王國，甚至還加上聯邦的這個愉快的同盟多國司令部，實在是太曠日廢時了。

儘管到底是活用了對聯邦談判的經驗，但要是就跟東部時期一樣要翻譯、打點關係，順便還有協調與無意義的官僚手續的奔流襲來，就算是習以為常的軍官，也會不得不發出怒濤般的嘆息。

以前還能將工作推給好歹算是多國義勇軍指揮官的米克爾上校。

還真是感謝啦，那個什麼政治的因素。

如今，德瑞克上校已淪落為跟米克爾上校同等的階級。

「……這很難受啊。」

結果，讓他得喝著聯邦人溫柔送上的紅茶，兩位魔導師一起關在基地的事務室裡，沒完沒了地整理著文件。

就算在那場激戰中生存下來，也說不定會被文件殺死。

就在得認真擔心這種危險想像的日子裡，德瑞克因為米克爾上校冷不防的噴茶聲抬起頭來。

「米克爾上校，怎麼了嗎？」

「不，沒什麼大不了的。這是什麼惡作劇吧……」

說著這種話，米克爾上校打算藏起什麼紙片的舉動，被德瑞克眼尖地注意到。基於立場，到底是沒辦法忽視這種行為。米克爾上校是優秀的友人，是德瑞克的同伴……但德瑞克也是要對聯合王國負起義務的將校。

因此，德瑞克把手伸向米克爾上校打算藏起的紙片。

那是一張紙片。

是眼熟的文件格式。

是傳達通訊內容時使用的標準文件。

然而，正是記載在這張紙片上的文字，將德瑞克的精神逼到極限。

「帝國人，究竟是怎麼了。」

啊，胃，我的胃好痛。

發：帝國軍航空魔導大隊指揮官

致：聯合王國軍指揮官

由於貴軍魔導師意外提供的極大貢獻，讓義魯朵雅港灣設施破壞作戰，獲得帝國軍當局人員從未預想過的歷史性重大戰果。下官考慮到這些戰果以及交戰狀況，儘管是極為特殊的案例，卻仍認為申請授勳是公平也公正的行為。但願貴軍能告知對我們提供極大的火力支援，對貴軍的運輸船以及義魯朵雅港灣設施進行破壞的魔導師姓名。

下官以名譽起誓，一定會向帝國軍當局申請授勳。

[chapter]

VI

第陸章

後勤攻擊

Logistic Warface

合州國假定的情況：戰爭

混帳東西的主要武器：難民

—— 亞當．特魯格海軍陸戰隊上將回憶錄《我軍於義魯朵雅戰役中的後勤與意外負擔》——

以結論來講，我們是以「決戰」的打算與帝國軍開戰的。打算堂堂正正地戰鬥……即使要這麼說也行。

就承認吧。大失敗。

前提是無可救藥地判斷錯誤。

帝國是在總體戰這個邪惡化身上的幹練「前輩」，期待堂堂正正地打一場正面決戰的我們，會是「純情的新人」吧。

要是期待激烈交鋒，他們是不可能配合的。

要說是理所當然，也確實如此。

因為敵人──傑圖亞可沒有堂堂正正對決這種精神可佳的意圖。能斷言是一點也沒有。

他忠於基礎。

也就是「活用我方的強項，針對敵方的弱點」。

要如何產生自己擅長的舞台，把敵人拖進其中，這種在戰鬥開始以前的結構是決定性的重要。

在義魯朵雅，帝國構築了舞台。

就連主導權，也全都由傑圖亞那個混帳東西獨占了。

我們以為自己才是主角，闖入了戰場之中。然而就連這種想法，也只是依照著敵人的劇本，擔任著東奔西跑的「主演」。

無論是劇本還是導演，甚至就連演技指導也是帝國擔當。

在義魯朵雅的醜態，是同盟方被玩弄於股掌之間的歷史。而且還遭到誤解，將應該學習的教訓，太過隨便地置之不理。

世間所謂：「帝國在戰術上勝過我們，但在戰略上輸給我們。」

如果要總結整場戰爭，社會評價說不定是正確的。

帝國是敗者，同盟是勝者，正是這個歷史事實，足以帶給我們些許的自負與自豪吧。

然而，所以呢？

不健全的自戀——我很想對此一笑置之。

要是用勝利遮掩問題，未免也太本末倒置了。

儘管變得有點像是老人家在說教，但總而言之，作為經歷過那場大戰的老人，我伴隨著嘆息回想起在義魯朵雅半島上的日子。

在戰術上帝國軍很優秀？令人驚嘆的敵人本領？在「戰鬥」層面上優秀的敵部隊？Named與王牌駕駛員？

這些全是世人非常了解的事。

每一則故事都並非是完全錯誤吧。也從未少過逸聞、神話，還有戰場傳說。這些被某人在書籍上寫成有趣好笑的文章，讓人在酒吧裡不愁沒有能嘲笑戰友的話題吧。

還真是可悲，這些明明全都是旁支末節。

就來說說本質吧。

我們在那裡嘗到了敗北……在「對總體戰的適應」這個根本層面上。

當戰鬥方式的規則改變時，該如何去適應改變，以及適應失敗的代價會很壯絕的事，我們應該要多去理解的。

只不過，該補充的事情也很多。

比方說，敵人是個混帳東西也是個重大要素。

我說不定是個老派的人，所以才討厭那傢伙。

儘管只能說是前所未聞……但傑圖亞那個混帳東西，是在總體戰的時代，毅然採用難民實行後勤攻擊，現代史上最惡劣也最優秀的戰略家。比戰略轟炸構想還要惡毒，而且還是戴著「人道」的面具，在世人眼前光明正大做出這種攻擊，所以才讓人難以忍受。

意圖用難民的肚子，將我軍逼到崩壞。

光是這一件事，那傢伙就值得被稱為詐欺師了吧。被認為往往因為「作戰至上主義」犯下錯誤的帝國，唯有在那個可怕的傑圖亞主導的義魯朵雅戰役中，是不同次元的怪物。

自始至終，那傢伙都在打著盤算。

各位知道中世紀的攻城戰事例嗎？

在那個魔導的利用自不待言，就連火藥的軍事利用都很不可靠的時代，城牆一如字面意思是堅固的壁壘，打破手段對攻擊方來說，會是「該如何攻陷敵方據點」這個巨大的煩惱。

就結果來說，會想出將城塞周邊的居民「特意趕進城內，攻擊軍糧」的戰術，只會是先人為了「不戰而勝」，絞盡腦汁所想出的手段吧。

無論好壞，人類的歷史是戰爭的故事。

在義魯朵雅戰役中，帝國軍的手段也只是在仿效洗練的過去事例。

就這點來講，可以說帝國軍誠然是優秀的古典繼承人吧。傑圖亞上將似乎非常用功的樣子。研究者指出，傑圖亞上將被說是異想天開的手法，大都意外地踏實，偏向過去事例的仿效、發展，與應用。

比方說，萊茵戰線的旋轉門戰術。一般往往會將焦點放在戲劇性的機動戰上，但撬開戰線的關鍵是由坑道戰術擔任。這也是在火藥發達以前的攻城戰典型事例。

東方戰線讓人傻眼的積極機動戰，追根究柢，也是在追求如何在野戰中達成引誘、包圍殲滅的古典命題。

也有人認為斬首戰術正是嶄新的概念，但這只要翻開在戰爭中派遣暗殺者的事例就好。伴隨著指揮官死去，陷入混亂的軍隊分崩離析的事例從未少過。

如果要認同傑圖亞上將的創造性，那就是基於前例，讓戰術適用在現代戰爭中的「洗練」程度吧。

這也可說是帝國整體的特性。

那群混帳東西的品味很好。

惡意的品味，或者該說是「合理性之獸」之類的。

即使是我們的海軍陸戰隊，與這種傢伙們為敵交戰，要說能贏也確實能贏。如果這是祖國的要求，我們就會辦到。

只要敵人在眼前的話。

總而言之，對手偏偏是傑圖亞這個該死的詐欺師。

那傢伙就連要與我們交戰的意志都沒有。

那個傢伙，那個詐欺師，肯定打從最初只是把義魯朵雅戰區當成是「玩具箱」。

只是為了帝國想做的事、帝國的自私自利、帝國的方便。

所以，那傢伙在義魯朵雅盡情玩耍、盡情翻轉局勢之後，就像事不關己一樣地返回北方。留下來的我們，不過是被迫擔任幫那傢伙把散落一地的玩具收拾乾淨的大人角色。

那傢伙對義魯朵雅毫無興趣，只是作為爭取時間的場地，作為強迫我們收拾善後的場地，選擇了義魯朵雅作為玩具箱。這種一針見血的觀點也很有道理吧。

在這之後，只是不斷記述著後勤與物流的紀錄。

不幸的是，大眾往往只會關注「勇敢」且「白熱化」的事件。

假如是會戰，就有無數的歷史學家耗費了無數的墨水，這就連主要的海戰也是一樣。擷下會戰的瞬間，光是這個瞬間就能寫成一本書了吧。

相對地，補給是平凡無奇的領域。沒有亮眼之處，是腳踏實地的世界。

所以只要翻開歷史書籍，一方面能看到寫滿著運籌帷幄，以「決戰」達成勝利的無數英雄傳記，另一方面以「補給線」為主的攻防勝敗卻極少有人描寫。

的確是會記述對敵方補給線「打擊成功」的作戰沒錯。也不是沒有因為補給不足，決定了偉大作戰的成否。

然而，這完全是專家的偏好。

因為很難理解吧。相反地，少數士兵以智謀與勇氣，果敢地挑戰壓倒性的大軍，要是能克敵制勝，看起來就會很光榮。

當然，能達成這種偉業的指揮官值得讚賞。

然而，迫使指揮官這麼做的國家是多麼不負責任啊，欠缺了原本該有的支援。如果要讚揚達成義務之人，也得譴責怠慢義務，強迫進行無謀戰鬥的國家。

必要的不是花言巧語，而是適當的訓練與補給。

就算是一杯水，在戰時如果想在前線喝到，就必須由哪裡的某人，從後方運送到前線去。

戰爭便是這種世界。

如果是和平、富裕時代的人，只要轉開水龍頭就好。但是在戰地，不是要從遙遠的後方水源運來，就是要設法淨化遭到汙染的水，或是做出強迫士兵忍耐的殘酷選擇。

軍隊是人類的集團。

喉嚨會渴，肚子會餓。要對受到飢餓所苦、口渴折磨的士兵，更進一步地要求他們流血，也太無情了。

想要防止這種事，就只需要組織的力量。即使一名英雄盡所能地扛起飲用水、糧食與彈藥，能搬運的量也是杯水車薪。

正因如此，我們需要的是團隊的勝利；正因如此，我們必須與只關注槍頭的無意義風習訣別。

不能忘記在背後支持的龐大人群，以及他們驚人的犧牲奉獻。

在必要的瞬間，將必要的事物，送到必要的地方。

這本來並非理所當然的事。

偉大的是讓這變得理所當然的人們的努力與投入。

在義魯朵雅半島，我們徹底學到了這個事實，並在義魯朵雅半島上，回應了為合州國帶來不朽名聲的宏大人道義務。

統一曆一九二七年十二月二十日　帝都參謀本部

對於大量難民，義魯朵雅當局做出收容聲明。受到以合州國軍為主的同盟各國的組織性支援，大致上避免了大規模混亂，在確認到這個事實後，傑圖亞上將才總算鬆了一口氣。

「相信『他們的理性』真是太好了。」

他不覺得自己是個賭徒。

但是，他賭贏了，賭贏了用盡全力的賭博。

運用義魯朵雅難民這枚禁忌的籌碼，以針對理性與人性這種對方弱點下手的形式勝利。

「作為該厭惡的邪惡，傑圖亞再度在世界史上留名。就是說，我也終於以惡行在世界留名了啊。」

這是自己選擇的道路。傑圖亞很清楚自己做了什麼。就算騙過了其他人，但要是欺騙自己無情的一面，可就本末倒置了吧。

所以很奇妙。

他理應做好了覺悟，但發自內心想要救贖的想法，卻是怎樣也難以抗拒。

「真是的……所謂的感傷啊。」

靈魂的釋懷、罪惡感的免除——是該這麼說的那種想法嗎？

就在他嘆了口氣，為了讓肺腑攝取香菸煙氣，伸手拿起軍菸時，傑圖亞想到奇妙的疑問。

就跟他方才喃喃自語的一樣……想要救贖的想法是感傷的。

但是想獲得救贖的，是作為一個人的良心嗎？還是帝國的戰略得失？

用鼻子哼了一聲，傑圖亞自嘲起來。

「如今的我……就連個人也不是嗎？」

只要索性認為朕即國家就好了，但不肖的自己只是個職業軍人。

儘管逐漸成為國中國的首腦，所謂的軍閥頭子……卻也只是個在夕陽照耀下的可憐個人。

自己是無法成為太陽的。這種事，傑圖亞自己也已徹底自覺到。

頂多讓世界這樣認為就好。

就是為此而來的地位，為此而來的惡名。

將「義魯朵雅難民」整批大量送往「義魯朵雅南部」。是以古代的攻城戰為範本，促使消費人口增加的極為簡單，只是卑劣卑鄙的手段。

起草者為傑圖亞。

下令執行者也是傑圖亞。

總之就是傑圖亞。不是帝國，是傑圖亞。

「這是因為那個叫什麼傑圖亞的良心，有高尚尊貴到會去做出關懷難民的欺敵行為吧。」

哼地發出自嘲……這是跨越軍人界線的自己，唯一能被允許的態度吧。

「這就是我的人海戰術呢。沒想到會是攻擊胃袋的下流策略。哈，很了不起的邪惡不是嗎？看來我也相當受眾神討厭。」

身為主犯的自己沒有陶醉的權利。無論是作為軍人的名譽，還是作為帝國軍人的榮耀，最終都會腐朽。

這種事他也知道。

合理性的結論——難以避免的敗北阻擋在未來之前。

如今是祖國的根基動盪不安的時代。

「能走完這條鋼索嗎？就連苛責自己的不安都是重擔了，就算想背負起更多負擔也沒辦法吧。」

帶著微微苦笑，傑圖亞伴隨著香菸煙氣一起吐出感傷。

「我想當個好人。」

甚至還曾自以為是個好人。

「畢竟是這種時代。」

掛在腰間的手槍。

只要含住槍口。

……只要扣下扳機。

「就能樂得輕鬆吧。」

與責任作為交換——傑圖亞甩了甩頭，把依戀一笑置之。自己還有著會去想這種事的軟弱啊——同時苦笑起來。

同時期　遣義魯朵雅合州國軍司令部

在帝國軍與同盟軍持續對峙的義魯朵雅戰區，所消耗的物資、彈藥、人命，全都得從外部補給／補充。

所謂的戰爭，總之就是貪得無厭。

兵器只要使用就會壞，彈藥會消耗也是當然的吧。而且，士兵們是生物。即使是在鬥志高昂的特魯格中將的指揮之下，合州國義魯朵雅方面遠征軍也無法無視物理法則。

因此，他們向本國要求補給。

因為奮戰中的男男女女需要武器彈藥，為了維持他們的生命，每日的食糧與消耗品，還有嗜好品也是不可或缺的。

沒錯，嗜好品也是不能少的。

賭命奮戰的他們，符合人性渴望著故鄉寄來的信件，在嗜好品上追求著些許娛樂與慰藉，會是奢侈嗎？明明就是在這些的累積之下，才帶來堅定的士氣吧？

就這點來說，合州國有認真且健全的研究過軍隊過去的戰鬥教訓，甚至保證會提供遠征軍精心的全面支援。

「一切都萬無一失。我們的士兵那怕是在最前線，也能享用著冰淇淋跟牛排吧。」

不僅做出這種發言，補給負責人甚至還擔保了包裹與軍事郵件會萬無一失。

當然，關於武器彈藥更是自不待言。為了對世界提供租借法案，不斷大量增產的儲備物資，早已準備好對遠征軍來說十分充裕——對帝國來說是無法指望——只能說是壓倒性的數量。

就連關鍵的流通也沒有疏失。

部署了大量的船舶、護衛航道的護衛艦，還有遮天蔽海的航空戰力，並確立了能提供充裕燃料的體制。

在後勤基礎這點上，只能說是空前絕後吧。

到底是合州國豪語的「萬無一失」，實際上，對於暴露在鐵量之下的譚雅來說，是足以讓她大喊「太卑鄙了」的壓倒性後勤基礎。

在大半帝國軍都還在靠馬匹載運貨物，就連裝甲師團都得讓魔導師牽引小船的時代，合州國的運輸網卻早已完全機動化完畢。而且，甚至還有餘裕提供物資給同盟各軍。

這只能說是卓越了。

在後勤面上做好必勝的準備，是嚴拒靠小聰明敷衍了事的偉大王道。正因如此，精打細算著有限物資，致力於送往前線的作業，伴隨著英雄般的努力。

無論是人，還是物資，都是所能期待的最好的最大極限。

然而，命運卻天真無邪地將這一切給毀了。

因為在義魯朵雅戰區，合州國就藉由可怕的傑圖亞之手，無比地、毫不留情地、束手無策地，在令人作嘔的層級上，受到邪惡且辛辣的總體戰洗禮。

這是當局人員的無能嗎？

不。

無論是義魯朵雅，還是合州國，都有仔細研究過「詐欺師傑圖亞」這名人物。

他們為了在作戰、戰略層面上對抗惡毒的敵人，甚至還推導出追求王道的數量優勢，這種腳踏實地——有時看似平凡——的最佳解答。

舉合州國、聯合王國、義魯朵雅等海軍國家的全力確保制海權，地面部隊的展開，空中優勢的追求，魔導部隊的聯合運用努力。

就算說這些全都萬無一失是誇大其辭，但即使是帝國的傑圖亞，想要對抗的話，也得被迫付出相當的辛勞吧，他們有著這種自信。

實際上，據說與其對峙的傑圖亞上將，是曾一針見血地這樣低語過。

「還真是羨慕敵人。充裕的兵力、充裕的物資，最後是萬全的後勤。實在是難以說是公平。還真是一群沒大人樣的傢伙呢。」

可怕的傑圖亞是受到世人公認的稀世戰略家，也是惡毒的作戰家。足以讓這樣的傑圖亞板起臉來，做好萬全態勢的合州國當局人員與參與產業基礎建設的全員，是該感到自豪吧。

以數量輾壓敵人。

這就是王道。

身為勝者的他們有資格這樣相信吧。

「只是輸給數量」這種敗者的不服輸，只是「連足以對峙的數量都沒有，就發起戰爭的牢騷」。

因此，歷史將傑圖亞作為敗者述說著。

只不過，可怕的傑圖亞也作為「詐欺師」垂名青史。不僅是在東方的歷史上，就連在西方的歷史上也毫無誤解餘地地明確留下名號。

就在合州國軍完成重新編制，為了對帝國軍展開某種反擊，戰意激昂的瞬間，總體戰高手所準備的炸彈就在他們的腳邊爆炸了。

在這瞬間，合州國的官僚們差點因為當地傳回的報告量厥過去。

「船隻不夠！物資也不夠！這是怎麼回事！」

令人作嘔的現實。

合州國當局人員們，就因為絕望的載運量情況而抱頭呻吟。

心想著，事情為什麼會變成這樣？

不對，即使是他們也很清楚理由。

全是因為意料外的需求。

理由主要分為兩點。

首先第一點是義魯朵雅軍的物資不足。再來第二點是「總體戰與義魯朵雅的地理特性」。

如果只有其中一點，偉大的合州國想必能輕易克服吧。

問題是，這兩點理由同時在最糟糕的時機一起引爆了。

在傑圖亞上將閃電般地侵略義魯朵雅之下，讓北部重工業地帶遭到帝國軍占領的影響，就連在同時代都被評為是毀滅性的。

喪失主要的產業基礎、兵工廠，甚至是儲備物資的義魯朵雅，不僅處於怎樣都無法自行「重新武裝」自軍的狀況，還必須仰賴外部的支援——這邊是指合州國——甚至到攸關生死的地步。

當然，若是這樣，合州國是有對策的。

只要運送武器、裝備、彈藥過去就好。

如果不是合州國的年輕人，而是義魯朵雅的年輕人為他們與帝國交戰，對合州國的政治家來說也不會有任何問題。就長期來看，將義魯朵雅軍武裝投入前線的選擇，山姆大叔是打從心底的歡迎吧。

當然，就短期來看會有問題也是事實。一旦不只是數個師團，而是要讓動員的數十個師團的士兵武裝起來的裝備……就甚至得要減少分配給合州國軍的分額吧。

更進一步來說，如果要載運這麼多裝備，運輸也會是一場惡夢。奉命籌措、計算的合州國軍某後勤家很貼切地唾罵道。

「是當我們有會無限湧出武器的魔法壺嗎！」

無論武器還是彈藥，雖說豐富但也有限。

即使是合州國的巨大產業基礎，要一面進行自軍的擴張，一面支援聯合王國與自由共和國，而且還要提供聯邦救援物資。

要是承受到這麼大的負擔，就不會是件輕鬆的工作。

此外還要再加上義魯朵雅軍數十個師團份的裝備、彈藥。

光是籌措就是個難題了，如果還要迅速送達，無論對誰來說都是惡夢。

啊——某人喃喃自語。

「提供給聯合王國、聯邦的救援物資是當然得要減少，就連自軍的擴張也不得不放緩啊……」

你說得沒錯——據說協調負責人全都一臉凝重。

心想著，事態變得非常嚴峻了。

只不過，減少方只是「嚴峻」，但被減少方可就不只是嚴峻的程度了。得知自國分配到的分量減少的聯邦、聯合王國，最後是自由共和國的相關人員，全都立刻為了確保自己等人的分額動了起來。

本來就強烈地互不信任的他們，就宛如囚犯困境遊戲一樣各自採取行動。

懇求、請求、哭訴是自不待言，以不顧顏面的接待攻勢為開端，甚至還發覺到私下的行賄與脅迫。

無數的暗中交易、工作十分醜惡。

光是這一點，就十分足以讓他們意圖作為一個同盟團結起來的脆弱關係粉碎掉了。儘管是在明確分成東方集團與西方陣營之前，但也確實是在他們之間埋下分裂的種子。

但是在戰時狀況下，共通且明確的敵人，遏止了眾多的對立。

而面對眾多的利害關係者，合州國成功辦到了。

那就是優先順位的明確化。

決定以義魯朵雅的危機狀況優先，可說是個尊貴的決斷，但光是要提出來，就得投入非比尋常的無益勞力。

而且就算做到這種地步，「義魯朵雅軍」也缺乏後勤基礎。即使是一顆子彈，在新的供應鏈整備完成之前，都不得不依賴合州國的供應吧。

然而，義魯朵雅軍的重新武裝問題……對合州國來說，就連「這個」都是相對好解決的那種問題。

決定性深刻的是，對於義魯朵雅的「食糧供給」問題。

食物。

生存所需的食糧。這完全是個盲點啊——讓合州國當局人員得抱頭承認這件事。

當然，若是在一定程度內，他們的確有考慮過。即使是合州國當局，亦曾考慮過要在占領地區設置軍政府，不同於選擇當地籌措的他國，也準備了足以達成「從外部輸入」這種暴力的物資數量。

那是在侵入帝國本國區域時，甚至能在軍政府的管制之下提供配給的體制，或是在排除法蘭索瓦共和國區域的帝國軍後，也假定過在交接給自由共和國的共和國官僚機構之前的過渡統治。

所以他們的確有預見到，伴隨著戰局的進展，有可能會需要對應暫時性的民生需求。

然而，他們依舊想都沒有想過。

在登陸的同盟國土地上，居然得準備大量的民需穀物！

要說到有假定過的東西，就只有「援軍與裝備」。

也正因如此，他們才會訂出義魯朵雅優先的題目。

即使減少對他國的支援，也只是程度上的問題。能一面支援義魯朵雅，也能一面在某種程度內照顧到其他地方，這是合州國當局人員的判斷。

……直到駐義魯朵雅大使館傳來「可能需要大量食糧」的通知為止。

據說在聽到這道通知時，無論是誰都懷疑起自己的耳朵。

這要說起來，也是當然的事。

「那可是義魯朵雅耶！」

爆發出疑問的叫喊。

「他們是農業輸出國吧！」

「究竟是要怎樣，才會發生糧食危機啊！」

就如同官僚們驚慌失措的吶喊……義魯朵雅是以生產各式各樣食糧的豐饒國土聞名。

無論北部、南部，受到富饒農地支持的飲食文化，可說是傳說性的吧。

只不過——這邊得稍微做出補充。

義魯朵雅北部與南部的氣候差異很大。因此，栽培的作物也微妙地不同。

具體來說，就是相對於北部是生產大量的主食穀物，南部則是除了「自給」用的穀物外，是以作為經濟作物的樹木作物為中心。

是不會缺少橄欖、葡萄、柑橘類的作物吧。

以這些作物為原料的葡萄酒、加工食品，或是綿羊、山羊等等的乳製品、肉類，也有著豐富的品項。

從來就不缺名聞遐邇的名產品。

農業輸出的規模，甚至不得不說是世界名列前茅的。要說有什麼小問題，就是經濟作物難以作為主食吧。

平時的話，是一點也不致命。

是李嘉圖（註：大衛．李嘉圖，英國政治經濟學家）也會大為滿足的分工道理。

然而，這是總體戰的時代。

在不太可能極為普通的選擇進口時，從北部流入大量的難民。

由於決定調用因為戰爭而變得門可羅雀的住宿設施，所以能提供住所。就連互助精神也不是沒有。

然而，物資卻生不出來。

供給減少，需求增加。食糧價格開始飆漲，甚至比惡名昭彰的帝國軍魔導師的上升速度還要迅速。

儘管這不是任何人的錯，但軍隊的到來，造成決定性的缺口。

當逐漸以合州國、義魯朵雅為中心的多國部隊，為了「防衛」目的展開部署時，義魯朵雅當局就像當然似的將儲備糧食提供給軍隊，並試圖從市場籌措補充。

同時，合州國軍也基於這種習慣在意起「補給」……想用外幣追加確保自己等人的食糧的話……義魯朵雅南部的食糧價格就飆漲到天文數字的水準了。

等到他們注意到事態嚴重性時，物價水準已經失控成為無人能阻止的怪物。

明天會比今天賣得還要高價。

後天會比明天賣得更加高價吧。

這樣一來，就必然會因為漲價預期，產生不捨得賣的心態。

加上關鍵的主食穀物，也連同北部的儲藏設備一起落到帝國手中，導致了本來就過小的庫存與過剩的需求。結果，讓義魯朵雅合州國聯合司令部面臨到前所未有的強敵——名為難以置信的食糧價格飆漲的生活戰線。

而義魯朵雅與合州國兩國的國民，在大戰爆發之後也能享受富裕的市民生活這點，也帶來了壞影響。

總而言之，食糧不足的總體戰衝擊是無比巨大。
讓得知事態的本國當局者們大吃一驚、臉色大變、詛咒老天、猝倒在地。
「義魯朵雅南部很可能會陷入飢荒狀態嗎！」
就從客觀且俯瞰的觀點來看，合州國軍的展開並非主因。
只要確定糧食匱乏，食糧價格飆漲就是時間上的問題吧。或是說，只要帝國軍侵略南部的不安蔓延開來，市民為了確保食糧的行動，就自然會讓價格飆漲也說不定。
是有這種可能性，但這也只是沒有發生的可能性。
就事實來講，義魯朵雅的人們與世界所看到的是，在合州國軍展開部署的同時，飆漲的食糧價格。
「合州國軍將食糧搜刮一空」的惡評。
頂多數萬人的先遣隊消耗的食糧，就數百萬人口的消費量來看是微乎其微，但印象決定了一切。
但他們對於留在人們心目中的印象可是無計可施。而就在目瞪口呆，驚慌失措之際，收到更進一步的惡耗。南部的一座海港都市，在帝國軍的攻擊之下，實質喪失機能的可怕通知。
南部的大型港灣設施全在帝國軍攻擊範圍內的事實，也在確保運輸路線安全這點上，讓同盟各國面臨到深刻的問題。

當然，只要將帝國軍驅逐出義魯朵雅北部，就能一次解決所有的問題。

「但也要能做到啊。」

就像官僚一針見血的牢騷所指出的。

「要是做得到，哪還用這麼辛苦啊」。

於是，特魯格海軍陸戰隊中將所率領的義魯朵雅遠征軍，就被捲入後勤的大混亂之中。

基於緊急展開部署的陸軍，在義魯朵雅王都郊外遭到帝國軍攻擊，所以海軍陸戰隊要立刻加強他們的現有陣地，並為了穩定義魯朵雅情勢，迅速向北部發動攻勢……本來是這樣打算的。

直到在義魯朵雅南部的都市展開部署，設置臨時司令部為止都還好。

但在途中，由於軍港受到帝國軍魔導部隊的長驅襲擊，所以緊急投入負責艦隊護衛的海陸魔導部隊趕往增援，嚴重打亂了他們的計畫。

魔導部隊的疲弊，有限的補給。

根本不是展開戰略性反攻的時候啊——就在特魯格海軍陸戰隊中將抱頭苦惱，在司令部勤務室忙著處理事務手續時，部下的軍官帶來這道通知。

「閣下，是本國的最優先通知。請您確認。」

「這是什麼？」

看著堆在勤務室裡的文件堆，特魯格中將提出疑問。

「沒見過的格式。或者說這是什麼？這個一號統一格式。」

「伴隨著國家戰爭部改編為國防部，陸、海軍部也整合運用的樣子。說什麼要更改文件格式之類的。」

這樣啊──他邊擺擺手把部下趕走，邊把嘆息吞了回去。

「本國那些傢伙，把這種文件用最優先送來啊。」

補給沒有送到，只有麻煩事以最快速度飛來。

總是這樣──特魯格海軍陸戰隊中將狠狠瞪著手上的文件。

主計負責人恭敬寄來的說明，要乾脆說是太過率直的直白述說著「補給困難」這件事。

「只要正面對決就有把握獲勝，但離正面對決也太遙遠了啊。」

有火力。

有大砲、砲彈、觀測機材與搬運卡車，就連燃料都一應俱全

只要命令下達，勇敢的海軍陸戰隊同伴們就能北上。如果能依照海軍陸戰隊的行事風格，就完全沒有停留在這裡的軍事合理性。

但要是出動，義魯朵雅的人們就會陷入飢荒。

「我們應該是來跟帝國軍交戰的。儘管如此，這算什麼啊？」

唉──特魯格小小聲地嘆了口氣。

「載運量的問題太嚴重了。要是能不用載運提供給義魯朵雅的主食啊……」

咬著嘴中的菸屁股，男人看向留在勤務室辦公桌上的作戰地圖。

「現狀下，帝國軍是十三個師團＋三個裝甲師團。」

順道一提，就特魯格所知是裝備狀況良好。

相對地，他們同盟各國的狀況很微妙。

帳面戰力雖然有義魯朵雅的三十二個師團，以及我方的三個陸軍師團與一個海軍師團，但除了義魯朵雅近衛師團外，義魯朵雅軍幾乎全都赤手空拳。

「儘管有可能重新武裝……」

是用來載運的船隻問題。

雖說本國早就在推進船舶的大量建造，但即使如此，也沒辦法在瞬間提供無限的物資。

舊大陸與新大陸相隔遙遠。

要越過大海的波濤，在投射軍隊的同時，無限量載運大量糧食的話，就將會超過某種極限。

「只要不將載運量分配給小麥運輸，我軍就能讓二十個師團展開部署，甚至就連讓數個師團登陸義魯朵雅北部，包圍殲滅帝國軍主力的B計畫都有辦法實行啊。」

二選一。

是要載運小麥？還是載運軍隊？

而他雖然是名戰士，但有良知的軍人是別無選擇的。

「……如果以軍事優先，我們就會受到導致飢荒的批評啊。」

應該要犧牲可以拯救的人們，追求軍事上的勝利嗎？這恐怕可以說是民主軍隊所不想面對的那種兩難困境。

「不覺得本國會准許……最重要的是，不能對民眾見死不救啊。」

把香菸塞進菸灰缸，順便在文件上簽名，即使看起下一份文件，內容也依舊充滿著匱乏與限制。

有船。

也能載運物資。

「明明是這樣，卻是這副德性。」

背負著義魯朵雅南部，讓合州國被迫承受著苦不堪言的辛勞。

既然如此——特魯格就只能苦笑了。因為他早已預測到，帝國可能會做的事。

「……在這種狀況下，一旦奪回義魯朵雅王都或北部的主要都市，就必須有會在這瞬間對補給線造成莫大負擔的覺悟吧。」

莫大的人口密集地帶。

首都或大都市。

當初，合州國雖然認真憂慮著城鎮戰的情況，如今卻基於補給站的觀點，不得不擔憂著北進攻勢。

統一曆一九二七年在應該傾訴愛意的季節　於愛巢

約會。

也就是同伴出遊。

能跟妖精這麼做的，沒有別人，就只有自己——羅利亞是知道的。

阻礙戀情的傢伙，就只能殺掉了。明明是這樣，但他就只能在此糾結著自己竟會如此的無能為力。

因為，要說到傑圖亞那個混帳東西啊！

所以對羅利亞來說，傑圖亞這個不共戴天的敵人是該撲殺的狗屎，是該從歷史上驅逐出去的汙泥，但這個不可原諒的罪人，又多了一道不畏於天的不正義。

在義魯朵雅方面。

得知到傑圖亞那個不可原諒的賤貨，在深深疼愛著他的寶貴妖精這件事，讓羅利亞打從心底、發自靈魂的震怒。

只不過，如果只是敵人，只要殺掉就夠了……對於這麼明確地想阻礙戀情的邪惡，就唯有專心一志的鬥爭了。

因為愛。

然後是因為純情。

豈止怒髮衝冠。

已經就連一道呼吸，都是對世界的不講理與不公正做出的明確抗議。

在羅利亞的主觀中，每一道呼吸，都是對成為不共戴天仇敵的傑圖亞發出的詛咒，都是對遠離身邊的妖精發出的愛的告白。

他只是這樣塗改著世界。

就某種意思上來講，羅利亞是個純粹的人。

姑且不論這該怎麼稱呼，對於在主觀中談著純情、純真、純正戀愛的羅利亞來說，羅利亞是在朝著戀愛的成就邁進。

身為聯邦的高位高官，他有著好幾種選擇與可能性，對於這一切，羅利亞都不打算自重。

當然，為了戀愛他也會努力工作。

這是為了未來。

為了兩人光明糜爛的未來！

羅利亞以毅然的態度，努力在聯邦內部進行協調，最終還擔任起一手拿起報告書，敲響盛大警鐘的角色。

「因此……只能說義魯朵雅方面迎來了最惡劣的展開。這是帝國惡毒殘暴的策略。傑圖亞那個混帳東西，那個反動精神的化身，偏偏捨棄了道理與人倫，意圖欺騙世界的不義不正……」

「羅利亞同志。感謝你的提議。只不過，發言的主旨不明確。」

「這個，總書記同志，真是非常抱歉……太過不講理的事態，好像讓我稍微激動起來了。」

羅利亞甩甩頭，為了面對這個該死的世界，暫時調整著呼吸。

黨書記局的密閉會議室裡雖然空氣冰冷，但要讓發燙的身體與沸騰的腦袋清醒過來，無論如何都必須花上一段時間。

「……來整理一下吧。帝國將義魯朵雅作為舞台，試圖進行詐欺。」

啪地敲著手上的文件，羅利亞唾棄地說道。

「這是為了將合州國拖進義魯朵雅方面的惡毒且合理的策略吧。雖是敵人，但還真是一坨幹得漂亮的狗屎。」

只要看就知道了。

甚至不用去感受。

但由於同志們無法理解，所以讓羅利亞必須不甘不願地傳授這些不懂戀愛為何物的傢伙們，因愛而來的見解。

「啊，請肅靜。還請各位同志肅靜。沒錯，由於合州國的參戰，讓帝國乍看之下是犯了有如自掘墳墓般的蠢行……但要是以極為短期的計算來看，帝國的利益也意外地並不少。」

首先第一點──羅利亞高聲喊道。

「為了救援義魯朵雅，還有最重要的『人道救援』，合州國的船舶需求將會受到『民生用品運輸』壓迫吧。就結果來說，會讓對於我國的外部援助，因為船舶問題受到限制。即使是帝國海軍潛艦的通商破壞，也沒辦法對我方帶來這麼大的限制吧。」

有數人在恍然大悟的抬頭後，隨即露出苦惱神情表示理解。

聯邦也一樣需要「物資援助」。當然，就算沒有也一樣能交戰下去吧。不過，一旦是痛苦的總體戰，「有援助就總比沒有的好」。

羅利亞特意裝出開朗的聲音。

「就從好處來看，就是我們的新友軍『在義魯朵雅形成』第二戰線了吧。沒錯，第二戰線確實是能減輕聯邦軍的負擔。我們至今也一直向聯合王國等同盟諸國這樣再三請求了。」

但是──羅利亞在吸了一口氣後，喃喃低語。

這就像伴侶外遇了一樣。

儘管難受、痛苦，但還是不得不說。

「所帶來的結果，和我們所希望的相差甚遠。這是因為義魯朵雅的戰區狹小。要說的話，就是以要絆住帝國軍來說，地幅太過不上不下了。」

不需要一一翻閱地圖。

地形就是一切。

細長的半島。

南北狹長，東西狹短。

只要跟聯邦軍與帝國軍的廣大正面圖相比，就知道分成南北的兩軍共有戰區是太過狹窄。

半島的橫幅，就是最大幅度。

是最適合集中構築防衛線的地形。儘管如此，卻很容易取得縱深。是易守難攻的地形。

羅利亞只能語帶嘆息的感慨了。

「真是過分的詐欺啊。無論是聯合王國、合州國，就連義魯朵雅都會在這裡與帝國交戰吧。英雄般地、勇敢地，彷彿自己等人是主角一樣。」

肯定會重複著一進一退的戰局，得意揚揚的向聯邦擺出我們也有在與帝國軍交戰的戰友嘴臉。

不過，實際上呢？

羅利亞語帶傻眼的唾罵道。

「他們只是在陪打算『繭居不出』的帝國人，跳著笨拙的吉魯巴舞。我們這邊可是在拚命跳著移動性舞蹈，漸漸感到精疲力盡，相較之下，他們是在原地踏步吧。」

與妖精共舞是很讓人雀躍。

即使是羅利亞，也想在他心愛的妖精過期之前，無論如何都要讓她跳舞、讓她歌唱、讓她嘆息、讓她嬌喘，與她互訴著愛意。

然而，好死不好地。

自己所在的聯邦方面居然這麼無趣！

作為愛情獵人，作為導師，羅利亞可以斷言。如果這世上有邪惡存在，那就是傑圖亞。

為了讓黨內同志們對這個不知羞恥的傢伙感到氣憤，羅利亞進行了告發。

「因此，各位同志。我們面臨到應該是送往新形成的第二戰線的資源與兵員被奪走，而且這次大戰的成果還會盡數被西側的同盟各國搶走的危機。」

滿懷怒火，羅利亞一一注視著列席者，誠心誠意地說出對不正義的譴責。

「他們就像是在我們所準備的床鋪上，睡走了我們的戀人。」

光是想像，羅利亞的內心就騷動不已。

啊，妖精。

啊，妖精。

啊，把我的，把應該跪在我腳邊啼叫的妖精還來啊！能摘下那朵花兒的，能在她凋謝之前玩弄的人，明明是我啊！

「這是不可原諒的事！堅決地、絕對地、無論如何地！沒錯，無論如何地！都必須拒絕這種事！」

「羅利亞同志，你最後的意見……有點非常不冷靜的樣子。」

「我是心繫著聯邦的未來，建設社會主義的理想，世界應有的姿態，不得不變得太過擔憂。總書記同志，還請您諒解。」

「原來如此？那麼，我就請教我們的內務人民委員吧。你有預測到接下來的局勢會變成怎樣嗎？」

既然被問了，那就回答吧。

這對羅利亞來說是當然之舉。

「我擔心占領義魯朵雅王都的帝國軍，會在很早的時期放棄占領。」

「……這是指被合州國軍奪回的情況嗎？」

「是的，總書記同志。當我們在苦戰中一步步地推回戰線時，要是『剛參戰的合州國軍』在義魯朵雅方面戲劇性的戰勝，並取得『外行人』也看得到的成果時，就會在宣傳戰上產生非常嚴重的問題吧。」

愛是全能。

所以愛會勝利。

正因如此，為愛而生的羅利亞也能預見到，傑圖亞這個帝國的邪門歪道，以義魯朵雅為舞台描寫的陳腐、廉價的三流戲劇，會有著怎樣的結局。

「傑圖亞這個混帳東西是一流的詐欺師。」

「這我知道。」

總書記同志——羅利亞說出發自內心的建言。

「我們必須貫徹將詐欺師伸出的手砍掉、喋喋不休的舌頭拔掉、挖掉眼睛不准他使任何眼色的態度……不然就無法抹去世界『遭到欺騙』的可能性。」

「同志，你說得有道理，但太過觀念性了。」

會無法理解，是因為他心中無愛吧。假如沒有飲盡戀與愛的雞尾酒，有過心花怒放的經驗，是不會懂的吧。覺醒真實之愛的羅利亞，不得不對工作狂的上司感到些許同情。

伴隨著謙虛的心情，羅利亞端正姿勢。

在直視著對方的眼睛後，羅利亞才終於開口說道。

「是我失禮了。就以實際上的威脅來說，無法輕視義魯朵雅戰線受到過度注目的弊害。現狀下，與『帝國大使館』息息相關的傢伙們，在第三國將義魯朵雅人民的困境散布出去的可能性濃厚，這樣很可能會讓救濟活動的主軸移往那邊。」

在運用媒體的手法、宣傳戰上，帝國至今以來都毫無威脅。然而，這是因為帝國想「為自己辯護」的關係。

抨擊帝國的論調是完美無缺的。

正因如此，要不讓「帝國的暴行使義魯朵雅的人們飽受飢餓所苦」的話題甚囂塵上，就以至今累積的反帝國輿論來看是不可能的任務。

啊，竟然打算白白利用我們的努力，傑圖亞那個邪門歪道。

「就結果來說，對於擔任帝國軍主戰線的我們聯邦，所提供的支援將會驟減吧。加強後的合州國軍會陪著帝國軍爭取時間，而且還會擺出主角的嘴臉。」

這是不可原諒的事。

為了阻止伴侶外遇，自己等人要在這裡、羅利亞要在這裡，作為聯邦的意志，堅決地向帝國說不。

「我們必須在東部發揮主導權。要向世界證明，聯邦才是打倒帝國的主角。必須不斷表明，黨才是勝利的中心人物，也是最大的貢獻者吧。」

所以，他做出提案。

「我們應該要發動冬季攻勢吧。」

統一曆一九二七年十二月二十五日　義魯朵雅王都郊外

譚雅・馮・提古雷查夫中校率領的帝國軍第二〇三航空魔導大隊作為帝國軍最後衛集團的殿軍，一手拿著宣稱是耶誕節特別配給的甜蛋酒直打寒顫，在義魯朵雅王都前方廣泛、薄弱地展開部署。

軍隊主力早已後退完畢。

豈止如此，就連帝國軍沙羅曼達戰鬥群的大半人馬，都在梅貝特上尉的指揮之下，以及烏卡上校的關照之下，連同所有重裝備一起踏上鐵路之旅。

譚雅等人真的是最後撤收的看門狗角色。

嚴格來說，義魯朵雅王都是還有留下一些擔任著「占領者」的帝國軍部隊。只不過，就譚雅所知，這些部隊也都早已做好「全面撤退」的準備。

根據命令，他們就會立刻返回北部吧。

而徹底守住他們，是譚雅等殿軍的使命。是在最壞的情況下，得要堅持後退戰鬥到最後一刻的殘酷配置。

當然，像維斯特曼中尉這樣經驗尚淺的軍官是露骨地表現出緊張感。就連謝列布里亞科夫中尉與拜斯少校這兩個譚雅的副官與副隊長，都露出「凝重」的表情。

然而，就只有譚雅歪頭困惑。

要假定「敵人攻來的情況」，做好後退的準備的確非常好沒錯。然而，有必要非得等到敵人行動嗎？

「喂，拜斯少校。」

「怎麼了嗎？中校。」

「我在想，友軍幾乎都撤走了。所以想慎重地把敵兵帶領過來。」

「這是目的嗎？分配給我們的任務，是要守住友軍後退的時間吧？」

愣了一下的副隊長板起臉來。

「我們的任務是要防止敵人襲擊。」

「那個，是的，誠如中校所說。」

對於浮現在副隊長臉上的數個問號，譚雅直接了當地回答。

「我們就主動去迎接他們如何？」

「……可以嗎？」

「反正，計畫都是要放棄義魯朵雅王都。既然如此，等待著不知何時會來的敵人，把主導權讓給對方，也很讓人不爽不是嗎？還是偽裝成耶誕節的派對或騷動，趁機後退，要來得有把握多了吧。」

譚雅輕敲了一下手，說出計畫。

「在郊外駐紮的是同盟軍嗎？」

「是的，好像是合州國、義魯朵雅、聯合王國的聯合部隊。」

「只要裝作是在對他們武裝偵察，讓他們察覺到這裡是座空城……就能把他們帶過來了不是嗎？」

對於譚雅說出的計畫，拜斯少校盤著雙手，閉上雙眼。暫時沉思了一會後，他隨即點下了頭。

「下官覺得可行。如果是義魯朵雅軍，要誘導也很簡單吧。」

「可以的話，最好是合州國軍部隊。」

拜斯少校不可思議地歪頭不解。

「能請教理由嗎？」

「是政治唷。想讓合州國來拯救義魯朵雅呢。」

咦──回應得就像是不得要領的拜斯少校，就像想起什麼似的摸起下巴。

「我記得，有在附近……確認到合州國的海軍陸戰隊。由於有魔導部隊跟著，所以只要我們出現，我想就會出來迎擊吧。」

朝著就某種意思上做出正確答覆的部下，譚雅嘆了口氣。

「他們可是一群違反國際法，還無視我的抗議的傢伙們呢。」

對於像譚雅這樣的人來說，像海軍陸戰隊這樣的類型是最難理解的。是基於愛國心志願從軍，而且還會對人使用散彈槍的一群人。

在帝國軍的法律解釋上，可是「明文規定」這是不必要的虐待，無法容許的非人道兵器耶。

「讓他們成為英雄也很討厭啊。」

「居然說討厭，中校……」

對於副隊長傻眼的視線，譚雅以毅然的態度宣告。

「聽好，我們需要的是血氣方剛的小丑。雖然海軍陸戰隊也很血氣方剛……但要依照我們的意圖，將那種嚴守軍紀的戰爭家誘導過來，會很麻煩啊。」

唉──嘆了口氣的譚雅，甩了甩頭。

「要搶走合州國的國旗，陪他們玩一場奪旗賽嗎？」

「奪、奪旗賽？」

「只要從海軍陸戰隊的陣地裡搶走國旗，他們也會追過來吧？」

宛如在紅布的煽動之下，一頭衝來的鬥牛般的海軍陸戰隊們。

遠比鬥牛危險，遠比鬥牛士還要稀少的名譽與報酬。這肯定就是黑心工作吧。

啊——譚雅將差點又要發出的嘆息吞了回去，放棄等待。

「去通知首都的殘留部隊。我們要把敵人誘導過來了。」

「遵命！」

「好啦，來舉辦耶誕派對吧。」

當天　同盟軍魔導部隊

正義必勝。

因為，**這就是正義**。

所以到最後，正確的我們一定能夠勝利。

絕對會的。

世界得要是這個樣子。

這沒有邏輯，也沒有道理。

就單純只是以「但願如此」一事，她，瑪麗．蘇中尉，知道了正確的自己所該去做的事情。

「友軍遭到襲擊了嗎！」

聽聞惡耗，瑪麗立刻起身。

作為多國義勇軍的魔導師，以及作為聯合王國軍所屬的魔導師，她欠了合州國的海軍陸戰隊一筆人情。在前陣子的港灣防衛戰中，合州國海軍陸戰隊的魔導師與多國義勇軍並肩作戰。是讓帝國人發出哭訴的可靠夥伴們。

一回想起他們的臉，瑪麗是怎樣也沒辦法待著不動。

在內心衝動的驅使之下，當場衝出的她闖進司令部裡。

「德瑞克上校！請下令出擊！」

「……是蘇中尉啊。」

一臉不悅的指揮官。他露骨地冷冷注視過來，輕輕嘆了口氣。

「聽好，中尉。現在還只有收到海軍陸戰隊接敵的報告。也沒收到增援的請求。」

「是在友軍遇襲的時候，坐著冷眼旁觀嗎！」

朝著一臉認真在抗議的瑪麗，德瑞克上校依舊叼著香菸，以慵懶的態度點頭。

「中尉，我們是預備部隊。」

「所以就對友軍見死不救嗎！」

「我說啊，中尉。我們可是同盟在義魯朵雅半島的戰略預備部隊喔？」

德瑞克上校呼地吐出煙霧。

「妳知道嗎？我們是不能擅自出動的。在軍官教育時，難道沒教過保留預備兵力的必要性嗎？」

宛如向小孩子解釋道理一樣的態度。就算瑪麗露出抗議的眼神，德瑞克上校也一副不想認真理會，深深抽了一口菸的態度，嚴重刺激著瑪麗的情緒。

「上校在成為上校後，就變得更加不肯動了呢。」

「……妳想說什麼嗎，中尉？」

「立場就這麼重要嗎！是要對同伴見死不救嗎！」

面對瑪麗的譴責，德瑞克上校微微蹙起眉頭，把叼著的香菸塞進菸灰缸裡，緩緩站起。

「中尉，妳有理解到自己在說什麼嗎？」

「我是在問你知不知恥！」

「我不會要妳理解政治。但妳給我搞清楚，軍隊可不是玩英雄遊戲的地方！要是不懂，就給我滾回國去！」

「我就是為了奪回能歸去的故鄉而戰的！」

咚地敲響桌子，德瑞克上校喊道。

「那就給我搞清楚！辦不到的話，就給我滾出這裡！」

「下官失禮了！」

砰地甩上門，發出就像在說真是傻眼的嘆息後，瑪麗一面受到無處宣洩的怒氣煎熬，一面衝出司令部。

上校要她滾出這裡。

既然是要她「滾出這裡」，那她就「滾出去」吧。

該與做正確事情的同伴，一起去做正確事情的時刻來了。

調整呼吸，恢復冷靜的瑪麗，就在這時前往夥伴們聚集的宿舍。

該怎麼說才好？

會有誰願意跟來嗎？

能讓大家理解到我是正確的嗎？

然而，只要誠心誠意傾訴就沒問題。

真正的夥伴們一定會明白的。應該是會明白的，因為這是要去做正確的事。

所以——把手放在門上的她鼓起勇氣，大聲喊道。

「各位！請聽我說！」

首先，就從話語（In principio erat Verbum）開始（註：約翰福音第1章第1節）。

述說的話語纏繞人心，不久後將熱情注入靈魂。

他們是善良的。

志願參與，為了行善。

為了去做正確的事，讓內心充滿勇氣。

這是詛咒？還是祝福？

並不是所有的人，都接受了她的話語；也不是所有的人，都能抵抗她的話語。

無論如何，他們大多數的人都選擇了相信。

有人毅然地選擇與瑪麗一起救援夥伴。

有人儘管對瑪麗的邀約感到迷惑，依舊拒絕了她。

就只有一件事是確實的。

瑪麗．蘇的話語就有如術式一般，是足以纏繞上詛咒的聲音，述說話語的本人很純粹，而且最重要的是充滿著對世界的犧牲奉獻。

挺身而出的那道身影，足以讓人跟隨。

正因如此，她起飛了。

在聽到「滾出這裡」的要求後，就依照這句話去做。

一路朝著遭受襲擊的友軍前進。

與夥伴們一起，朝著瀕臨危機的其他夥伴前進。

「找到了！進行掩護！」

朝著帝國軍發動攻勢，海軍陸戰隊展開反擊，雙方陷入膠著狀態的戰場，瑪麗毫不畏懼地衝了進去。

早已做好苦戰的覺悟。

然而，寄託著他們意念的一擊，這正義的一擊，卻讓過去的艱辛戰鬥就像騙人似的，輕易撕裂帝國軍的抵抗。

至今以來都難以對付的帝國軍。

這些仇敵們，這些邪惡的爪牙，就在正義的吶喊與光輝之前，不像樣地讓隊列分崩離析，四散開來準備逃跑。

瓦解的敵人還真是脆弱啊。

瑪麗等人在懷著驚訝發射術式之後，就見敵人東逃西竄，只顧著拚命地躲避攻擊。哪怕敵方指揮官發出怒吼，大喊著堅持下去，帝國軍魔導部隊終究還是害怕了吧，瑟瑟發抖著。

以配合海軍陸戰隊反擊的形式，瑪麗無所畏懼地開始衝鋒。就連如果是在平時，就會聽到德瑞克上校囉哩囉唆的衝鋒，如今也能作為撕裂敵陣的正義槍頭，帶領著夥伴向前邁進。

到最後，帝國軍就落荒而逃了。

途中，是打算作為戰利品吧。

將捲起來扛在肩上的合州國國旗丟棄，不像樣地落荒而逃的帝國軍背影，瑪麗不停地追逐著。

是在擔心她吧。

儘管受到海軍陸戰隊的挽留，但瑪麗還是一面感謝他們的好意，一面認為機不可失的持續追逐著敵人。

跟著可靠的夥伴們一起，為了義魯朵雅的人們、為了正義、為了世界。

明白目的的戰鬥，還真是輕而易舉啊。

如果是在平時，甚至會感到煩惱、煩悶、苦惱啊。

在少掉德瑞克上校這個障礙後，世界居然會變得這麼單純。

瑪麗向前衝著。

衝過義魯朵雅的天空、衝過蔚藍的天空，向邪惡的帝國揮下應有道理的鐵鎚。

儘管帝國軍有好幾次堅持下來，停下腳步打算反擊抵抗，但他們光是看到瑪麗的身影就想要逃跑。

「不准逃！你們這群不信者！接受正義的制裁吧！」

伴隨著怒火，多重顯現爆裂術式。

世界遭到扭曲，扭曲的世界化為真實世界，緊接著崩潰瓦解。

在爆炸火焰之前，帝國軍人們就像遭到火焰驅逐的野獸般驚慌逃竄的模樣還真是痛快。

追擊逃跑的敵人。

為了將他們逼入絕境，只是毫不迷惘的緊追不捨。

然後，是指揮官也終於放棄要帝國軍堅持下來了吧。就連萊茵的惡魔，那個該死的仇敵，都一副驚慌失措的樣子揮舞著手，就像貪生怕死似的落荒而逃。

不顧一切的加速，充分訹說著敵人的逃跑速度。

相反地，飛過來的瑪麗的夥伴們已瀕臨極限。這是專心逃跑的敵人與追擊方的差別吧。

儘管如此，依舊趕跑了敵人……這個事實在瑪麗心中點燃了希望。

達成正義的實感，讓她的視野緩緩擴大。

等注意到時，她俯瞰著地表。

都市。

而且是巨大的都市。

連忙從懷中拿出地圖確定，不會錯的。

「……義魯朵雅王都？」

應該是被占領的都市。

就在上空，瑪麗他們將敵人驅離了。

但是，這裡是被占領的市區。

儘管如此，為什麼自己等人沒有遭到敵方的防空砲火射擊啊？

突然感到疑問的瑪麗，就當場把夥伴們叫來，繞著市區盤旋飛行，看清楚地面上的情況。

然後，她察覺到了。

「……沒有敵人？」

空無一人的地面。

就像漏夜潛逃般散落一地的帝國軍文件，還有遭到棄置的車輛群。而該死的帝國軍則是消失得無影無蹤。

這些微的實感，在繞著市區往返飛行好幾後，漸漸轉變成確信。

在理解到自己達成的事情後，瑪麗臉上終於露出喜色。

沒有驅離帝國軍的實感。

那些邪惡的傢伙們，一直、一直都很狡猾。

是無可救藥的卑鄙，惡毒。

而自己的這雙小手，要對抗邪惡是太過無能為力了。

明明總是一直懊悔著不應該會是這樣，過著獨自淚濕枕頭的日子。

「……解放……了嗎？」

儘管如此，只要有正義就能做到。

伴隨著榮耀、伴隨著自尊、伴隨著決意。

只要做正確的事，無論是再怎樣別人認為做不到的事，自己，還有自己的夥伴都有可能做到。

話說回來——在與夥伴們互看一眼後，注意到手上有著從敵人那邊奪回的合州國國旗。義勇兵之中，也有許多來自合州國的夥伴。

「我們就將這面旗幟，我們奪回來的旗幟掛起來吧！」

瑪麗決定了。

拿著合州國的旗幟，瑪麗衝向市區的中心。

杳無人跡的靜謐街頭。明明是耶誕節卻一片寂靜的街道，還真是寂寞吧。原因明顯是因為占領者的存在。

只要看就知道了。

因為到處都能看到像是帝國軍的海報與標誌，令人不愉快地主張著存在感。而怎樣都難以原諒的是……那面格外醒目地高高掛在都市中央的帝國國旗。

邪惡的象徵。

彷彿君臨在人們的平穩生活之上的傲慢旗幟，讓瑪麗的情緒在這瞬間深深地沸騰起來。

「那是錯誤的。那個是……錯誤的。」

錯誤就必須更正。

錯誤的存在是不可饒恕的。

不可饒恕的事物，是不能存在的。

必須讓帝國、讓邪惡，從這個地面、從這個世界上消失。

必須讓它們消失。

這正是更正錯誤的唯一之道，是讓世界取回秩序與和平的穩健方法。

所以，瑪麗掛起旗幟。

正確的旗幟。

將錯誤、將不正義、將虛偽驅逐的旗幟。

作為義魯朵雅廣場的解放者。

啪地拿起旗幟。

宣告帝國時代結束的旗幟。

宣告義魯朵雅王都解放的旗幟。

「我們決不會輸！」

向世界，宣告正義。

「向帝國，宣告毀滅！」

當天　帝都

電報的電磁波，將遠方發生的事情，輕而易舉地傳送到帝都。

當這則通知送達帝都的心臟部位，在帝國軍參謀本部裡擺著架子的傑圖亞手上時，正好是他在與康納德參事官一起愉快抽菸的時候。

不幸闖入這個在吞雲吐霧地品味著已故盧提魯德夫的珍藏雪茄，一手拿著咖啡談論外交的空間之中的闖入者，是副官長烏卡上校。

「閣下，有急報。」

對煙霧瀰漫的室內微微蹙眉的烏卡上校，遞出一張紙片。一面收下，一面說著「連看都不需要呢」的傑圖亞上將問道。

「是義魯朵雅王都被奪回了嗎？」

朝著微微點頭的上校，傑圖亞吟吟微笑起來。

「辛苦了。」

「下官先告辭了。」

目送著理解狀況的部下乒地關門離去，傑圖亞上將緩緩地換腳蹺著。他那享用著雪茄，不時仰望著天花板愉快嗤笑的模樣，姑且不論歷史書籍，如果是小說，的確足以作為邪惡首腦在後世

聲名遠播吧。

「……義魯朵雅王都會是很棒的耶誕節禮物嗎？相當惡毒呢。」

「並不是特別選這一天的呢。」

「姑且不論日期，而是意圖如何。」

「康納德參事官，聽你這麼說，讓我感到很遺憾。」

撫著下巴，瞇縫著眼，傑圖亞上將誇口說道。

「世界想要作一個美夢。」

「你難道不會是惡夢嗎？」

面對康納德參事官就像喃喃自語的指摘，傑圖亞上將露出自然的苦笑，同意似的點頭。

「你說得沒錯吧。就連我也這麼覺得。」

「那麼，自稱是同盟的那些傢伙為何會上這種當啊？」

「你搞反了喔。不是我想欺騙他們。是他們迫不及待地想被欺騙唷。無論是誰，都想要一個簡單易懂的構圖。」

因為——緩緩放下雪茄，傑圖亞上將敞開雙手。

「正義戰勝了邪惡的帝國。真是簡單易懂的構圖……因此，他們是在欺騙自己，自己要被欺騙的。」

我沒說錯吧。

笑咪咪地。

溫柔地。

乾脆開朗地。

就像在歌唱似的，傑圖亞上將竊笑起來。

「既然世界想被欺騙，那就讓我來欺騙吧。」

（《幼女戰記⑫ Mundus vult decipi, ergo decipiatur》 結束）

Appendixes

附錄

【世界情勢】

壞掉的天秤

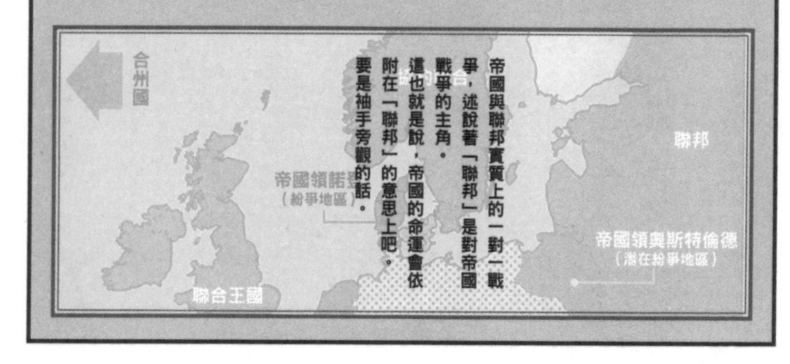

帝國與聯邦實質上的一對一戰爭，述說著「聯邦」是對帝國戰爭的主角。

這也就是說，帝國的命運會依附在「聯邦」的意思上吧。

要是袖手旁觀的話。

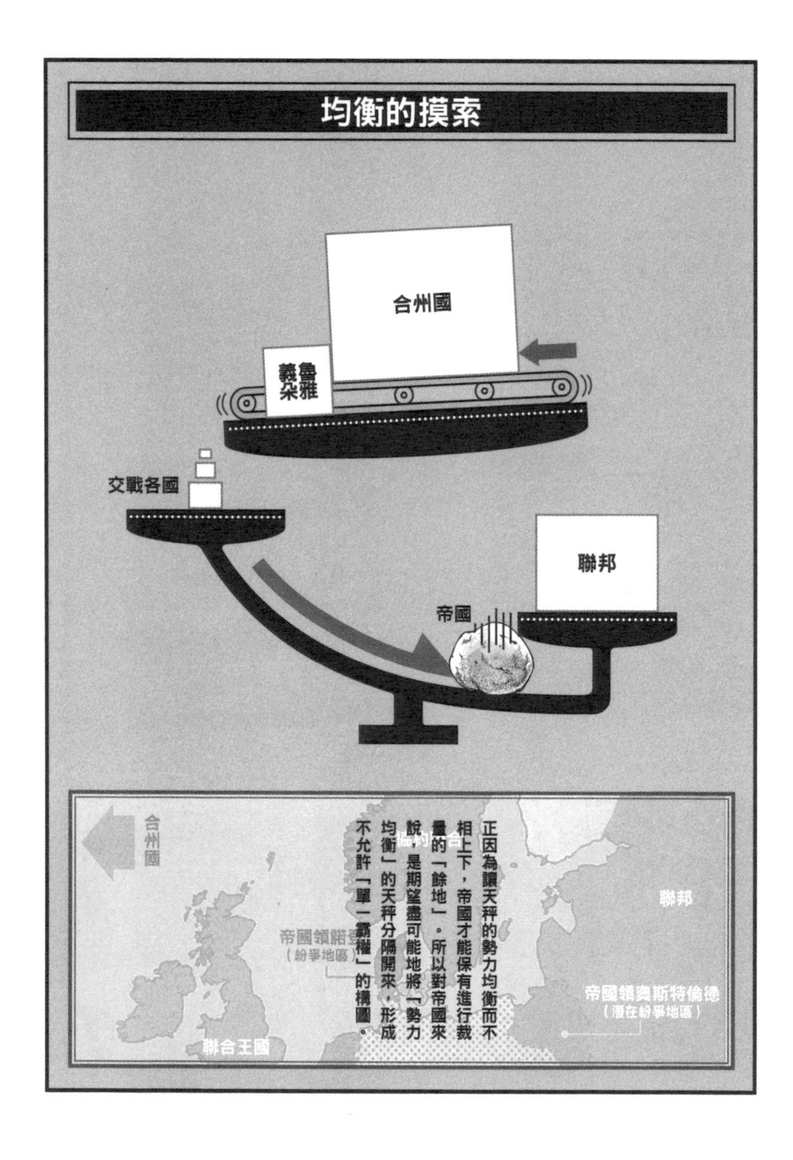
均衡的摸索
合州國
義魯朵雅
交戰各國
聯邦
帝國
合州國
協約
聯邦
帝國領諾
（紛爭地區）
帝國領奧斯特倫德
（潛在紛爭地區）
聯合王國
正因為讓天秤的勢力均衡而不相上下，帝國才能保有進行裁量的「餘地」。所以對帝國來說，是期望盡可能地將「勢力均衡」的天秤分隔開來，形成不允許「單一霸權」的構圖。

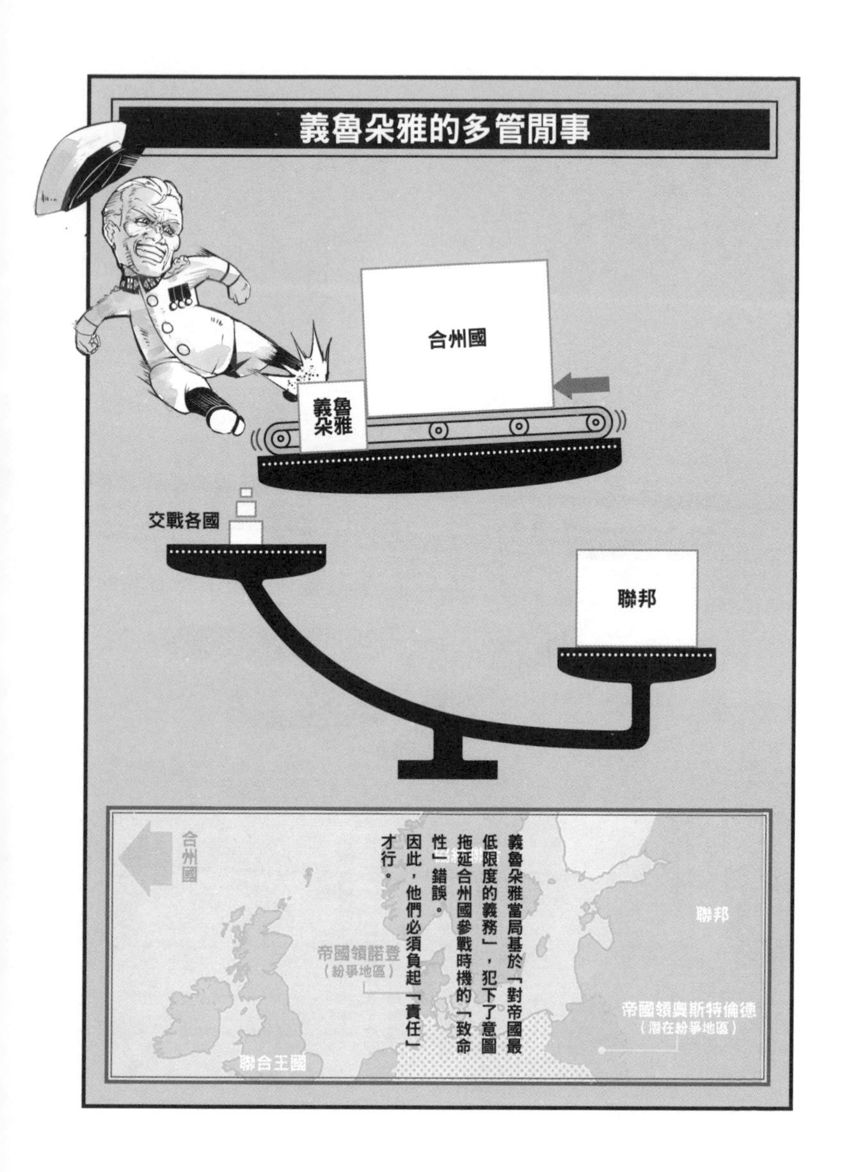
義魯朵雅的多管閒事
合州國
義魯朵雅
交戰各國
聯邦
義魯朵雅當局基於「對帝國最低限度的義務」，犯下了意圖拖延合州國參戰時機的「致命性」錯誤。
因此，他們必須負起「責任」才行。
合州國
帝國領諾登
（紛爭地區）
聯邦
帝國領奧斯特倫德
（潛在紛爭地區）
聯合王國

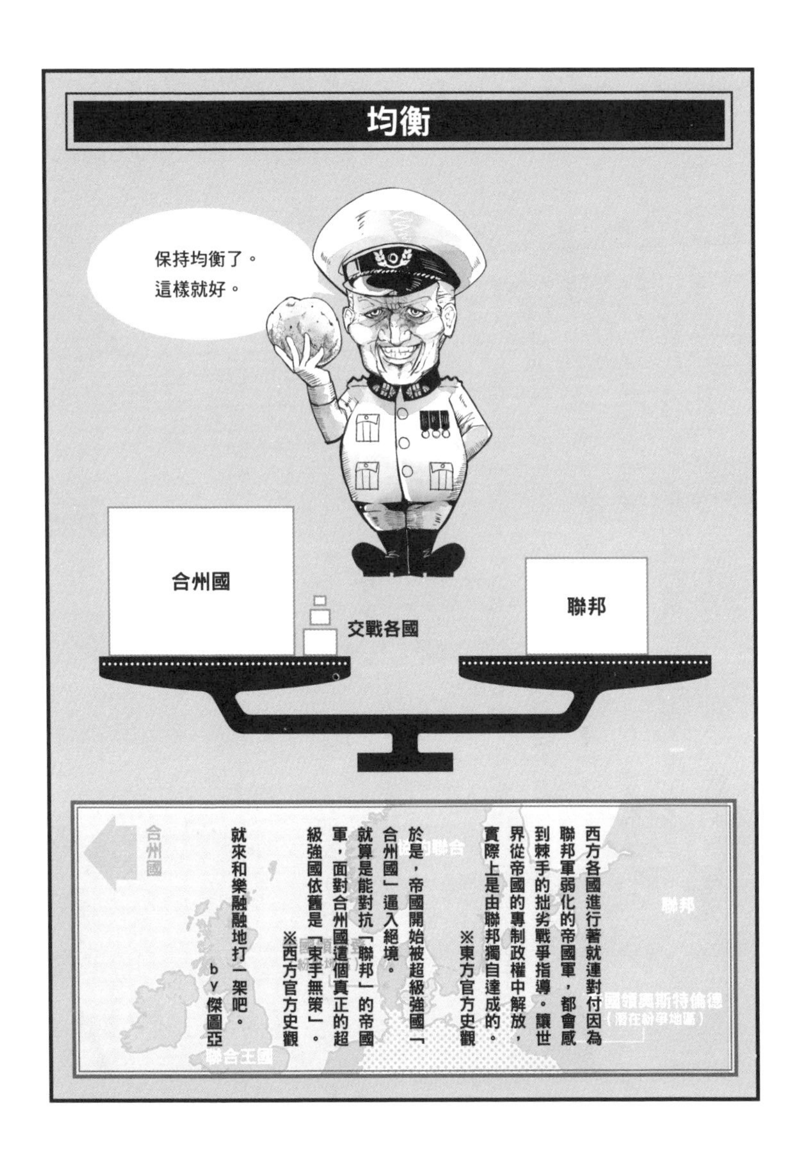
均衡
保持均衡了。
這樣就好。
合州國
交戰各國
聯邦
西方各國進行著就連對付因為聯邦軍弱化的帝國軍，都會感到棘手的拙劣戰爭指導。讓世界從帝國的專制政權中解放，實際上是由聯邦獨自達成的。
※東方官方史觀
於是，帝國開始被超級強國「合州國」逼入絕境。
就算是能對抗「聯邦」的帝國軍，面對合州國這個真正的超級強國依舊是「束手無策」。
※西方官方史觀
就來和樂融融地打一架吧。
by 傑圖亞
合州國
聯邦
聯合王國

後記

初次見面的讀者，感謝你一口氣買了十二集。你正是真正的勇者。

然後，各位好久不見。

久疏問候了。沒想到居然能達成在二月連續出書的偉業（註：此指日文版出書狀況），我是カルロ。

這可不是錯字唷。

是事實。

我在二月連續出書是客觀的事實，這當中不存在著任何謊言，沒有任何錯誤。雖然不是在同一個二月連續出書，而是隔了一年。

當然，這當中存在著迫不得已的事由。

我是會善盡說明責任的カルロ，就連使各位久候多時一事，也會讓各位能夠理解地在此進行適當且詳細的說明。

就官方說法，我想表示二〇一九年太熱了。

儘管想在夏季結束之前寫作，但天氣太過、太過炎熱了。由於只覺得是夏天的酷暑持續不斷，所以要是朝著名為夏季結束的截稿日工作，就會變成這樣了。

我確信在經過這番說明後，大多數的讀者都已經能夠理解了。但要進行非官方說明的話，那段期間有點忙也是事實。

雖然所有的創作者都能這麼說，但我們就像是天鵝這種優雅的生物。所以，很少有機會讓外人看到我們在水面下拚命划水的模樣。

然後，往往是以翱翔天際的形式……或是根本飛不起來，所以非常辛苦呢。

要是像這樣為了不牴觸保密協議寫得曖昧不清，就會有出現「幼女戰記動畫第二季無望了嗎！」的奇怪反應吧，這我早就預測到了。就算要我為證詞宣誓也行，但這是兩碼子的事。

在 Twitter 等社群網站上聽到有人問「後續呢！」是我最開心的事，也是讓我心急如焚的事。

因為幼女戰記的動畫，我也只是苦苦等待的其中一人。為了總有一天，能再度在動畫上向各位讀者問好，我會繼續一步一腳印地在小說這方面上努力。

由於自己也忙得不可開交，以這種預定非常不明確的形式告知，真是非常抱歉，還望各位讀者能不要嫌棄。

那麼，雖然都寫到這裡了，不知各位讀者覺得第十二集如何？是很有輕小說風格的王道展開。一下子與朋友約吃飯，一下子打電話詢問香檳品牌，作為有緩有急的日常篇幅，還望各位讀者能夠喜歡。同時也有種大叔們稍微搶走主角戲分與的印象，雖然我很喜歡帥大叔，卻也深深反省了。

自下一集起，我會做好心理準備，以幼女擔任主角的輕飄飄日常故事為目標，埋首工作的。

此外，本集在與責任編輯的商量之下，讓カルロ的說明文恢復到四頁了。要是受到好評，我打算從下一集起繼續擴張。不知各位意下如何？

最後，我要在此向提供協助的眾人表達謝意。

擔任設計的桐畑大人、校正的東京出版服務中心、責編藤田大人、玉井大人，還有插畫的篠月大人，這次也很感謝各位的協助。

然後，對於各位讀者們。

我要在此表達由衷的感謝。各位支援的話語，還有最重要的一句「好有趣！」不曉得帶給我多大的力量啊。

最後，我要為讓各位久候一事賠罪，並再次感謝各位讀者的關愛。

今後還請繼續多多指教。

二〇二〇年二月吉日　カルロ・ゼン

溫柔
世界線的
Good morning!!
瑪麗
願她
幸福
by
篠月しのぶ

戰翼的希格德莉法 Rusalka (上)(下)

Kadokawa **Fantastic** Novels

作者：長月達平　插畫：藤真拓哉

「——讓我聽聽，妳的一切。」
飛舞於死地的少女們交織成的空戰奇幻故事，開幕！

人類的生存受到不明的敵性存在威脅，最後希望乃是被神選上的少女「女武神」，包含才色兼備卻不知變通的軍人露莎卡。她在歐洲的最前線基地遇上開朗得不合常理卻擁有強大戰力的少女。和她相遇不僅影響露莎卡的命運，也影響了人類未來的走向……

各 **NT$240/HK$80**

聲優廣播的幕前幕後 1 待續

作者：二月公　插畫：さばみぞれ

台前好姊妹，幕後吵翻天……
拿出職業聲優的骨氣騙過全世界吧！

碰巧就讀同一間高中的聲優搭檔──夕暮夕陽與歌種夜澄將教室裡的氛圍原封不動地呈現給聽眾的溫馨廣播節目開播！然而兩位主持人的真面目跟她們偶像聲優的形象恰好相反，是最合不來的辣妹與陰沉低調妹……？

NT$250/HK$83

刮掉鬍子的我與撿到的女高中生 1~4 待續

作者：しめさば　插畫：足立いまる　角色原案：ぶーた

上班族 × JK，兩人的同居生活邁入倒數計時!?
日本系列銷售突破70,0000冊！

沙優的哥哥一颯突然來訪，兩人的同居生活突然面臨結束。回家期限在即，沙優緩緩道出自己的往事，關於學校，關於朋友，關於家庭。沙優為何會離家出走，而來到這麼遙遠的城市呢？這段日子跟吉田住在一起，她所獲得的又是什麼？事態急轉的第四集！

各 **NT$220~250/HK$73~83**

刮掉鬍子的我與撿到的女高中生 Each Stories

作者：しめさば　插畫：ぶーた

「沙優，話說妳果然很會做菜耶。」
「啊，是……是嗎？」

從荷包蛋的吃法，吉田和沙優窺見了彼此不認識的一面；要跟意中人去看電影，三島打扮起來也特別有勁；神田忽然邀吉田到遊樂園約會……這是蹺家ＪＫ與上班族吉田的溫馨生活，以及圍繞在兩人身邊的「她們」各於日常中寫下的一頁。

NT$220/HK$73

豬肝記得煮熟再吃 1~2 待續

作者：逆井卓馬　插畫：遠坂あさぎ

作為一隻豬再次造訪劍與魔法的國度！
最重要的少女卻不見蹤影……？

在我稍微離開的期間，聽說黑社會的傢伙造反王朝，目前情勢似乎很緊張。而我……我才沒有無法克制自己地想見到潔絲呢。而在這種局面中奮戰的型男獵人諾特，試圖拯救被迫背負殘酷命運的耶穌瑪們。王朝、黑社會、解放軍——三方間的衝突一觸即發！

各 **NT$220/HK$73**

國家圖書館出版品預行編目資料

幼女戰記. 12, Mundus vult decipi,ergo decipiatur / カルロ.ゼン作；薛智恆譯. -- 初版. -- 臺北市：臺灣角川股份有限公司, 2021.11

面；　公分. -- (Kadokawa fantastic novels)

譯自：幼女戦記. 12, Mundus vult decipi, ergo decipiatur

ISBN 978-986-524-941-0(平裝)

861.57　　110015560

Kadokawa
Fantastic
Novels

幼女戰記 12

Mundus vult decipi, ergo decipiatur

（原著名：幼女戦記 12 Mundus vult decipi, ergo decipiatur）

2021年11月17日　初版第1刷發行

作　者：カルロ・ゼン
插　畫：篠月しのぶ
譯　者：薛智恆

發行人：岩崎剛人
總編輯：蔡佩芬
副主編：邱瓈萱
美術設計：黃永漢
印　務：李明修（主任）、張加恩（主任）、張凱棋

發行所：台灣角川股份有限公司
地　址：104台北市中山區松江路223號3樓
電　話：（02）2515-3000
傳　真：（02）2515-0033
網　址：www.kadokawa.com.tw
劃撥帳戶：台灣角川股份有限公司
劃撥帳號：19487412
法律顧問：有澤法律事務所
製　版：巨茂科技印刷有限公司
ISBN：978-986-524-941-0